À MA PLACE

ÉMILIE BILLON-DUQUENNE

City
Roman

Photo de couverture : © Shutterstock

ISBN : 978-2-8246-2162-3
Code Hachette : 23 3221 7
Collection dirigée par Christian English & Frédéric Thibaud
Catalogues et manuscrits : city-editions.com

Dépôt légal : Février 2023

Simone Kaminker a écrit :
Le secret du bonheur en amour,
Ce n'est pas d'être aveugle
Mais de savoir fermer les yeux quand il le faut.
C'est là toute la subtilité...

À Guillaume...

Moi : À quoi ressemblerons-nous
quand on sera vieux ?
Toi : À deux vieux amoureux !

Prologue

J'avais oublié l'effet que la nuit provoque sur la mer de Cancale, cette masse d'eau qui s'assombrit, les mouettes que l'on discerne à peine et le phare comme seul repère.

—Il s'est endormi… me dit-il.

Je recentre mon attention partie se noyer dans les vagues bretonnes pour murmurer un simple « Merci ». Je me retourne en direction du vent qui fouette le sable et des trottoirs vides.

—As-tu prévenu la police ? me demande-t-il, hésitant.

—Non, tranché-je dans un chuchotement.

—Veux-tu que je me charge de les informer que…

—Que quoi, Marceau ? l'interromps-je d'une voix lasse. Qu'ils peuvent cesser de me rechercher ? Mon dossier est bouclé depuis de si nombreuses années. Plus personne ne m'espère, je ne suis plus que le fantôme de cette ville.

Il me tend une tasse de thé, un Jardin bleu, cet homme n'a pas oublié. C'était il y a pourtant si longtemps.

—Je peux ? me risqué-je à lui demander tout en avançant ma main incertaine vers son réconfort.

Il hoche la tête pour toute approbation et m'enlace, lui, sans douter. Marceau inspire fort, très fort et dans ce qui lui reste de souffle, je l'entends prononcer mon prénom, « Élise »…

Lorsque la mort sépare les êtres, les combats cessent, les ressentiments s'effacent, les souvenirs amers se perdent dans la peine et les larmes nettoient tout. On entend parfois les endeuillés affirmer combien ils auraient souhaité que tout soit différent, dire qu'ils regrettent de ne pas avoir su aimer assez celui qui désormais les a quittés. Je me demande qui a pu éprouver pareil sentiment lorsque j'ai disparu, il y a maintenant près de neuf ans. Je ne suis pas morte et pourtant, ils l'ont tous cru. Je vais réapparaître et révéler cette vérité que j'ai si précieusement gardée, mon passé, ma vie cachée, mon fils.

Je ne compte pas me justifier, je ne suis coupable de rien et puis si je reviens, c'est simplement parce qu'Anoki m'a demandé : « Maman, c'est comment là-bas, chez moi ? » J'ai compris que l'Alaska où il a grandi devenait trop petite pour lui et que lui devenait trop grand pour les histoires que je lui racontais depuis sa naissance.

Je m'apprête à tout dévaster. Est-ce inéluctable ? Ne réchappe-t-on jamais à son passé ? Cet homme qui me cajole connaît mes craintes et les ressent lui aussi, je le sais. On se connaît par cœur, une vie à s'aimer. De ses lourdes mains de pêcheur, il caresse mes cheveux, doucement. Je réapparais dans sa vie, sans même savoir ce qu'elle est devenue. Il nous a ouvert sa porte au cœur de la nuit.

— Tu savais qu'un jour je reviendrais ?

— Non, mais il m'est arrivé de l'espérer, me répond-il.

Il reste pudique, notre passé est si chaotique, lui aussi je l'ai fait souffrir. Ma vie est si loin d'être celle que j'avais imaginée. On dit que le destin est écrit, certes, mais personne ne m'en a fait lecture, alors j'ai fait de mon mieux.

Marceau me propose de prendre son lit. Il passera la nuit sur le canapé. Il ne dormira pas. Lui comme moi redoutons que le jour se lève…

1

Marceau a emménagé dans cet appartement de la rue des Parcs après son divorce. D'ici, on entend les fracas des cagettes d'huîtres qui s'entrechoquent, les ostréiculteurs qui vident leurs camionnettes. Sur le port de La Houle, les clients ne vont plus tarder.

— Papa ?

C'est étrange d'entendre la voix de mon fils prononcer ce mot, cela semble presque naturel alors qu'il le connaît à peine. Tous les deux ne m'en ont pas voulu de les avoir séparés, alors que le petit n'avait pas pointé le bout de son nez…

J'ai donné naissance à mon fils à Juneau, cette ville isolée uniquement accessible en bateau ou en hydravion. Telle une fugitive, j'ai quitté la France. L'embryon qui germait en mon sein était le trésor que je dérobais à Marceau. Il était marié, père de famille et on le pensait condamné. Ça, c'est ce que les oncologues affirmaient. Après des années d'amour caché dans l'ombre de sa vie, avec pour unique promesse de s'aimer à découvert une fois que ses enfants auraient grandi, j'ai trouvé injuste que la mort nous sépare, laissant mon rêve s'échouer dans le néant. Que son cancer me condamne à ma solitude, encore. J'aurais certes pu alors envisager le deuil de notre amour, puis un renouveau, et un autre homme.

J'étais encore jeune mais je crois que Frédéric Beigbeder a raison d'affirmer qu'on n'a qu'un seul grand amour, que ceux d'avant sont des rodages et les suivants, des rattrapages.

Comme le fredonnait Jean-Jacques Goldman j'allais faire un bébé toute seule. Ma détermination était telle que la peur ne m'a même pas étreinte. Mon passeport et une simple valise négligemment remplie, j'ai fui. Derrière moi, je laissais le mystère d'une jeune avocate disparue, mais ce n'était plus mon histoire. J'allais devenir mère de l'enfant de Marceau, l'homme pour qui j'avais sacrifié ma vie. Mais finalement, ce roc a vaincu la maladie, et moi, je n'étais pas prête à le décevoir et, à l'époque, à lui avouer que je l'avais trahi. Lui, l'homme d'une autre qui ne voulait plus d'enfant et encore moins un bambin illégitime qui aurait fissuré le secret de son existence : une femme de l'ombre, moi.

Au bout d'un périple de vingt et une heure d'avion, j'étais arrivée un matin d'automne là où personne ne m'attendait. « Nous voici enfin arrivés, on a réussi ! » Je m'adressais à cet enfant à longueur de temps. Je n'avais plus que lui et lui n'aurait que moi. Dans une symbiose prénatale, ce fœtus de six mois était ma force autant que mon poids à porter, lourd sous ma peau tendue prête à se déchirer. Ses coups étaient douloureux mais ô combien sécurisants. Tant d'heures de vol et de car pour atteindre ma destination…

Étais-je déjà une mauvaise mère de lui avoir fait courir tant de risques ? Étais-je déjà une mauvaise mère de l'avoir arraché aux bras d'un père qui ne l'avait pas souhaité ? Ce garçon à naître serait à jamais le témoin de mon égoïsme mais j'allais l'aimer et faire de lui mon meilleur espoir masculin…

—Voulez-vous connaître le sexe ? l'échographe français ne mesurait bien évidemment pas mon attente.

—J'aimerais, oui, lui ai-je répondu d'une voix impatiente.

Le bout de la sonde prêt à révéler l'avenir qui m'attendait glissait sur l'excès de gel reparti sur le dôme de mon ventre.

—C'est un garçon !

—En êtes-vous bien certain ?

J'avais si peur d'une erreur que je réclamais que ce médecin ne laisse aucune place au doute.

—*Regardez par vous-même*, m'a-t-il proposé, son index boudiné collé à l'écran monochrome.

C'était trois jours avant mon départ, je venais d'apprendre que notre enfant porterait les traits de Marceau. Je n'étais pas heureuse, non, la situation n'appelait pas le bonheur, mais j'ai ressenti une joie intense au fond de mes tripes, une petite victoire après tant d'épreuves. *Lubin, qu'en penses-tu, mon fils ? Lubin, c'est un joli prénom ? Il te plaît ?* Le bébé n'a pas bougé, j'en ai déduit que ce ne serait pas celui-ci. Lui et moi, on avait encore un peu de temps pour se décider. Oui juste mon fils et moi dans notre nouvelle vie, là-bas…

Une affichette sur une porte « Room Available » de la deuxième avenue de Juneau m'encourageait à croire que j'avais fait le bon choix. J'ai caressé mon ventre. *Ça va aller, mon bébé, je te le promets !* La fenêtre de ma chambre donnait sur l'entrée du café Rookery. Je me souviens avoir passé des heures, assise, à regarder les gens entrer, bavarder derrière la vitrine, rire, parfois se disputer puis sortir. Je leur inventais mille vies faute de n'en connaître aucune. J'avais si peur qu'on me retrouve que je ne parlais à personne. Je sortais rarement. Nichée sous la grosse couette, je couvais mon poussin avec douceur et précaution. *Et Maël, ça te plaît ?* Il a frappé fort, puis plus rien. *Mon bébé, tu vas bien ?* Il ne bougeait plus.

J'ignore si une femme enceinte a réellement un sixième sens. Moi, c'est une douleur intense dans le bas-ventre qui m'a conduite à pousser la porte de l'hôpital, davantage qu'une intuition. Le voyage avait fait un peu de dégâts quand même. Aussi, j'ai commencé à ressentir la culpabilité, je me suis alors demandé : *Ne me laissera-t-elle jamais tranquille ?* Les contractions faisaient leur apparition bien trop prématurément.

Malgré l'insistance de l'infirmière inquiète, je n'ai rien dit sur mes origines, sur l'identité du père, sur mon projet ni sur l'aventure dans laquelle j'entraînais mon bébé. *Non, il n'y a personne à prévenir, merci !* ai-je conclu. J'ai réglé la facture et je me suis engagée à me reposer davantage. Les travers du système de santé américain m'arrangeaient bien, il n'y aurait pas de traces de mon passage. L'argent achète le silence. Je ne quittais ma chambre d'hôtes que pour me nourrir et préparer le nécessaire pour l'arrivée du petit. Mais un mardi matin, mon sac de provisions a craqué dans le hall d'entrée. Voyant les difficultés que j'avais à me pencher pour ramasser une brique de lait, elle m'a dit simplement :

—Laissez-moi vous aider !

La voix de Maddy s'est échouée dans l'effroi quand elle a découvert qu'un petit locataire pirouettait sous ma peau.

Consternée, mon hôtesse de maison découvrait ma grossesse que, grâce aux températures proches de zéro, j'avais réussi à dissimuler depuis mon arrivée sous un grand manteau. Je sortais peu et je m'efforçais de ne pas la croiser. Quand elle a lu la panique dans mon regard, elle m'a dit doucement :

— Ne restez pas là, entrez !

Je l'ai suivie derrière cette porte qui m'offrait de découvrir le reste d'une maison insoupçonnée dans laquelle je vivais depuis déjà plusieurs semaines. L'Alaskienne m'a proposé un café, j'ai souri timidement en lui demandant :

— Un thé ?

Maddy a veillé sur moi comme une maman, enfin, j'imagine que c'est ainsi qu'elles font, les mères. La mienne m'a rejetée quand je lui ai appris ma liaison avec Marceau, je n'étais plus qu'une garce à ses yeux. Il a fallu des années pour que j'apprenne qu'elle m'avait recherchée après ma disparition. Avait-elle besoin de m'imaginer morte pour me pardonner ? Je vais bientôt la retrouver et tout lui révéler. Maddy n'a pas été intrusive, juste protectrice. Je logeais chez cette femme et je devais rester alitée, c'est tout ce qu'elle savait. La propriétaire des lieux avait une cinquantaine d'années, et à sa façon de me regarder parfois, j'ai compris qu'elle aussi avait un passé et la sagesse de ne pas juger.

Au fil des jours, mon hôtesse devenait ma bonne fée. Maddy me préparait de la purée de châtaignes et des cocktails de jus de fruits. Les mélodies d'Alicia Keys résonnaient à longueur de journée dans la maisonnée de cette fane inconditionnelle de la chanteuse. Un soir, nous avons dansé. Enfin, Maddy a dansé et moi, j'ai remué mes épaules en rythme. Mon ventre était si rond. On a ri, on était bien. J'oubliais ma vie à Cancale, ce qui pouvait bien s'y passer, et cette nuit-là, j'ai pensé un peu moins à Marceau. Ce qu'il pouvait me manquer ! Je ne cessais de me convaincre que le temps ferait son œuvre. Et puis, un petit bout de lui allait bientôt naître. Il y avait aussi les après-midi lecture lors des jours de congé de ma logeuse, et les nombreuses dégustations de gâteaux. Elle prenait soin de moi comme peu de personnes l'avaient fait. Maddy a marqué ma vie et celle de mon fils à jamais. Paul Éluard affirmait qu'il n'y a pas de hasards, seulement des rendez-vous. Heureusement que je n'ai pas manqué celui-ci. Les jours défilaient et moi, je grossissais. Je n'avais plus le droit de bouger et je mangeais pour deux, je trouvais du réconfort partout, je me moquais bien de mon apparence.

C'est dans cette bienveillance fortuite que j'ai atteint mon huitième mois. *Ton papa était quelqu'un de bien, mon amour, je t'en parlerai beaucoup...* Bien évidemment, il m'est arrivé d'avoir envie de l'appeler et de tout lui avouer. J'aimais Marceau depuis mon premier vélo. Comment allais-je survivre sans lui ?

Le petit prince n'allait plus tarder. Je m'accrochais à cet espoir fou que chacun des sourires de cet enfant me rapproche de cet homme et soigne mes blessures. Ce n'était pas son rôle, ce n'était pas un enfant pansement, mais il porterait son ADN, j'espérais tant qu'il lui ressemble. Marceau avait déjà deux enfants désormais grands, un fils prénommé Clément et sa sœur, Clémence. Tous les deux ressemblaient à leur père, alors il n'y avait pas de raison.

Au cours de ces années cachées, il m'est arrivé de longer les grilles de l'école. Je les observais, eux, les raisons de notre ombre, et un sentiment étrange m'assaillait. J'arrivais à ressentir des élans de tendresse à l'égard de ces deux têtes blondes. S'il me l'avait permis, je les aurais élevés et dorlotés à ses côtés. J'aurais tressé les longs cheveux de Clémence et joué au tennis avec Clément mais ils avaient une maman, Soline. Je sais qu'à l'écoute de ces mots, plus d'une femme mariée me jetterait au bûcher mais je ne suis pas coupable d'avoir aimé. J'ai lutté pour qu'il en soit autrement, en vain.

Et son ex-femme, lorsqu'elle découvrira mon retour à Cancale, souhaitera-t-elle me rencontrer ? Et notre fils, le frère de ses propres enfants, réclamera-t-elle à le voir ? Je n'ai plus peur, je suis prête à tout affronter. Ma vie est ce que j'en ai fait et je n'ai plus de regrets. À quoi bon, de toute façon ?

Lors de mon arrivée en Alaska, je n'avais pas la moindre idée de ce qui m'attendait. J'ai fui sans anticiper quoi que ce soit. C'est ce que j'expliquais à Maddy cet après-midi de fin novembre. Elle ne m'interrogeait pas sur mon passé mais elle voulait malgré tout s'enquérir de mes projets à court terme, ce que je comprenais. La chambre qu'elle louait serait trop petite pour deux, même si ça la peinait un peu.

—J'aimerais élever mon petit loin de tout. Là où les humains sont encore capables d'éprouver d'authentiques sensations, dans un endroit où l'ultra-consumérisme n'a pas plus de valeur qu'une chaleureuse poignée de mains. Dans un lopin de terre où on la respecte encore. Là où les terroristes ne nous feront pas la peau.

Bien évidemment je ne nourrissais pas d'espoirs insensés quant à l'utopie de mon propos, cela relevait davantage de la tirade désenchantée.

Elle a semblé bien surprise par ma réplique alors j'ai simplement expliqué que j'étais avocate dans le passé, et que dans ces carrières, on finit bien trop précocement désabusée. Pour la première fois, mon hôtesse a posé la main sur mon ventre proéminent et s'est adressée à mon bébé :

—Tu sais quoi, petit gars ? Grâce à ta maman, tu auras une destinée magique et tu vas aider Élise à déplacer des montagnes. Parce que je la connais peu ta mère, mais j'entends qu'elle est humaine et ça, c'est une qualité qui devient rare. Ils ont besoin d'elle au pays où la neige éblouit. Ça te dit d'y grandir ?

Je ne crois pas à la télépathie. Le bébé commençait probablement à reconnaître simplement la voix de Maddy, mais à ce moment précis, il s'est manifesté d'un petit coup de pied. J'ai voulu y voir un signe, j'ai trouvé cela fou mais j'ai écouté Maddy. J'étais prête à tout pour protéger mon petit, pour qu'on ne nous retrouve pas et que ma vie ait enfin un sens. Alicia Keys fredonnait *Natural Woman* et je découvrais, narrée par la voix émue de Maddy, l'extraordinaire histoire des Yupiks, ce peuple autochtone qui allait devenir notre nouvelle famille.

Moi, la petite fille aux bottes de caoutchouc de Cancale, je suis devenue maman, une nuit, dans la petite maison de la deuxième avenue de Juneau, en Alaska, d'un garçon que j'ai regardé et qui ressemblait à son papa encore plus que je l'espérais. Il avait sa frimousse, trait pour trait, mon bébé. J'ai pensé : *Marceau, si tu le voyais...*

— Le sourire de ton fils me rappelle celui d'Anoki.

Le regard flou, ma complice de l'instant, penchée sur le landau, se perdait dans un souvenir.

— Qui est Anoki ? me suis-je empressée de lui demander.

— Un homme qui a lutté pour préserver sa tribu, quelqu'un de bien…

On a regardé le bébé sourire aux anges et je n'ai pas hésité. Il allait se prénommer ainsi.

2

— Anoki ? l'interpellé-je, encore lovée sous la grosse couette.

La porte s'entrouvre sur Marceau, hésitant.

—Il est devant les dessins animés.

—OK.

—Tu as dormi un peu ? me questionne-t-il en entrant dans la chambre.

Je remonte le drap afin de cacher la moindre parcelle de ma peau dénudée. Réflexe insensé alors que mon corps a joui des milliers fois sous les doigts de cet homme.

—Pas suffisamment, et toi ?

—Vers 3 heures, j'en ai eu assez de tourner et virer dans ce canapé…

—Désolée, j'aurais dû prendre une chambre d'hôtel, l'interromps-je, sincèrement gênée.

—Ne sois pas ridicule, bien au contraire. Je me suis relevé pour aller voir Anoki dormir. Tu sais, Élise, j'en ai rêvé un paquet de fois, de le savoir près de moi.

—…

—Lui autant que toi, précise-t-il.

—Pourquoi ne me l'as-tu jamais dit ?

— Après huit ans à te cacher dans l'ombre de mon mariage avec Soline et la lettre[1] que tu m'as écrite pour tout m'avouer, crois-moi, j'ai retenu la leçon. Je n'ai fait que penser à moi, il était grand temps que je te laisse faire tes propres choix et que je les respecte.

— Tu m'en veux ?

Un rictus sur le visage, il détourne le regard vers le couloir afin de s'assurer que notre fils ne nous écoute pas avant d'ajouter :

— C'est bien plus à toi d'être en colère. C'est moi qui t'ai menti et qui ai fait des promesses que je n'ai pas tenues. Moi, qui t'ai affirmé que je n'étais pas marié alors qu'une famille m'attendait chaque soir après 18 heures passées.

— Et c'est moi qui ai disparu sans te dire que je portais ton enfant, me confessé-je.

Il caresse ma joue d'un revers de main sage, alors je ne bouge pas. Après toutes ces années, j'ignore qui nous sommes devenus l'un pour l'autre.

— Jamais je ne t'en voudrai, Élise…

— Jamais je ne t'en voudrai, Marceau…

Il est des amours si intenses qu'on ne peut leur imputer des sentiments tragiques. Bien que l'issue de la nôtre n'ait pas connu ce dénouement tant espéré, nous nous sommes toujours respectés. Quelles que soient nos épreuves, nos mots n'ont pas couvert ceux de l'autre. Non que nos caractères ne nous aient permis l'affrontement, nous n'en ressentions simplement pas le besoin. Lui et moi n'avons cessé de nous entendre et de nous

1. Voir *La Place de l'autre*, City, 2020.

écouter avec une profonde bienveillance dans toutes les circonstances.

—Comment te dire, ma plumette ?

J'aimais lorsqu'il prononçait ces mots annonciateurs des précautions qu'il prenait afin de me préserver quelle que soit la teneur de l'échange qu'il amorçait. Ensemble, nous refusions d'admettre l'obsolescence possible de notre amour. Finalement, en le regardant assis sur le bord du lit, je crois que nous n'avons jamais cessé d'y croire. Pourtant, je me demande à quand remonte la dernière nuit où une femme a dormi sous ses draps, blottie contre lui.

—Je n'ai pas entendu Anoki se lever.

—Ça fait un petit moment, nous avons déjeuné entre hommes, des palets bretons.

—Ceux qui font plein de miettes ? lui demandé-je, sensible aux souvenirs.

—Oui, Élise. Ceux qu'on grignotait quand…

Il ne finit pas sa phrase et j'aurais pu le faire moi-même. *Les gâteaux que nous mangions, nus sous mes draps, pendant tes réunions de dernière minute. Enfin, c'est ce que Soline croyait.* Ces rencontres, telles des effractions de la réalité, représentaient notre quotidien. Je prenais ce qu'il restait, les miettes de sa vie.

—Tu es tombée enceinte rapidement ?

Sa question inattendue me surprend mais j'y réponds sans trahir la vérité.

—Dès que j'ai su que tu étais condamné. Ces toutes dernières fois ou tu m'as fait l'amour, je fermais les yeux, je respirais ta peau afin de m'imprégner de ton odeur et j'espérais fort. Ça a pris instantanément. À l'époque, j'ai pensé que le destin m'avait bien assez contrariée et que cette réussite me revenait de droit. On ne peut pas perdre à tous les coups, non ?

Nous nous parlons doucement. On emprunte le ton de la confidence.

—Ça va aller pour son école ?

—Que veux-tu dire ?

—Tu comptes rester un peu et l'inscrire dans un établissement français ou retourner en Alaska ?

—Pour être honnête, je n'en ai aucune idée. J'avance, pas après pas. La vie m'a appris à ne plus tirer trop de plans sur la comète.

Il y a un silence gêné, puis Marceau se risque à me demander si personne ne m'attend dans mon immensité neigeuse, ce à quoi je rétorque simplement que ma principale mission auprès des autochtones est terminée, même si le combat contre la fonte des neiges n'aura jamais de fin.

—Alors ils s'en sont sortis ?

—Tout n'a pas été simple, mais oui, ça va aller…

3

Quelques jours après la naissance d'Anoki, alors que Maddy lui donnait le biberon comme une seconde mère lorsque je fatiguais, je l'ai interrogée sur cette tribu qu'elle avait évoquée. Quel était donc le rapport entre eux et le sens que je pourrais donner à ma vie ? Les bulles d'air remontaient dans le lait alors que le bébé tirait avec insistance sur la tétine de Latex. Maddy caressait le duvet fin sur son crâne pas encore bien rond et m'a raconté son histoire avec les Inuits.

—La chambre que je te loue était celle de ma fille, Mia. Elle l'a quittée voilà maintenant quatre ans. Elle rêvait de grand air, de faire comme son père. Tu sais Élise, moi aussi j'étais une maman solo. Je suis tombée sous le charme d'un photographe qui vendait ses clichés au journal pour lequel je travaillais comme pigiste, à l'époque. On a partagé une passion, trois petits tours et il s'en est allé. C'est ainsi, Mia a été son cadeau de départ. Il n'a jamais voulu s'établir. C'était un aventurier, notre fille a hérité de sa fougue voyageuse et vingt ans après, elle est partie à son tour. Un simple périple duquel elle n'est jamais revenue. Enfin, hormis pour Noël et mon anniversaire. En bref, quasiment pas pour la maman esseulée que je suis devenue.

Je l'écoutais et comprenais mieux cette affection inassouvissable qu'elle m'offrait. Je devenais temporairement la procuration d'un sentiment débordant et les reviviscences d'un passé que Maddy avait côtoyé.

—Mia a eu un coup de cœur. Comment aurais-je pu lui en tenir rigueur ? Paraît-il que la capacité à s'amouracher, c'est comme les maladies génétiques, ça se transmet. Sa maladie d'amour l'a éloignée de Juneau, mais je sais qu'elle est heureuse.

—Pourquoi ne pas l'avoir suivie si plus personne ne vous attend ici ?

—Tu verras, m'a-t-elle dit en souriant. Arrive un moment où l'on doit accepter que les enfants lâchent le bout de notre main. Celle-là même qu'ils réclamaient sans fin lorsqu'ils étaient bambins. Mais ne te préoccupe pas de cela. Toi, tu as bien le temps, a murmuré Maddie en claquant un baiser bruyant sur le front d'Anoki endormi, épuisé par sa dernière tétée. Et puis, je ne suis pas assez forte pour affronter les conditions de vie là-bas.

—Où vit Mia ?

—Ma fille habite là où les maisons sont de bois et de toutes les couleurs afin que l'on repère le village les jours de grande tempête. Là où les chiens s'élèvent en meute et tirent les traîneaux sur la poudreuse. Chez les autochtones, les uns dépendent des autres, mais une bienveillance protège la tribu. Je comprends que Mia y vive heureuse. Heureuse mais désormais inquiète et moi aussi, je me fais du souci pour elle et les siens.

—Pour quelle raison, Maddie ?

—La bêtise humaine…

—Je ne comprends pas !

— Les glaces fondent, les maisons menacent de glisser sous un sol de neige qui se liquéfie. Le gouvernement les abandonne. La tribu est menacée. (Elle m'a regardée avec une détermination sans faille et a jeté une tirade qu'elle avait, je le découvrais, alors habilement préparée.) Tu es avocate, Élise, toi, tu peux défendre leurs droits, tu es complètement bilingue. Ils ont besoin de toi. Va aider ma fille et les siens !

— Je suis désolée, Maddie. Je n'ai plus la force d'entreprendre des batailles. Je viens de quitter celle que je menais depuis près de huit années, à aimer un homme qui n'était pas le mien, à espérer un avenir incertain. Je n'ai plus d'énergie.

Un peu honteuse, j'ai extrait Anoki de ses bras chauds puis je suis allée m'isoler dans ma chambre, enfin, dans la chambre de Mia, une femme en danger. J'avais beau m'en défendre, je vibrais quand je plaidais dans des procès compliqués. J'étais peut-être une garce aux yeux de ma mère et beaucoup m'auraient peut-être jugée ainsi en découvrant notre relation cachée mais je luttais contre l'injustice, jour après jour. Malgré toute ma reconnaissance à l'égard de celle qui m'avait recueillie, je ne m'en sentais plus la force. Et puis, comment aurais-je pu élever Anoki dans des conditions si extrêmes ? Le sommeil a fini par engloutir mes doutes, mais au réveil, Maddie m'attendait de pied ferme.

— Où irez-vous, Élise ? Sans travail, on ne vous délivrera pas de visa pour rester sur le sol américain. Et vous n'aurez bientôt plus assez d'argent pour survivre avec le petit, sans emploi. Vous serez dans une impasse.

J'aurais pu entendre la menace dans les propos de ma logeuse qui semblait avoir perdu sa délicatesse. Mais j'ai décelé dans sa voix la supplique d'une mère inquiète, tout comme moi, je l'étais désormais pour mon enfant. Je comprenais Maddie et au fond, je ne pouvais qu'admettre qu'elle avait raison.

— Vous me faites chauffer de l'eau ? lui ai-je demandé, prête à discuter.

Un immense sourire a barré son visage et une larme discrète a perlé sur ses ridules délicates. À cet instant, elle pensait à Mia. À cet instant, ma vie allait être bouleversée…

4

— Bonjour, maman !

— Salut, mon fils. As-tu bien dormi ? lui demandé-je en attrapant sa taille pour le coller tout contre moi.

— C'est bizarre de ne pas entendre les chiens.

Anoki a fait ses premiers pas, accroché aux longs poils de Bilbo. Le chiot et ses frères avaient quatre mois lorsque nous avons rejoint la tribu. J'ai anticipé la séparation difficile à venir pour Anoki, et sa moue de ce matin confirme mes prédictions relatives à l'éloignement de son fidèle compagnon à quatre pattes. Après pléthore de tentatives de négociation de sa part pour que le molosse nous accompagne dans notre si long voyage, son copain Chayton lui a promis qu'il veillerait sur lui. C'est un chien de musher, il aurait bien trop souffert à Cancale.

— J'ai des filets à relever. Si tu veux m'aider, on fera une bonne équipe. Tu m'as appris à briser la glace lorsque je suis venue te rencontrer en Alaska, c'est à mon tour de te montrer la manière dont on pêche ici. Ça te dirait ?

La proposition s'adresse à notre fils mais Marceau me scrute afin d'obtenir mon approbation, ce à quoi je réponds sans hésiter. Mon simple sourire a valeur de validation. Le petit, excité, court vers le placard pour dénicher une paire de bottes à sa taille, probablement celles que son père a gardées de Clément.

—Élise, j'ai pensé que tu avais des choses à gérer et qu'avec Anoki, ce serait moins évident. En tout cas, dans un premier temps.

—Des choses à gérer… répété-je, pensive.

—Tu préfères attendre un peu ?

—Je ne suis pas revenue pour me cacher entre tes quatre murs. La ville est petite et les rumeurs quant à mon retour d'outre-tombe vont se répandre comme une traînée de poudre. Et puis toi, tu vas leur dire quoi, au port, sur l'identité du petit ? Un enfant de dix ans à la peau brune qui te ressemble comme deux gouttes d'eau ?

—…

Le silence se répand dans la chambre comme le soleil diffus de l'aube qui transperce les persiennes et zèbre nos peaux. Marceau paraît gêné, non par la vérité mais parce que je comprends qu'il n'a jamais fait de place à son fils dans sa réalité. Une nouvelle fois, je ne lui en tiens pas rigueur. C'est moi qui l'ai emmené si loin sans promesse de retour.

—Alors, tu n'as jamais parlé de lui ?

—Juste à Soline, aux enfants et à ma mère. Tous les quatre se sont engagés à garder le secret. Annoncer la naissance du petit, c'était admettre que tu étais encore en vie et je n'avais pas légitimité à révéler cette vérité à ta place.

Je me demande bien quelle est la meilleure façon de faire son *come-back* dans le monde des vivants. Je me lève du lit et enfile mon jean. Marceau détourne sobrement le regard.

—Par qui comptes-tu commencer ? m'interroge-t-il sérieusement.

Je ne peux dissimuler mon rictus. J'ai la désagréable impression que Marceau évoque la liste de témoins gênants qu'un serial killer va devoir éliminer.

—Par celle qui a commencé par me bercer et qui a fini par me prendre pour La Garce, lui rétorqué-je, sans nuance.

—On était deux dans cette histoire, ne préfères-tu pas que je sois à tes côtés pour lui parler ?

—…

—Ma mère pourrait garder Anoki. Tu sais, elle a hâte de le rencontrer.

—Je ne suis pas convaincue que ce soit le cas de la mienne.

—Marie-Laurence t'a cherchée, Élise.

—Tu sais pertinemment que cette femme m'avait perdue bien avant que je ne disparaisse. Je ne cesserai de me demander comment le jugement peut anéantir des années d'amour inconditionnel d'une mère. N'est-on pas censé distinguer l'action de l'être qui l'a commise ?

—Ne penses-tu pas que c'est à elle que tu dois poser cette question ?

—Ma mère vit toujours dans la maison où j'ai grandi ?

—Je crois, oui.

—Je n'ai jamais oublié le jardin dans lequel elle me contait des histoires. C'était derrière le grand sapin, on s'asseyait sur le banc de pierre… lui dis-je sans ressentir la moindre affliction.

Arrive un moment où l'on anesthésie le chagrin. Où l'on pardonne, peut-être moins pour ceux qui nous ont blessés que pour soi-même afin de parvenir à se libérer du poids du passé.

—J'irai seule. Ne t'inquiète pas, ça va aller.

—Comme tu préfères.

Je vois bien que Marceau se sent impuissant face aux épreuves qui m'attendent. Il pose sa main sur mon épaule et la serre légèrement. Ses gestes sont ceux d'un homme qui cherche ses marques sur un corps abandonné, mais ça, il l'ignore. Depuis mon départ, mon corps a certes admis la conquête d'autres hommes, mais dans leurs victoires, ils ne m'arrachaient que des orgasmes mécaniques dénués de goût. Il m'est arrivé de jouir, mais sans faire l'amour.

Je regarde Marceau s'éloigner dans le couloir, alors qu'avant, j'aurais tout donné pour une nuit près de lui. La réalité de l'aube dévoile deux lits séparés, deux bouches qui ne se sont pas retrouvées.

—Que cherches-tu, moussaillon ?

—Un anorak. Papa dit qu'il va faire froid en mer.

Il l'appelle *papa*, comme s'il avait toujours été présent. Je ne pouvais pas espérer meilleure issue pour mon fils mais je trouve malgré tout étrange cette facilité à rattraper des années de biberons manqués. Anoki avait huit ans, lorsqu'il a entendu pour la première fois le timbre de la voix de son père. J'extrais l'habit convoité de sa valise et le lui tends. Je n'ai défait aucun sac. Peut-être regagnerons-nous l'Alaska dans les jours à venir. Dans le hall d'entrée, Marceau est prêt à partir, il attend le petit qui s'agite de pièce en pièce pour ne rien oublier.

—Ça ne te fait pas bizarre à toi, Marceau ?

—De quoi me parles-tu ?

Je souris. Je pourrais répondre : « De tout ! » Je me contente de lui dire :

— Qu'il t'appelle *papa ?*

— Bien sûr que si !

On n'ajoute rien. Il semble plus sage d'user une fois de plus d'un silence qui nous épargne. Je pourrais conclure par un : « Prends soin de lui », mais c'est inutile. Je sais qu'il sera bienveillant avec Anoki, comme il l'a été avec Clément et Clémence. Marceau n'est pas un homme parfait, mais s'il est une qualité qu'on peut lui attribuer, c'est d'avoir su aimer ses gosses. Il a sacrifié sa vie d'homme pour eux. Il a renoncé à notre histoire pour ses enfants. Maintenant que je suis maman, je le comprends et je le respecte encore davantage.

Du bout des doigts, je pousse le rideau de la fenêtre et m'adosse mur. Je les regarde s'éloigner ; eux, les deux hommes de ma vie. Il y avait aussi papa, mais il est mort il y a des années et lui, contrairement à ma mère, ne m'a jamais jugée. Il s'est contenté de m'aimer.

Marceau ne tient pas la main de son fils, notre petit Esquimau blond est déjà bien trop grand pour cela. Ce geste ordinaire que les parents oublient si souvent d'apprécier, lui, il ne l'aura jamais fait. Parviendront-ils à rattraper les années ? Je l'ignore. J'ai gardé pour moi ses premiers mots et ses premiers pas. Anoki se retourne et m'envoie un baiser d'un signe de main. Je mets toute ma tendresse de maman dans celui que je lui renvoie. Il semble content d'emboîter le pas de Marceau.

Les enfants sont incroyables. Il débarque du bout du monde, dans l'appartement d'un père qu'il n'a rencontré qu'une fois et avec qui les discussions par écran interposé sont l'unique lien. Des paysages immaculés de blanc, c'est sans transition qu'il longe cette route bétonnée aux terrasses de restaurants en direction du port. Il ne paraît même pas désorienté. Ce petit homme prend ce que la vie lui offre, sans préjugé, sans censure et sans crainte. C'est comme s'il avait confiance en l'existence. À quel instant perd-on notre sagesse enfantine ?

5

Depuis qu'ils sont partis, j'erre dans l'appartement, à la recherche d'un brin de courage. Je ne crains pas l'épreuve, je n'en ai simplement pas envie. Ma mère semble m'attendre depuis dix ans, le moment est venu de lui montrer que je suis encore en vie. Le chauffeur de taxi que j'appelle m'informe qu'il ne va pas tarder.

— Je ne suis pas pressée, lui rétorqué-je.

En Alaska, j'ai appris à ne plus courir après la vie pour finalement passer à côté. Au son de sa voix, j'entends son empressement. J'avais oublié ce monde de rescapés dans lequel les Occidentaux s'efforcent en permanence de ne pas sombrer. Je ne veux pas retomber dans ces travers et me perdre, je l'ai déjà bien trop fait, c'est derrière moi, tout ça.

Une fois un gros pull et mes bottines enfilés, je cherche un bout de papier, juste pour noter : « Je vais la voir. Merci de garder le petit, il avait hâte de te retrouver. » J'hésite à conclure par : « Je vous embrasse », mais je m'abstiens et ma découverte à suivre me confirme que je dois rester à ma place, celle de la mère de son fils, celle d'une femme que Marceau a aimée, l'actrice d'une histoire qui appartient au passé semble-t-il, puisque désormais, une autre occupe le devant de la scène.

C'est en ouvrant le tiroir afin d'attraper un simple bout de papier que je découvre un cadre blanc mouluré, et leurs sourires complices qui me désarment. Marceau a refait sa vie. Dans ses bras, il y a une autre femme que Soline et moi. J'interdis au venin de ce papier glacé de s'inoculer dans mes veines puisque, sur la route me menant à Juneau, je me suis fait une promesse : celle de ne plus souffrir pour Marceau. Non ! ni pour lui, ni pour un autre.

Elle a un visage à s'appeler Estelle, Arielle, ou peut-être Cyrielle. Elle semble si jeune. Sa peau lisse caressant celle, de Marceau, tachée par un cancer qui a laissé une trace indélébile sur son cou, trahissant leur écart d'âge. Physiquement, les hommes mûrissent, les femmes vieillissent. Les cheveux poivre et sel ne donnent du charme qu'à la gent masculine. Nous sommes si différents. Arrive un certain âge où la séduction devient déloyale. Le chignon négligemment noué de l'inconnue laisse échapper quelques mèches aux reflets de noisette sur ses épaules. Et si c'était une Yaëlle ? Son regard noir espiègle lui donne beaucoup de charme, je comprends qu'il se soit tourné vers elle. Axelle peut-être. Sur la photo, je distingue la proue d'un bateau que je ne connais pas, la mer en contrebas. Avec elle, il ne se cache pas. J'ai beau m'en défendre, ça pique un peu au cœur quand même. Adèle lui irait bien aussi.

J'ai attendu huit ans pour qu'une autre goûte à la liberté dont j'ai été privée. Je pourrais regretter d'avoir fui mais ce n'est pas le cas. Rien ne remplacera ma vie en Alaska. J'enferme le cadre de bois là où je l'ai trouvé. Il trône sur le haut d'une pile de papiers, j'en déduis que Marceau l'a déposé là très récemment, vraisemblablement lorsque j'ai sonné à la porte. Il l'aurait alors caché, j'imagine pour me préserver. Le klaxon agressif du taxi m'extirpe de mes pensées. Quelle importance ? Anoki et moi ne resterons pas à Cancale. Le paysage breton défile sous mes yeux, le chauffeur est silencieux et moi, je m'efforce d'oublier cette image à la saveur létale. J'espère juste ne pas en trouver d'autres. Aussi, je décide que je n'ouvrirai plus aucun tiroir.

Mais cette femme, où se cache-t-elle depuis mon arrivée ? Que sait-elle de moi et de notre enfant ?

— Vous connaissez le coin ? me demande-t-il de façon désinvolte.

Le ton du chauffeur n'annonce qu'une conversation purement commerciale.

— Non, je suis de passage, lui réponds-je d'une voix peu engageante qui signe la fin de l'échange.

J'observe avec émotion les plages que je n'ai plus foulées et qui m'ont parfois manqué. J'aimais marcher les pieds nus sur le sable mouillé, les sentir s'y enfoncer. Je veux que mon fils découvre cette sensation, et puis Marceau lui fera probablement découvrir les parcs à huîtres et les marais salants, c'est là qu'on a grandi, lui et moi. Je scrute la mer éloignée, les canots échoués et les bancs d'algues sèches. C'est marée basse. Nous roulons sur la corniche, je ne suis plus très loin. Je me laisse bercer pour préserver mon calme. Je n'anticipe pas les mots, il n'existe pas de vocabulaire pour dire à une mère que sa fille lui a menti au point qu'elle porte son deuil.

Le taxi empoigne les billets et me salue avant de déguerpir à vive allure. Face à moi se trouve la maison dans laquelle je suis née et devenue la petite fille de

Cancale. Les souvenirs m'envahissent et me donnent un vertige : mes bottes jaunes à sauter dans les flaques d'eau, mon petit frère qui grimpe dans l'arbre de la voisine, et mon père qui passe la tondeuse et râle après le climat capricieux, ses averses entre deux rayons de soleil. « La pelouse a encore poussé, j'y retourne ! Élise, tu montes avec moi dans le petit tracteur ? » Je courais, chanceuse d'un instant privilégié avec papa, juste lui et moi. La peinture du portillon est écaillée, on voit qu'il n'est plus là, les volets sont devenus bien pâles.

Je sonne à la porte de ma vie d'antan, j'en suis devenue étrangère. Personne ne répond. Timidement, je pénètre dans la cour, ma mère semble absente. Sans trop réfléchir, je m'engage vers le jardin derrière la bâtisse. Je marche d'un pas lent et me remémore tout : les berceuses qu'elle fredonnait à mon oreille, les siestes, allongées toutes les deux sur la vieille couverture orange, et ses caresses dans mes cheveux, les heures qu'elle passait à me les démêler. Avec l'eau salée et le sable qui gratte, il fallait constamment les laver, mais maman ne se plaignait jamais. Avec une patience sans faille, elle tressait ma longue crinière en me confiant que j'étais la plus belle. Moi, je n'étais pas du même avis mais je la laissais me le répéter. Je savais les mères rarement objectives alors je jouais le jeu.

À l'époque, je ne pouvais pas lui reprocher de trop m'aimer. Si j'avais su ce que l'avenir nous réservait, j'en aurais fait une pleine réserve, de ses mots doux, avant qu'elle ne me perçoive plus que comme une briseuse de ménage. C'est avec du dégoût plein les yeux qu'elle m'a regardée lorsque je lui ai annoncé combien j'aimais un homme marié. Avant, j'étais une brillante avocate dont elle n'hésitait pas à faire les éloges ; après ma révélation, je suis devenue celle qu'il fallait cacher loin, dans l'obscurité des infidélités. Dans le fond de son âme, j'ai lu la honte que je lui inspirais et à cet instant précis, j'ai compris qu'il y aurait un avant et un après avec maman. Démunie face à son jugement, je commençais à la perdre.

C'est assise sur le banc de pierre, en voyage dans mes souvenirs, que j'entends la porte de la verrière se refermer sur les pas de ma mère. Je l'observe sans qu'elle ne me distingue. Son dos est courbé, ses rides, plus marquées, elle porte des lunettes. Dix années ont passé. Je la laisse avancer vers moi, elle semble désorientée et moi, je n'ose pas bouger. Mes mains tremblent imperceptiblement. Elle évolue d'un pas lent mais assuré vers son jardin fleuri, puis son regard se pose sur moi. Instantanément, j'y lis l'horreur. La peur crispe son visage et sans, que j'aie le temps d'arriver pour la rassurer, un cri d'une violence inouïe s'échappe d'elle. Tel un animal traqué, elle recule et cherche à fuir.

— Madame, madame, j'arrive !

J'entends cette voix qui cherche à rassurer ma mère, une inconnue sort de la maison et accourt. Elle saisit la main de ma maman et s'efforce de la calmer, non sans difficulté.

— Venez avec moi, rentrons, Marie-Laurence ! l'incite-t-elle avec autorité en enveloppant sa taille pour la diriger vers une sécurité illusoire. Restez là, vous ou j'appelle la police. Je vous préviens ! me menace-t-elle sans sourciller.

Et pour la toute première fois depuis que cette femme m'a considérée comme La Garce, je la supplie en articulant :

—Maman, ma maman…

Je cavale au fond du jardin et j'y cache mes larmes. Je m'étais préparée à bien des réactions de la part de ma mère, mais pas celle-ci. Et qui est cette femme qui l'accompagne ? Je m'écroule à genoux, la boue imprègne le tissu de mon jean et je tremble. La violence avait quitté ma vie au pays des glaces. Là, je suis percutée en plein cœur et j'ai mal. J'ignore combien de minutes passent avant de l'entendre me demander plus calmement mais avec une grande méfiance :

—Que lui voulez-vous ?

Je me relève péniblement et murmure à cette inconnue :

—Je suis sa fille.

Elle me considère.

—Je suis Élise…

Elle m'observe longuement, son insistance devient gênante.

—Je vais voir si Marie-Laurence est apaisée. Je vais mettre sa série afin qu'elle me laisse quelques minutes pour que je vous explique.

—M'expliquer quoi ? Je veux voir ma mère ! m'emporté-je.

—Ne bougez pas ! elle ne hausse pas le ton, son autorité naturelle m'oblige à me soumettre à son injonction.

Je me relève. La tête me tourne. Je regagne le banc de pierre et m'efforce de recouvrer mon calme. Mon souffle est court. L'inconnue réapparaît, un plateau à la main.

Dessus trônent deux tasses fumantes. Je reconnais la vaisselle.

—Il paraît que vous aimiez le thé. C'est encore le cas ? me murmure-t-elle afin d'éloigner le climat d'hostilité dans lequel nous venons de nous rencontrer.

—Ça suffit maintenant, où est ma mère ?

—Dans son fauteuil, c'est là que Marie-Laurence passe la majorité de ses journées. Elle regarde la même série en boucle.

—…

Mes mots sont censurés. Je suis épouvantée. J'ai bien trop peur de comprendre. Alors, dans un murmure, je me risque à lui demander :

—Pourquoi en boucle ?

—Parce qu'après le générique de fin, votre maman a oublié qu'elle vient de le regarder. Je suis désolée, Élise, me dit-elle avec une grande sincérité tout en frottant avec empathie mon bras.

Dans l'avion qui nous ramenait, Anoki et moi, vers mon passé, je me préparais à montrer mon nouveau visage et c'est finalement ma mère qui me dévoile le sien. C'est elle qui n'est plus qu'un fantôme. Carole est son aide-soignante et c'est avec une grande délicatesse qu'elle me raconte…

—Avec votre disparition, lorsque les premiers symptômes de la maladie se sont manifestés les médecins ont refusé d'assurer un diagnostic. Dès que votre mère s'absentait de chez elle, à son retour, elle demandait à la voisine si vous étiez passée en son absence. Rapidement, elle est allée voir les commerçants du quartier quotidiennement. « Élise est-elle venue faire quelques courses aujourd'hui ? » Jour après jour, sa question restait analogue. En soi, sa fille venait de disparaître, il n'y avait rien de plus logique qu'elle vous réclame, mais ce qui a surpris son entourage, c'était cette placidité dans sa voix. Trois mois se sont écoulés avant qu'on comprenne que tout ne relevait pas uniquement du choc post-traumatique lié à votre départ. Ensuite, tout s'est accéléré. Sa perte de repères rendait ses déplacements impossibles, elle passait des heures seule, enfermée dans cette maison. La femme de votre frère n'allait pas tarder à accoucher de son deuxième enfant. Lui aussi a fait de son mieux.

—J'ignorais que Chloé était enceinte lorsque je suis partie, dis-je, abattue par la découverte d'un univers chamboulé alors que j'ai abandonné ma famille.

—C'était un garçon. Une petite fille est née deux ans après. Seul son aîné a connu sa grand-mère.

—Simon a trois enfants ?

—Oui, effectivement.

—…

—Avec votre perte, si je peux m'exprimer ainsi, et la dégénérescence de votre maman, les enfants ont été et sont encore leurs pulsions de vie. Simon et Chloé ont tenu pour eux.

Je prends la mesure de ce qu'ont dû traverser mon frère et ma belle-sœur, et la culpabilité m'assaille. Je ne peux m'empêcher de penser que je suis à l'origine de ce déclin précoce de notre mère.

—Maman ne se souvient plus de moi ?

Chacune de ces syllabes s'arrache à ma bouche.

—Vous êtes la dernière qu'elle a oubliée…

—Elle m'en voulait ? articulé-je péniblement.

—Pourquoi vous posez-vous cette question ?

J'hésite à répondre. Après des années de secret, je m'épanche sans filtre sur l'épaule d'une inconnue.

—Votre mère a fini par créer un délire systématisé vous concernant.

—Je ne comprends pas.

—Elle ne cessait de répéter qu'elle voulait monter dans l'avion qui volerait jusqu'en Alaska. Que Michel piloterait le très gros avion, et elle imitait le bruit des réacteurs. C'est à cette période que le médecin a voulu la placer en unité Alzheimer. On ne répondait pas à sa demande alors elle devenait agressive et répétait inlassablement ces trois mots : Élise, Michel, Alaska.

—…

—Mais votre frère a lutté comme un forcené pour que Marie-Laurence ne soit pas enfermée. Elle porte un bracelet de protection et moi, je suis désormais présente à temps plein, d'autres collègues prennent le relais pour les gardes de nuit.

—…

—Vous êtes très pâle, Élise !

—…

Les cris de maman conduisent Carole à me présenter ses excuses alors qu'elle se lève.

—Je remets son épisode au début et je reviens très vite. Je n'en ai pas pour longtemps, m'assure-t-elle en me considérant avec une inquiétude qu'elle ne cherche pas à dissimuler.

La porte de la verrière claque sur le passage de l'aide-soignante et elle disparaît à l'intérieur de mon ancienne maison. Je me hisse tant bien que mal vers le portillon, et je pars, totalement anéantie. J'erre dans les rues de Cancale et, dans ma tête, deux interrogations m'obsèdent : *Comment maman a-t-elle su pour l'Alaska ? et qui est ce Michel ?* Je suis si triste. J'ignore qui d'elle ou moi a perdu l'autre mais désormais, j'ai la funeste certitude que plus jamais je ne retrouverai la douceur de ses câlins.

J'arrive sur la pointe du Grouin sans même avoir discerné si le chauffeur qui m'a conduit était un homme ou une femme, brune, blond, ou même chauve. Je n'ai plus la notion de l'heure, ni même du temps. Je suis inaccessible à la vie, enfermée dans mon indolence. Je retrouve les chemins sinueux et les cailloux qui roulent sous mes pieds instables. Le vent fouette mon visage et rend fous mes cheveux. Je plaque mes deux mains sur mes oreilles, je ne veux plus rien entendre. Au sommet du promontoire rocheux, je cherche dans la brume l'archipel de Chausey.

—Regarde mon bébé, tu vois tout là-bas ?

—Non, maman, quoi ?

—La petite île. On ira, rien que toi et moi.

J'avais à peine cinq ans et moi je n'ai rien oublié. *Maman, je me souviens que je t'ai aimée...*

6

— Je suis rentrée, annoncé-je en refermant la lourde porte de bois.

Je leur crie ça, comme si nous étions une famille ordinaire, comme si ces mots étaient légitimes. Il ne manquerait plus que j'ajoute que j'ai rapporté le pain ! Ma vie n'est peut-être rien d'autre qu'une grande supercherie, finalement. La soirée passe dans une réalité qui m'échappe. Je retiens ma peine. Nous venons d'arriver. Anoki ne doit pas s'inquiéter. Marceau pose de temps à autre sur moi un regard grave, mais il dissimule ses doutes. La priorité est de coucher le petit alors il s'y emploie. Ce soir, pour la première fois à Cancale, c'est lui qui embrassera son front et le bordera.

Anoki découvre son père alors que moi, je viens de perdre ma mère. J'ignore ce qui doit poindre : ma peine ou ma faute ? *Ai-je le droit d'être triste d'un phénomène que j'ai provoqué. Et si j'avais su ce que ma disparition allait engendrer, serais-je partie ? Aurais-je abandonné maman, même si pour elle, je n'étais plus qu'une garce ? Y a-t-il une hiérarchie possible de nos amours ? Aurais-je dû risquer d'anéantir celui de Marceau pour préserver cette tendresse maternelle que je ne soupçonnais plus ?*

Lorsque Marceau entre dans la cuisine, je débarrasse le dîner. L'assiette à la main, c'est sans retenue que je crache ma rage dans mes confidences à cet homme affecté, lui aussi, de découvrir la vérité sur la folie qui s'est emparée de maman.

—Lorsque j'ai quitté le pays, aussi égoïste que cela peut avoir été, tu sais ce que j'ai pensé, Marceau ? lui demandé-je en m'emportant.

Il ne répond rien, cet homme me connaît par cœur. Je n'attends pas sa réponse, j'espère juste qu'il entende la mienne, aussi tranchante soit-elle.

—J'ai pensé que notre amour était à son apogée. Jamais tu n'avais autant voulu me retrouver, eh bien je m'envolais, laissant derrière moi un sentiment qui n'a pas eu le temps de s'évanouir. Je partais avec une conviction au fond des tripes, Marceau, celle que tu m'aimerais, moi plus qu'aucune autre, et à tout jamais. C'est ridicule mais l'humain a besoin de se sentir précieux. Il a besoin de savoir qu'il est important, qu'on pense à lui, qu'on a besoin de lui, sinon c'est le néant. Le vide abyssal des sentiments. De notre naissance à notre mort, Marceau, on lutte contre cette fichue crainte de s'endormir seul et de crever seul. Moi, je partais sans toi mais avec ton amour éternel, et encore plus renforcé par ma perte. J'en étais certaine.

Il me regarde, hésite mais n'ajoute rien. Aussi, il me laisse encore un peu de place pour déverser ma colère et je lui dis combien, j'en veux, à moi, mais aussi à papa. Pourquoi, il est mort, lui ? On les excuse, les défunts, on les allège de toute responsabilité.

— C'est trop facile, Marceau, trop facile, lui dis-je de ma voix qui faiblit, désemparée. Il est parti alors qu'il était ma seule famille, me laissant porter la détresse d'une mère qui ne voulait plus de moi, parce que j'étais la maîtresse d'un homme marié. Toi…

Il y a un silence gêné que Marceau vient rompre :

— Ton père n'a rien pu faire contre la maladie, se risque-t-il à me dire, prêt à empoigner ma douleur.

— Comment peux-tu le savoir ? Tu n'étais même pas là. (Je sens le venin s'insinuer en moi.) Papa est mort une nuit alors que toi, tu partageais les draps de Soline. Quand je l'ai enterré, tu n'étais pas là pour me prendre dans tes bras. Tu m'as laissée seule. Marceau, pendant toutes ces années, je t'ai attendu. Maman avait peut-être raison… En fait, je n'étais pas une garce mais une idiote. C'était une belle connerie de t'aimer, lui dis-je en fondant en larmes. Papa est mort, toi, tu m'as laissée seule et maman ne me reconnaîtra plus jamais.

Je me lève d'un bond et conclus en lui disant que je n'aurais jamais dû revenir, jamais.

— Là-bas, au sein de la tribu, j'avais réussi à oublier mon passé et le mal que tu m'as fait.

— Où vas-tu ? se contente-t-il de me demander, complètement désarçonné.

— Jette un coup d'œil sur le petit, lui réponds-je en enfilant ma veste.

Je ne claque pas la porte. J'ai peur de réveiller Anoki.

— Élise… m'interpelle-t-il.

Je me retourne et l'entends me dire, totalement effrayé :

— Ne fais pas de bêtises…

Marceau est désemparé, ni lui ni moi n'avions anticipé ce que j'allais lui jeter au visage.

—Ne t'inquiète pas pour ça, je crois que j'en ai déjà assez fait !

C'est face à la baie que mes semelles claquent, sur le sentier des douaniers. Je m'y aventure d'un pas lent. La nuit a recouvert le littoral. Je n'ai même pas peur de tomber. Ma rage est intense et je n'arrive pas à me calmer. J'inspire fort, ça sent Cancale et mes souvenirs abîmés. Je descends dans une petite crique. J'inspire encore plus fort, mes larmes coulent. Je m'enfonce dans l'eau, le froid est saisissant, je veux qu'il m'anesthésie. J'ai mal de l'eau qui mord ma chair. Je me mets à crier comme un animal blessé, de rage, de colère, de tristesse. Je hurle au vent ma douleur. Je veux qu'elle sorte de moi.

J'ai abandonné ma mère. Je crie encore plus fort, et je pleure tout ce que je peux, comme une gosse qui réclame un câlin qu'elle n'obtiendra plus jamais. Je lui crie combien je suis désolée. J'ai mal, mal d'en avoir tant fait… Je m'épuise à sangloter comme une gosse esseulée à bout de forces. L'eau qui m'arrive à mi-cuisses finit par me bercer. Les vagues sont violentes sous la force du vent. J'étends mes bras en grand, je veux qu'il m'emporte dans son souffle. J'écoute les mouettes, le ressac des vagues qui s'abat sur les rochers, et je reste longtemps ainsi, jusqu'à ce que je ne ressente plus rien.

Lors de mon retour Marceau est nerveux. Il m'attend derrière la vitre, le rideau tiré. Je me sens comme une adolescente après sa crise, piteuse. Il ouvre la porte et se plante derrière. Marceau pose son index sur ma bouche pour m'encourager à me taire, ce qui en soi est un bon conseil. J'ai dit mon lot de bêtises pour un moment. J'ai tout mélangé. Je pense : *Marceau, ne m'en veux pas.* On s'en souviendra, de notre première soirée en famille. Finalement, ce n'est peut-être pas une supercherie mais un peu la vraie vie : Marceau qui éponge la peine qui glisse encore sur mes joues, qui me tend une serviette pour que j'essuie mes jambes tremblantes du froid de la mer salée de Bretagne, et qui me serre dans ses bras, sans m'en vouloir. Marceau qui me console et, cette fois, qui est bien présent près de moi pour affronter l'épreuve. Il est là, je sens son épaule contre laquelle, je colle la mienne, je ne suis pas seule…

C'est tout habillée, appuyée contre lui dans le canapé que je suis réveillée par la froidure de l'aube. J'ignore le moment où je me suis assoupie. Il fait encore sombre mais je discerne le visage de Marceau. Je prends le temps de le regarder pour la première fois depuis mon retour. De tendres souvenirs me ramènent aux amants que nous avons été. Je regarde ses doigts qui ont parcouru chaque parcelle de mon corps, sa main libérée de cet anneau d'or que jamais je ne gommais et sa bouche qui happait langoureusement la mienne. Je le détaille. Moi non plus, je n'ai rien oublié de cet homme qui venait me retrouver dans des instants arrachés à sa réalité.

Je reste là de longues minutes. Je n'ose pas bouger par crainte de le réveiller. J'ai passé des années à rêver qu'un jour plus rien ne nous empêche de nous endormir, sa peau contre la mienne. J'approche ma main de son visage et mon cœur s'emballe. Une envie irrépressible me saisit, celle de glisser ma main dans sa barbe noire, comme avant. Souvent, je fermais les yeux et je la caressais. Lui aussi cherchait mes cajoleries et on en jouait. Je retrouve sous la pulpe de mes doigts ce contact qui me fait frémir. Je ne ferme pas les yeux. Je ne veux pas qu'il sache que je me suis aventurée à cette marque d'intimité. Et s'il se réveillait ? Je m'y aventure, tout en délicatesse. Que reste-t-il de nous, désormais ?

Mon index glisse sur sa bouche charnue. Je me surprends à ressentir l'envie de ses lèvres sur les miennes. J'ai peur de mon désir inattendu, aussi, je préfère le fuir. Je dois me protéger et ne pas retomber dans cette relation chimérique. On a déjà bien trop essayé. L'histoire d'Élise et Marceau appartient au passé, j'ai fini par l'accepter. Et puis, le besoin qui germe en moi à cet instant n'est probablement rien d'autre qu'une envie d'être rassurée, mais ça va aller. Demain, c'est auprès de mon frère que je me confierai, après m'être excusée, j'imagine. Et lui, que lui ai-je fait endurer ?

Oui, l'envie des lèvres de Marceau n'est rien d'autre qu'un caprice prêt à se dissoudre dans ma raison. Je ne dois pas tout confondre, au risque de me perdre. Je le regarde une dernière fois. Je ne le touche plus. Je ne l'embrasse pas, c'est mieux ainsi. Je me lève et le couvre du gros plaid. Il bouge les épaules et se recroqueville sur lui-même. Marceau semble plongé dans un profond sommeil. Je regagne sa chambre et me love sous la couette. La nuit n'est pas tout à fait terminée.

7

— Maman, promis tu dis oui ?

La détermination sans faille dans son regard laisse peu de répit à mon réveil tardif. Anoki a d'abord formulé ce souhait à son papa. Vu toutes ces traversées d'océan qu'ils ont de retard, convaincre Marceau a été, je pense, un jeu d'enfant. Son père ajoute avec bienveillance que cela ne peut me faire que du bien de prendre un bon bol d'embruns.

— Si je comprends bien, je n'ai plus aucune chance avec vous deux !

Déjà complices, ils se tapent dans la main et le petit court préparer un sac de provisions à base de sucreries.

— Tu ne peux pas enchaîner les défis, Élise. On s'occupera de ton frère cet après-midi et le petit a envie d'être avec ses deux parents, m'affirme Marceau, lui aussi, résolu.

Alors c'est ça, une famille ? Élever un enfant à deux, c'est se laisser porter par un homme qui nous veut du bien ?

Je noue mes cheveux, bois un Jardin bleu et mange une tartine de miel en quatrième vitesse. Derrière la fenêtre, je regarde l'océan au loin et le crachin du matin. C'est ici que j'ai grandi. Je m'efforce de ne pas me laisser engloutir par l'image horrifiante du visage de ma mère.

Mon fils mérite de passer de bons moments avec *ses deux parents*. Même dans mes plus grands fantasmes je n'ai pas osé espérer que Marceau prononce un jour ces mots.

Sa voix m'arrache aux vagues de Cancale lorsqu'il me demande simplement si ça va. Je balaye la question et lui demande alors si les conditions sont bien favorables à notre départ en mer, mais lui non plus ne répond pas. Je me retourne alors et je le vois, le regard baissé, un peu troublé, une grande boîte à la main.

— J'ai demandé au petit qui m'a confirmé que tu n'en as pas pris dans tes valises. Et… (il tire de sa poitrine un soupire ému.) On est passés au port les acheter hier. Mon Élise sans ça, ce ne serait pas vraiment toi…

Je saisis le paquet, l'ouvre, et j'éclate de rires et de larmes. Marceau avance d'un pas incertain puis rebrousse chemin.

— Je vais voir si le petit est prêt, me dit-il précipitamment en abandonnant toute initiative.

Je le retrouve dans le couloir. Anoki est déjà dehors, qui trépigne d'impatience. On ne se dit rien mais le marin regarde mes pieds et sourit. Marceau est touché. Moi aussi. Antoine de Saint-Exupéry a dit que s'aimer, ce n'est pas se regarder l'un l'autre mais regarder dans la même direction. Eh bien nous, on regarde tous les deux au sol, mes nouvelles bottes de caoutchouc. À notre manière, on s'aimera toujours un peu, lui et moi. Marceau a choisi des marinières rayées bleu cyan et blanches. Les plus belles que je n'ai jamais eues. C'est du bout des lèvres que je lui murmure :

—Merci…

Un merci auquel, pudique, il rétorque :

—Ne traînons pas, la pluie ne va pas tarder.

Il est 10 heures, il fait grand jour sur la côte d'Émeraude. J'ignore si Marceau se rend compte que nous marchons sur le même trottoir, sans nous cacher. On n'a plus peur, enfin presque…

Le port est calme, février n'est pas terminé. Les touristes sont trop frileux pour se risquer dans une Bretagne contrariée par l'hiver. Anoki est tout excité lorsque son père l'aide à monter à bord de son voilier. Ce voilier que je reconnais immédiatement, c'est celui sur la photo du cadre. Cette photographie de Marceau et de cette belle inconnue dans ses bras. Je ravale mon vague à l'âme et je regarde mon petit, je ne dois pas oublier que c'est pour lui que nous sommes revenus. C'est légitime que Marceau ait refait sa vie et Anoki a les pommettes remontées jusqu'aux yeux, il est si heureux dans son ciré jaune. C'est le principal.

On part au large. Notre fils plus fier que jamais empoigne la barre. Ce qu'il a grandi, mon petit Esquimau breton. Sur la proue du voilier, il s'écrie très fort pour que sa voix d'enfant traverse le vent :

— Maman, maman regarde !

Les phoques gris se joignent à notre escapade familiale.

—Je les vois, mon chéri !

Même si c'est à travers mes yeux embués mon bébé.

Je ne cesse d'observer les gestes assurés de Marceau avec son fils. Que leur ai-je volé, à eux deux ? Aurais-je dû revenir plus tôt ? Je m'installe dans le silence et je me laisse bercer. Tour à tour, je regarde les phoques et le bleu de l'océan et puis leurs quatre yeux médusés. Je dois cesser de m'interroger, il est impossible de réécrire le passé.

Je prépare le déjeuner pour *mes* marins. L'air iodé les a affamés. J'aime par moments me laisser porter par l'illusion d'une famille ordinaire. Même si ce n'est qu'éphémère, je m'en souviendrai. Alors je me concentre et j'écoute le diapason de leurs deux voix se raconter des anecdotes, c'est une alternance de grand Nord pour le petit et de marais salants pour le grand. Je découpe avec le plus grand soin mes dés de légumes, saupoudre mon dessert de sucre vanillé. Je dresse la table, les yeux rivés sur ce troisième couvert, celui d'un père. En arrière-fond, Jean-Pierre Pernaut présente son journal de 13 heures, comme quand j'étais gosse. Certaines choses semblent immuables. Et comme quand j'étais gamine, c'est à mon tour de dire : « À table »… On accourait sans mesurer la chance qu'on avait. J'ai eu une enfance heureuse avec Simon. Mon frère…

8

— Mon appel peut vous surprendre, mais ne raccrochez pas.

Je n'interviens pas, je sais Marceau à la hauteur de cette épreuve. Je me laisse guider et applique ses conseils. Il a pensé mieux que ce soit lui qui contacte Simon, d'abord par téléphone.

— Tu ne peux pas débarquer chez lui, et si ce sont ses enfants qui ouvrent la porte, comment te présenteras-tu à eux ? Ton frère et toi, vous méritez mieux ! Élise, laisse-moi t'aider.

Je sais que Marceau a besoin de rattraper ses absences du passé. Maillon après maillon, cet homme renoue entre nous un lien solide, fait de son soutien, de sa présence, de ses mots rassurants, de tout ce qui m'a tant manqué lorsqu'il rentrait chez lui après 18 heures passées. Il m'abandonnait, me laissant désespérément seule, quels que soient les aléas que j'affrontais. Certes, il en était désolé, mais plus que tout, il était à l'époque marié. Lui retrouvait sa femme et son départ ne représentait plus qu'une charge additionnelle à mes tourments.

— Que me voulez-vous ?

Entendre l'écho de la voix de Simon dans le haut-parleur me heurte. C'est mon petit frère que j'écoute, ce sont nos réveils complices dans nos pyjamas à pois, nos colonies sans papa et maman, lors desquelles un simple regard de l'autre nous traduisait ce « N'aie pas peur, je suis là »... nos réveillons de Noël exaltés et puis notre chagrin partagé quand on a perdu mémé. Nos premiers cours de natation. On avait si froid dans la piscine de Cancale. Ses premiers flirts suivis de mes secrets. « Toujours pas d'amoureux sœurette ? » Mon mensonge...

Marceau et lui parlent pour la toute première fois. L'un connaît la vie de l'autre comme s'il avait été son beau-frère de l'ombre, la naissance de Marcus et les maladresses comme les premières tendresses de papa de Simon, je lui racontais tout. Simon, quant à lui, n'a aucune idée de l'auteur de cet appel. Mon frère ignorait que Marceau était encore dans ma vie. De lui, il ne lui reste que de vagues souvenirs de mes amours adolescentes. Il est loin de pouvoir imaginer. Tout cela, c'est à moi de le lui expliquer.

— Vous devez apprendre certaines choses. C'est au sujet de votre sœur, Élise... (Il y a un long silence alors Marceau poursuit :) Quand pouvez-vous vous libérer ?

Simon ne réclame pas davantage d'informations et répond d'une voix monocorde :

— Plage Du-Guesclin, puis il raccroche.

Un vertige m'assaille.

— Marceau, je n'ai pas entendu. Quand Simon viendra-t-il ?

Mon regard soucieux appelle son réconfort mais son ton est grave lorsqu'il me répond :

— C'est maintenant !

Je deviens pragmatique et réclame à Marceau les clés de sa voiture. Je préviens Anoki que je ne serai pas longue et je change de pull-over, ça va souffler sur le rivage, et un foulard aussi, oui, il me faut un gros foulard.

— Je ne veux pas que tu t'y rendes seule. Et si…

J'interromps les craintes et la revendication de Marceau. Sa place est près de notre fils.

—Ça va aller…

J'affirme une promesse dépourvue de toute certitude.

Je mets des lunettes de soleil, non que celui-ci brille aujourd'hui mais j'ai l'espoir fou que les verres ombragés protègent aussi un peu du déshonneur. Je noue avec précaution les boutons de ma veste un à un. Marceau remarque mes doigts qui tremblent, alors c'est avec ma douceur têtue que je lui répète une ultime fois :

—Ne t'inquiète pas…

Et pour toute réponse, il me dit :

—N'attrape pas froid…

Nous échangeons un sourire tendre. On se souvient de cette réplique tirée de *L'Étudiante et Monsieur Henry*, ce film que nous avions regardé un jour où il neigeait. Ensemble, on découvrait le compositeur Laurent Akhin. C'est sur ses notes de piano qu'un matin, il avait bandé mes yeux et m'avait fait jouir d'accords parfaitement joués. Cet homme a toujours su embraser ma sensualité. Mon corps de femme ressent encore parfois sa masculinité, chaque parcelle de ma peau en conserve précieusement l'empreinte, des années après. Aujourd'hui, c'est davantage de ses bras réconfortants que j'aurais besoin, mais je me refuse à les requérir. Il y a des limites que je m'efforce de ne pas dépasser.

Je roule le long de la corniche. Les mains crispées sur le volant, je reste bien concentrée. Je passe mes vitesses avec précaution, mes gestes sont calibrés. J'ai cette désagréable impression qu'à la moindre imprudence, la situation peut m'échapper, ou plus exactement que je risque de m'effondrer. J'ignore le réel objet de mes peurs, le rejet de Simon, sa colère, sa douleur, je ne sais pas.

Je me gare. Je ne claque pas la porte. J'ai peur des bruits. J'ai peur de tout. Je sens mes convictions se déliter, on n'est pas censé revenir des ténèbres pour les proches qui nous ont pleurés.

Mes pieds s'enfoncent dans les grains de sable. Nous sommes peu nombreux sur cette plage. Je le distingue aussitôt. Les bras croisés face aux vagues, Simon se tient droit alors que moi, je plie sous le poids du mal que je lui ai fait. Il a un peu grossi. J'approche, et à quelques mètres de lui, je remarque son allure moins jeune. Dix ans ont passé. Mon frère n'est plus un gamin. Je passe juste derrière lui, le dépasse, même. Simon se retourne brièvement mais ne me prête pas attention, lui pense avoir rendez-vous avec un homme, celui du téléphone. Et puis, moi aussi j'ai changé, ma peau est plus foncée après des années au soleil qui se réverbère sur la neige, et mes cheveux sont désormais courts.

Je viens, lentement me placer derrière lui et un filet de voix s'échappe de moi pour lui affirmer :

— Je suis revenue…

Simon ne réagit pas. Simon ne m'entend pas. Le souffle du vent a emporté ma révélation dans sa force, alors je puise dans la mienne pour poser ma main fébrile sur son épaule, le laisser se retourner, plonger dans le vert de mes yeux, ouvrir grand les siens puis reculer, s'éloigner, fuir l'invraisemblable. J'avance dans sa direction et tends ma main. Je veux rassurer sa crainte. *Attrape-la, Simon. C'est bien moi...* C'est genoux à terre qu'il s'effondre, sans la saisir. Je m'écroule avec lui.

On est là, frère et sœur, abîmés. Le sable colle à nos mains qu'on passe sur nos joues mouillées. Simon pleure comme quand il était gamin, comme quand je venais dans sa chambre, le consoler d'un gros chagrin. Il n'est plus un homme, face à moi, c'est mon petit frère que j'ai blessé. Simon a mal, si mal qu'il ne parvient pas à s'en relever. Je m'approche encore de lui.

—C'est moi, je suis rentrée, continué-je alors que ma voix s'étouffe dans mes sanglots.

Seul un soupçon de vent nous sépare lorsqu'il crie en se jetant dans mes bras :

—Élise, t'es là ! T'es vivante ! Je leur ai dit, à tous, que tu ne pouvais pas être morte. Je leur ai dit que tu ne pouvais pas être morte. Je leur ai dit...

Il répète inlassablement cette phrase. Simon s'extrait d'un cauchemar long de dix années. Les prémices de nos retrouvailles se passent ainsi, on s'épuise à pleurer. Nous calmons nos cœurs fraternels cabossés. On nettoie la douleur de nos gouttes d'eau salée. La tête de Simon glisse contre mon ventre, il s'y colle comme un enfant blessé. J'entoure sa carrure de mes petits bras et je berce nos bouleversements mêlés. Je redeviens sa grande sœur. Je veux le protéger, comme avant, tandis que lui continue de répéter :

—Je savais que t'étais vivante.

Par instants, il étreint si fort ma taille que j'en ai mal, mais c'est un mal qui fait du bien. Je sens mon frère blotti contre moi, comme avant, comme lorsqu'on avait cinq ans.

On reste là, longtemps, silencieux et immobiles. Les mouettes volent vers le large et nous, on regarde droit devant, l'océan. On se retrouve tout doucement. Nous attendons que nos cœurs battent un peu moins fort, que nos larmes coulent un peu moins vite, que les paumes de nos mains soient un peu moins moites. On espère que tout cela est bien réel.

On regarde le lancinent va-et-vient des vagues dans lesquelles, petits on sautait à pieds joints. Ça sentait fort la crème solaire et les beignets l'été. On secouait nos serviettes et maman râlait à cause du sable qu'on faisait voler. Oui, on reste là, silencieux et immobiles, on se rappelle, blottis l'un contre l'autre, ce qu'on a pu se chamailler. Autant qu'on s'est aimés.

Ensuite c'est une alternance de larmes, de sourires, de cheveux touchés du bout des doigts, de regards droit, oui bien droit dans ceux de l'autre.

—Tu es là… me dit-il alors qu'il semble seulement commencer à y croire.

Le temps passe encore, des minutes, une heure peut-être…

—Qui t'a empêché de nous donner de tes nouvelles ? Élise, qui t'a fait du mal ?

Je regarde son âme terrifiée à l'idée d'une vérité tant redoutée. Dans les yeux de Simon, je comprends alors que je ne peux être que la victime des années passées.

Aussi, mes mots sont assassins lorsque j'avoue à mon frère que je suis seule à avoir choisi de disparaître.

—Mon silence n'était pas subi, lui avoué-je dans un cri de douleur.

Il y a un très long silence puis les mots par lesquels je conclus ne suffisent bien évidemment pas quand je lui révèle :

—Je m'en veux tellement, mon frère…

Simon me regarde et se met à trembler. Mon frère s'éloigne de ma peau, j'ai l'atroce impression qu'il s'arrache à moi. Sur ce sable, il tourne subitement comme un lion en cage. Simon me regarde encore et, dans un hurlement, il libère sa rage. Je n'ose plus bouger, je suis terrifiée. Il frappe le sable en répétant cette phrase de façon aliénante : « Pourquoi tu nous as fait ça ? Pourquoi tu nous as fait ça ? Pourquoi ? » Simon tape le sol de toutes ses forces pour m'épargner sa colère. L'arête de ses poings devient aussi rouge que ses yeux injectés de grosses larmes. Comment ai-je pu lui faire ça ? Figée face à lui, je demeure mutique. Je suis la malheureuse spectatrice des conséquences de mon égoïsme.

J'ignore combien de grains de sable s'envolent avant que le harassement ait raison de lui. On est là, réunis, nos pieds trempés par les vagues de la marée montante, assis, les fesses humides sur le sable mouillé. Les rares passants nous scrutent. C'est étrange comme le ridicule supplante le drame.

— Pourquoi ? me demande-t-il tandis qu'il essuie d'un revers de manche mes yeux ruisselants.

Pour toute réponse, je me mouche. J'inspire comme je peux, mes yeux piquent de trop couler. Et puis, Simon veut comprendre…

—Alors pourquoi t'es revenue ? me demande-t-il, à bout de forces.

—C'est surprenant, je pensais que tu me demanderais plutôt pourquoi je suis partie.

—Tu vas tout m'expliquer ? me demande-t-il dans une supplique.

—Je peux te promettre d'essayer. Je commence l'apprentissage de la sincérité.

—Laisse tomber les promesses. Élise, réponds à ma question, s'il te plaît.

—Mon fils voulait revoir son père, découvrir la France et rencontrer le reste de sa famille.

—Le type du téléphone, c'était lui ?

—C'était Marceau.

—Et ton…

Il marque une pause.

—Mon fils, Anoki. Il vient d'avoir dix ans.

—Dix ans déjà ! Mais comment t'as pu me faire ça ? J'ai un neveu que je ne connais même pas ! me dit Simon en s'emportant encore plus. Mais enfin, Élise, c'est quoi, cette histoire ?

Plus loin encore s'étend la grève sablonneuse. De nouveau, mon frère ose enfin me regarder et me demande de tout lui raconter…

—Marceau et moi, on s'est aimés dès la maternelle. Je me souviens comme tu me charriais quand je lui tenais la main devant les parents lorsqu'on était ados. Tu avais le don de me faire devenir rouge écarlate. À l'époque, j'y croyais, moi, personne ne m'avait expliqué que l'amour était un combat perdu d'avance. Quand j'ai quitté Cancale pour intégrer l'école de droit, mon départ à Paris a signé notre rupture. On était jeunes, personne n'a vraiment mesuré la peine qu'on a pu ressentir. Cette séparation est tombée dans la banalité des premières expériences. Sauf que lorsque je suis venue défendre un client en Bretagne, plusieurs années après, Marceau et moi, nous nous sommes retrouvés. Simon, on n'a pas réussi à lutter…

—À lutter contre quoi ?

—Contre l'interdit.

—…

—En cinq années, il s'en passe, des choses. Marceau s'était marié, et son fils Clément marchait tout juste lorsque…

—Quand quoi, Élise ?

—Lorsque je suis devenue sa maîtresse, c'est ainsi que cela s'appelle. Je pense que ni lui ni moi ne savions réellement dans quoi nous nous engagions. Finalement, c'est seulement quand la douleur est vive que l'on s'interroge sur la nature des sentiments qui nous lient, mais il est bien souvent trop tard. Trop tard pour s'échapper d'une liaison telle que la nôtre. Alors, effectivement, je vous ai menti à tous. J'endossais le rôle de l'avocate débordée qui négligeait sa vie sentimentale, et en cachette, je le retrouvais pendant quelques minutes, pendant quelques heures, mais qui me rendaient si heureuse.

—C'est une part bien médiocre du bonheur, me rétorque Simon alors dont la voix tremble sous l'audace.

Une sorte de supériorité silencieuse s'installe entre nous. Je ne sais que lui répondre, alors on écoute le vent et on fait, de nouveau, quelques pas sur le sable humide. Les nuages ont disparu.

—Combien de temps as-tu sacrifié ta vie pour lui ?

J'arrête la marche et c'est très sincèrement que je lui affirme qu'en aucun cas ce n'était une abnégation. Je marche de nouveau d'un pas lent. J'avance dans une confidence fragile.

—J'ai aimé, Simon, et rares sont ceux qui ont cette chance. Alors, non, je n'ai pas connu les tartes aux pommes du dimanche, les goûters d'anniversaire, l'assemblage d'une table basse et le papier peint qu'on choisit, mais j'ai ri, j'ai joui, j'ai rêvé, j'ai crié, j'ai pleuré. Pas une fois mon cœur ne s'est pas emballé à l'écoute de ses pas sur le palier. Combien de couples sont encore capables de ressentir cela ?

On dit qu'on peut crever par amour, mais en réalité combien seraient prêts à le faire ? Chaque jour, des milliards de « Je t'aime » sont prononcés, mais combien sont ceux qui ressentent, au fond de leurs tripes, un ouragan qui les saisit en prononçant ces simples mots ? Moi, j'ai donné huit ans de ma vie à Marceau, mais personne n'imaginera jamais combien j'ai pu l'aimer ! Je le respirais. Je le touchais. Je fermais les yeux. Je l'écoutais et sa voix m'apaisait. J'étais amoureuse de cet homme. Les moments étaient rares alors on les rendait exaltants et ça marchait à tous les coups. J'ignore ce qu'aurait été mon existence si tout avait été différent, mais l'unique certitude que j'ai aujourd'hui est celle de ne rien regretter. J'étais vivante, crois-moi. Souvent triste, je dois être honnête, pourtant même dans la noirceur des sentiments, finalement, je vibrais. Rien n'est pire que l'ennui.

Et puis, j'ai toujours su que les autres hommes n'auraient été que de pâles copies, même les meilleurs. Moi, je ne voulais pas le meilleur, je voulais Marceau. Alors oui, j'ai pris ce qu'il restait de lui. Simon, même si, désormais, j'ai beau savoir que notre amour était impossible, je suis fière d'y avoir cru. Ce que nous avons vécu, personne ne peut nous le retirer. C'est imprégné en moi et, chaque jour, je me lève, forte de nos souvenirs.

Mon petit frère inspire profondément et me dit tout doucement :

— L'amour est une catastrophe magnifique : savoir que l'on fonce dans un mur, et accélérer quand même ; courir à sa perte, le sourire aux lèvres ; attendre avec curiosité le moment où ça va foirer. L'amour est la seule déception programmée, le seul malheur dont on redemande. Tu te souviens de ce film ?

Je souris d'une complicité fraternelle qui renaît de ses cendres et je réponds à Simon :

— C'est donc cela, la vie d'adulte : construire des châteaux de sable, puis sauter dessus à pieds joints, et recommencer l'opération, encore et encore, alors qu'on sait très bien que l'océan les aurait effacés de toute façon ? Je me rappelle tout, Simon. Notre crainte que l'amour ne dure que trois ans, qu'on n'arrive pas à être aussi fort que nos parents… et la promesse qu'on s'était faite d'être toujours là, l'un pour l'autre.

Je me mets à pleurer quand je lui dis qu'il avait déjà Chloé, que je pensais qu'après la naissance de Marcus, sans moi, il s'en sortirait. J'exprime le regret sous sa forme la plus désespérée et je lui avoue :

—Simon, je suis désolée.

—Allez, viens là, me dit-il en m'attrapant dans ses grands bras.

On marche encore, un peu. Main dans la main, comme deux grands gamins, à se raconter comme des adultes un peu désemparés.

—Et toi ? lui demandé-je en m'efforçant de retrouver de la constance.

—Moi, j'ai opté pour les tartes aux pommes, me rétorque-t-il en me bousculant tendrement.

—Ce n'est pas ce que je voulais dire. Si j'avais pu choisir et être l'unique femme de Marceau, crois-moi, c'est avec passion que je l'aurais étalée, la compote, sur la pâte brisée ! Comment va Chloé ?

—Je crois qu'elle est encore sincère lorsqu'elle affirme m'aimer même si, avec trois enfants, notre couple est parfois un peu malmené.

—Parle-moi d'eux.

—Et si tu les rencontrais, ce ne serait pas mieux ? Moi, je veux le voir, ce petit Anoki.

Simon et moi convenons de nous retrouver dès le lendemain, comme avant.

—On a perdu assez de temps pour laisser filer les jours, ma sœur… me dit-il en m'enlaçant comme il y a dix ans, et même encore plus fort qu'avant.

On continue à parler un peu, de maman, essentiellement. Des années après, mon frère découvre les sombres raisons qui ont détruit notre jolie relation. Je lui explique aussi mon départ, la façon dont j'ai disparu. Lui ne relève pas. Cela ressemble davantage à une narration factuelle de ma part, sans réciprocité sur la peine que tout cela a pu lui causer. Simon nous épargne le chagrin. Je lui confie les Yupiks et ma mission là-bas, et puis mon retour récent du bout du monde.

—Mais alors, ce n'était pas une divagation lorsque maman hurlait qu'elle voulait monter dans le gros avion pour l'Alaska ? me questionne-t-il, songeur.

—Comment a-t-elle pu savoir ? lui demandé-je à mon tour.

—Je n'en ai aucune idée.

—Et son aide-soignante dit qu'elle évoquait un certain Michel. Qui était cet homme ?

—Élise, je ne sais pas, nous, on pensait qu'elle délirait…

9

Plongé dans le premier épisode de la saga de J. K. Rowling, Anoki décroche à peine son attention de l'écran de télévision. C'est une légère écorchure sur mon orgueil maternel mais je suis rassurée de constater que je ne lui ai pas manqué. Mon enfant prend ses marques, sans moi.

— Je reviens, je vais discuter avec maman.

Un « OK » à l'attention de Marceau pour toute réponse, et notre fils replonge dans les histoires d'Harry Potter qu'il découvre, et dans le grand saladier qui trône sur ses genoux.

— Que manges-tu ? lui demandé-je en l'embrassant alors que lui s'efforce d'articuler, les joues pleines :

— Des pop-corns au caramel, ça a pété partout dans la cuisine !

Je lisse ses cheveux ébouriffés puis je rejoins Marceau, dans la pièce d'à côté.

— Tu sais faire du caramel, toi ?

— Tu sembles surprise.

— Un peu, j'avoue. Je n'ai pas souvent eu l'occasion de te voir en cuisine.

— Reste encore un peu, alors. J'aimerais te montrer…

— C'est ce que mon frère vient de me demander, de rester… un peu. Il veut aussi me présenter à ses enfants et rencontrer Anoki. Demain.

Marceau me dit que le film va durer encore et me propose un thé. Parfois, je refrène l'élan qui m'attire vers ses bras. C'est instinctif, un réflexe, les reviviscences d'une envie.

—Comment vas-tu ? m'interroge-t-il, incertain.

—Disons que je me doutais que mon retour en France ne serait pas évident, mais je n'imaginais pas que cela me secouerait à ce point.

—Ça ne s'est pas bien passé avec Simon ?

—Si, au contraire. Il aurait pu me rejeter et m'en vouloir, pourtant c'est tout l'inverse. J'ignore s'il a réellement compris ce qui m'a poussée à partir.

—Il faut être passé par là pour le comprendre, Élise.

Je lève les épaules et hoche la tête en signe d'approbation.

—Tu sais, j'ai fait de mon mieux pour expliquer à Simon combien on s'est aimés pendant toutes ces années. (Je parle doucement, c'est la première fois que je pose des mots sur ce que nous avons été.) Et je lui ai bien dit que, toi et moi…

—Toi et moi ?

—Je ne sais pas. Désolée. Il est inutile que nous abordions ce sujet.

—C'est nous, le sujet ? me demande-t-il alors qu'un large sourire barre son visage.

—Ne te moque pas de moi ! lui rétorqué-je avec une moue enfantine, sensiblement embarrassée.

Sa voix grave reprend de sa superbe lorsque, très sérieux, il me demande :

—Et maintenant, Élise. C'est fini tout ça, enfin… nous ?

Il jette un pavé dans la mare et même si j'aurais préféré qu'il en soit autrement, je me risque à lui dire qu'on ne doit pas replonger. Que ma place n'est plus dans l'ombre et que j'ai bien compris la leçon. Je vois à son visage étonné qu'il ne comprend pas mon propos, alors je vais au bout des mots.

—Tu as refait ta vie, Marceau. Et en aucun cas ce n'est un reproche. C'est moi qui ai choisi de rester en Alaska. On en a déjà bien profité. Sache que moi, je ne regrette rien.

—Pourquoi penses-tu qu'il y a quelqu'un dans ma vie ?

Il se retourne et jette son sachet de thé dans la poubelle. Le marin repousse la porte du bout du pied. Je l'observe. Il s'appuie contre le rebord du plan de travail et me considère. Je soutiens, comme je peux, son regard et lui réponds :

—Quelqu'une…

—…

—J'ai vu la photo, Marceau. Et ne me mens pas. La dernière fois…

Il me coupe la parole, attitude rare :

—Comment peux-tu penser que je pourrais te mentir ? me demande-t-il en s'emportant. J'avais vingt ans et jamais je n'aurais imaginé une seconde ce que nous allions vivre. Ne penses-tu pas que la dernière fois m'a servi de leçon ?

—Es-tu en train de me dire que tu regrettes ?

—De t'avoir aimée ? D'avoir eu la chance de t'avoir dans ma vie ? De me souvenir encore du grain de ta peau sous mes doigts ? D'entendre encore tes éclats de rire quand je m'endors le soir et de me dire chaque fois que je te croise dans ce couloir depuis deux jours que tu es la meilleure chose qui me sois arrivée ? (Il s'emporte.) Élise, ne dis pas n'importe quoi !

—Tu as raison, lui réponds-je, confuse.

Je remplis ma tasse d'eau frémissante une seconde fois et lui en propose.

—Tu me soûles avec ton thé ! finit-il par conclure.

Il lève les bras au ciel et enlace sa tête avec ses mains. Je plonge la mienne dans mes bras croisés sur la table. On se met à rigoler comme des gamins. Et puis sa voix est plus flegmatique lorsqu'il me demande :

—De quelle femme me parles-tu ?

—De celle de la photo…

—Mais à quelle photo fais-tu référence, enfin ?

—Hier matin, en cherchant un bout de papier, j'ai ouvert le tiroir près de l'entrée et j'ai vu le cadre. Mais tu n'as pas à te justifier, m'empressé-je de lui assurer. Je ne te demande rien.

Son regard me quitte et s'échoue au sol, sur les carreaux de ciment. C'est sans le relever que Marceau me parle d'elle…

—J'avais oublié qu'elle était là !

—La fille ou la photographie ?

Il secoue la tête de gauche à droite mais ne la relève toujours pas.

—Charline a amarré à Cancale un soir ou je prenais la relève au phare. C'était une fille bien. Ça a duré plusieurs mois…

—Plusieurs ?

— Un peu plus d'un an. Nous avons vécu de jolis moments.

Il ajoute que cette femme est partie vivre à Brest et qu'ils échangent des nouvelles occasionnellement.

— Marceau, pourquoi ça n'a pas fonctionné ?

— Parce qu'elle n'était pas toi !

Les scénarios sont écrits d'avance, travaillés encore et encore, peaufinés. Les répliques dans les films sont alors toujours justes, il n'y a pas de blanc comme celui d'aujourd'hui. Je sèche. Que suis-je censée répondre à cet instant précis ?

— Si tu es seul, enfin libre… enfin si tu veux… tu peux venir avec nous demain chez Simon. Ça te dit ?

— Élise, en as-tu vraiment envie ?

— Je crois, oui…

Avant d'essayer d'être un couple ordinaire avec enfant, qui se rend chez un autre couple ordinaire avec enfants, en l'occurrence, mon frère, le lendemain, nous commençons par un dîner dans un petit restaurant sur le port de La Houle. Le jour s'est couché mais sous la lueur des réverbères, pour la première fois, Marceau et moi quittons l'ombre qui était notre identité. Je marche sur ce trottoir à ses côtés et je me sens nue, fragile sans la couverture qui, avant, nous asphyxiait autant qu'elle nous protégeait du regard de ces autres, intrusifs. Ces autres qui, je le sais, enterreront bientôt notre couple dans la morale.

On entre dans le restaurant La Régate et la serveuse, une jolie jeune fille, nous accueille. Anoki regarde ses cheveux roux flamboyants, une couleur rare en Antarctique. Elle attrape la veste du petit qui lui sourit en retour, celle de Marceau afin de le débarrasser, et un frisson me glace l'échine lorsqu'elle lui demande si naturellement, le bras tendu :

— Puis-je prendre celle de votre femme ?

C'est une parole vivace, promise à l'oubli à l'instant même où cette étrangère la prononce. Si cette belle rousse savait la valeur de ses mots…

10

Depuis notre retour à Cancale, nos heures à tous les trois sont remplies de premières fois. La première histoire du soir d'un papa, les premières tartines au lever du jour, notre première balade en voilier, nos premières galettes bretonnes au restaurant, les premières bottes en caoutchouc du petit, les premières balades les pieds dans le sable et la main dans la main, Anoki entre nous qui regarde au loin. Arrive alors le premier trajet en voiture. Cela semble très quelconque mais il y a, pour Marceau et moi, dans l'habitacle de ce véhicule, un goût de revanche sur le passé. Les couples ne mesurent pas leur chance d'être libres. Nous, on goûte à chaque petit pas dans la lumière, même si là, ça pique un peu les yeux. Marceau qui accélère, moi qui ajuste le volume de l'autoradio et notre fils qui demande si on est bientôt arrivés.

Persiste inévitablement un soupçon d'amertume dans ces instants, celle qui me rappelle que ça aurait pu être ça, ma vie. Marceau le remarque. J'imagine que lui aussi le ressent. Et une fois de plus, c'est lorsqu'il confie sa voix à la vérité du silence que je suis envahie d'un élan d'affection monumental pour cet homme. C'est dans une douceur inespérée que Marceau fait s'envoler mon brin de chagrin en faisant résonner cette chanson qui a marqué notre passé… Aldebert chante, Anoki regarde les paysages flous défiler, et alors, il y a une nouvelle première fois : ma main qui se pose sur celle de Marceau, nos doigts qui s'enlacent et se serrent fort quand on se rappelle que le bonheur, c'est maintenant ou jamais...

Nous roulons encore. Nous quittons la ville. On dépasse la pancarte signifiant les limites de Cancale, nos limites d'un passé désormais révolu. Marceau et moi, nous inspirons fort, et même si tout n'est pas simple, nous sommes délivrés de nos chaînes, ou plutôt de son anneau d'or et d'argent. On cache quand même nos mains toujours entrelacées. Décidément... Le petit ne doit pas voir ni s'imaginer des choses, espérer. Bientôt, Anoki et moi repartirons vivre auprès de la tribu.

Marceau gare la voiture devant la grille d'un pavillon récent.

—C'est ici ? nous demande le petit.

Même si cela me fait mal de l'admettre, je n'en suis pas certaine. J'ignore ce qu'est devenu le décor de la vie de mon frère depuis que je l'ai moi-même quittée. J'estime que la place de Marceau n'est pas évidente non plus. Pour autant, il se soucie davantage de moi. Il est fort. Il l'a toujours été. Ce marin fait partie de cette catégorie d'hommes qu'on entend peu, on ne les remarque pas mais c'est dans la force de leur discrétion qu'ils sont des piliers sur lesquels on peut se reposer. Et quand *elle* me regarde, plus que jamais j'aimerais m'appuyer tout contre son épaule...

Elle n'est pas coiffée, les boucles de ses cheveux châtains sont emmêlées mais ça lui va bien. La petite fille plisse ses yeux en amande pour voir au travers d'un soleil qui l'éblouit. Lui aussi s'est montré entre deux averses. Comme Romy, il apparaît et illumine de sa splendeur. Elle empoigne l'ourlet du pull de Simon et les mailles se déforment sous la supplique de cette enfant qui réclame les bras. Les enfants sont souvent timides à trois ans, mais là, c'est différent. Le visage de Romy est grave, tendu, pourtant il y a l'annonce d'un sourire sur ses lèvres. Comme si quelque chose va éclore en elle et c'est bien ce qui se produit quand elle murmure ce « Tata ? ». Il est destiné à mon frère mais je ne l'oublierai pas. Simon resserre l'étreinte de sa fille mais ne répond pas. Il est troublé.

Mon frère n'ose pas croiser le regard de Marceau, évite le mien et contemple Anoki comme s'il voulait se prouver qu'il est bien réel. C'est les yeux rougis que Simon s'approche, c'est le cœur battant que je l'attends. La petite plonge sa frimousse dans le cou de son père. On pourrait se sourire maladroitement, mais même ça, on n'y arrive pas. Le reflet de nos enfants déjà grands éclabousse nos visages de tout ce que nous avons manqué, de tout ce qu'on ne rattrapera pas. Personne n'ose parler.

Il est de ces instants qui nous paralysent. J'ai beau me répéter l'injonction : *Dis quelque chose. Dis quelque chose !* Rien ne sort. La boule qui entrave ma gorge m'en empêche. Je sens la présence de Marceau, juste derrière moi. Les enfants semblent attendre le feu vert, un coup de sifflet qui annonce le début d'une rencontre. On est anxieux même si on a tous envie de plonger dans une mêlée, le même sang coule dans nos veines. Le sombre se mélange à l'envie, l'envie simple d'une étreinte, de sentir la chaleur des siens, d'être pris dans les bras d'un frère, le fou rire d'un cousin, la peau douce d'une tata, la barbe d'un homme rassurant à qui les plus petits disent en grimaçant : « Tonton, tu piques ! » lorsqu'il les embrasse tendrement.

— Oui, ma chérie, c'est bien ta tata, Élise…

J'ignore comment son courage réussit à évincer sa sensibilité, parce que j'entends l'émotion de Chloé lorsqu'elle m'embrasse et me confie simplement :

— Tu nous as manqué…

Il y a des personnes magiques, comme sorties d'un chapeau, qui, d'un simple sourire, parviennent à repérer les gens perdus dans des silences subis.

— Et celui qui se cache dans les buissons, c'est Gaspard, dit-elle.

Une voix sans visage répond :

— Je ne me cache pas. J'ai perdu mon ballon.

On expire puissamment, bruyamment, douloureusement. Je sens la main de Marceau frôler mon dos. J'aurais envie de lui crier : « Merci, merci d'être avec nous. » Et finalement, c'est mon petit frère qui m'enlace fort à m'en faire mal. La tête de Romy se retrouve collée contre ma joue. Je ressens la peau fine d'origine, son parfum d'innocence. Elle ne tendra pas ses bras vers moi, il faudra probablement du temps. Je suis une étrangère qui va chercher sa place dans cette tribu que j'ai délaissée pour panser mes plaies. À l'époque, j'ai oublié qu'ailleurs, la vie continuait. Sous la pulpe de mes doigts glissent ses cheveux délicats. Je ferme les yeux, je ressens la candeur de la petite dernière de la famille, ma famille.

Cela semble aller pour Anoki. Il joue les grands mais je le connais, mon gamin. C'est si nouveau pour lui, tout ça, si loin de ses neiges d'Alaska. Gaspard et lui ont sensiblement le même âge. Aussi, même si les deux garçons viennent de deux mondes bien différents, une fois chassée la pudeur, un lien se tisse. L'innocence infantile est universelle. C'est en plein jour que nous cherchons nos repères comme dans une nuit sans étoiles, mais il y a une certitude, une conviction que notre place est bien là, réunis après les épreuves. Sans amertume malgré nos bleus aux cœurs. C'est d'une simple accolade que Simon offre une place à Marceau dans sa vie, dans la mienne, dans ma tribu bretonne.

—Allez, entrez, la pluie va tomber... nous invite Chloé.

Nous nous installons. Nous discutons. On boit un verre. Ma belle-sœur a même fait des crêpes. Avant de la retrouver en cuisine, je m'avance, guidée par les rires dans le couloir, spectatrice de l'innocence infantile qui se joue sous mes yeux. Les mots de Christian Bobin prennent plus que jamais tout leur sens. Marceau m'avait offert son livre. Ce qu'il a pu m'en faire lire au cours de ces années ! Mieux que quiconque, cet auteur écrivait l'enfance... « L'enfance est sans règle, sans loi. De temps en temps, l'enfant s'arrête, et tout s'arrête avec lui : le temps, les astres et la poussière suspendus dans l'air. L'enfant est partout où le portent ses yeux. »

La main de Chloé, délicate sur mon épaule, me ramène à l'instant.

—Allez viens, le moment est venu de me raconter...

Je pose ma main sur la sienne. Je souris à ma belle-sœur. Je lui dis que j'ai de la chance que Simon l'ait choisie. Pudique, elle s'abstient de relever le compliment.

On trinque, et on se raconte toutes les deux, assises sur un coin de canapé. J'étais si loin d'imaginer qu'un jour, cette scène allait se jouer. Oui, on est si loin d'imaginer...

Bobin notait également que la parole enfantine est intarissable. Qu'elle ne s'éteint jamais dans une idée et qu'elle va au bout du monde, enivrée d'air et de songe. Il écrivait : « Vous entendez l'enfant au présent. Le futur n'existe pas dans l'enfance. Il n'existe pas plus dans l'enfance que dans le sommeil ou l'amour. Il n'y a ni futur ni passé dans la vie. Il n'y a que du présent, qu'une hémorragie éternelle du présent. » Alors, si telle est la réalité, et je voudrais sincèrement y croire, devrais-je parvenir à m'ancrer moi aussi dans l'instant ? À oublier les affres d'un *Nous* désormais obsolète et répondre à mes envies imminentes, sans crainte des conséquences possibles sur un avenir, puisque, là encore, Bobin soutient l'idée que celui-ci n'existe pas ?

Entre deux confidences échangées avec Chloé, j'observe Marceau. Mon frère et lui surveillent désormais les enfants, partis courir dans le jardin, par la fenêtre. Ils se parlent, parfois semblent se hasarder dans une connivence masculine. J'ignore la teneur de leur échange et j'avoue qu'elle m'importe peu. À ce moment précis, je me sens sereine, presque à ma place dans l'illusion d'un goûter d'une famille ordinaire. C'est étrange, si inconnu pour moi. Je considère Marceau, il passe sa main sur sa barbe. J'aimerais que ce soit la mienne qui s'y aventure. Je ressens au fond de mon ventre un désir irrépressible de me pelotonner dans ses bras, de savourer la cajolerie de sa bouche dans mon cou, de lui faire un simple câlin, là, au cours d'un dimanche quelconque, dans la savoureuse banalité de ce que sont nos vies à l'instant présent. Mais je n'en fais rien. Et si tout cela n'était qu'illusion ?

Lorsque nos regards se croisent, nos troubles se rencontrent. Aussi, j'évite ses attentes afin d'être suffisamment forte pour contrer les miennes. L'envie de Marceau renaît en moi et j'en ai très peur. Bien évidemment, je connaissais ce risque avant de revenir mais je me suis fait la promesse, à bord de cet avion, en partance pour Paris, de ne pas replonger. Ma vie et celle du petit sont là-bas, en Alaska, et c'est précisément ce que je conte à ma belle-sœur : mon périple jusqu'à Juneau, la naissance d'Anoki, et puis la chaleureuse Maddy, ma mission auprès des autochtones et ce combat qu'ensemble, nous avons mené pour sauver la tribu.

— Comment l'histoire des Yupiks s'est-elle terminée ? me demande Chloé comme si elle découvrait le synopsis d'un nouveau roman, comme si c'était une fiction inventée de toutes pièces par un auteur inspiré, comme si rien n'était réel, et pourtant…

— C'est heureux que nous avons vécu au bord du détroit de Bering, dans ce village du bout du monde. Avant notre départ, l'île ne mesurait déjà plus qu'un kilomètre de long et trois de large. Elle n'a cessé de rétrécir. La tribu vivait là depuis quatre siècles. Il y avait l'océan pour la pêche et la lagune pour aller chasser sur la terre ferme. Mais l'Alaska se réchauffe deux fois plus vite que le reste du monde. À cause de la fonte des glaciers et de la montée des eaux, la banquise qui empêche les vagues de dévorer la côte ne se forme plus suffisamment. Notre village est devenu l'épicentre du réchauffement climatique. Une digue a été construite mais c'était insuffisant, l'eau continuait à monter. Chaque tempête a provoqué des ravages, les maisons sombraient une à une. C'était chaque fois un traumatisme pour les familles qui voyaient leurs mémoires s'enfoncer dans les profondeurs des eaux.

Nous avons quitté nos habitations avant que la mer finisse de les engloutir, encore plus vite qu'on ne l'imaginait. L'île va disparaître de la carte, cette terre sur laquelle mon fils a grandi. Tout a disparu sous les eaux, nos rires, nos pleurs, nos légendes, la terrasse de bois sur laquelle Anoki a fait ses premiers pas, ses premières batailles de boules de neige et sa première course de traîneau. Les eaux nous ont tout pris.

C'est pleine d'empathie que Chloé découvre une réalité si éloignée de notre Bretagne natale. Elle entend un bout de ma vie, là-bas, loin d'eux, lorsque Simon et elle n'osaient même plus me penser vivante. Elle m'avoue les nuits sombres de mon frère et ses insomnies, même les jours de soleil.

— Il avait perdu l'appétit, le sourire, la moindre pulsion de vie avait fichu le camp avec toi, me raconte-t-elle, la mâchoire serrée d'un cauchemar pas si lointain. C'est la naissance de Romy qui a donné à Simon un second souffle, conclut-elle me laissant face à ma responsabilité.

— Tu ne comptes pas repartir ? me demande-t-elle, alors que son inquiétude se heurte à ma culpabilité.

Ma place est auprès de mes collègues pour représenter les Yupiks. J'ai déjà bien trop menti, alors je lui réponds sans hésiter, au risque de la blesser :

— Aujourd'hui, ma mission est de promouvoir les

droits et les intérêts des Inuits au niveau international. D'assurer la participation de la tribu aux institutions politiques, économiques et sociales qui les concernent. Ils m'ont accueillie et c'est grâce à eux que je m'en suis sortie quand j'ai quitté ma vie à Cancale. Ils ont été la toute première famille d'Anoki. Alors, je ne cesserai de me battre pour assurer la survie et la croissance de la société et de la culture inuites pour les générations présentes et futures. Leurs croyances coulent dans les veines de mon enfant. Anoki est l'un des leurs et, désormais, moi aussi. Au cours des derniers mois, des points de vue plus critiques ont fait leur apparition, notamment au Groenland, si bien que cette question demeure aujourd'hui complexe et inséparable de grands enjeux socio-économiques. Je dois rentrer avant la prochaine conférence Inuit Circumpolaire. Elle n'a lieu que tous les quatre ans. J'ai encore un long combat à mener. Et puis Anoki réclame ses copains, ses chiens lui manquent aussi. C'est un enfant de la Taïga.

—Élise, tu ne nous as pas laissés être sa famille !

Que pourrais-je bien répondre ? Je me tais. Mon regard s'échoue sur le plancher.

—Marceau est au courant que tu projettes de partir pour assurer cette conférence ? Sait-il que tu ne resteras pas à Cancale ?

—Nous n'en avons pas parlé. Il ne m'a rien demandé et il me reste encore un peu de temps.

Je crois qu'elle pleure de colère. Pourtant, Chloé puise en elle la force de me dire qu'elle n'a pas à me juger. Que son ressentiment est bien plus diffus qu'il ne m'est attribué. Chloé en veut à la vie, à la fatalité, à la maladie qui a volé la mémoire de maman :

—Ce n'est pas toujours facile, tu sais. Mais Simon et moi sommes heureux de ton retour.

Elle me prend dans ses bras fluets. Je la serre fort contre moi et je pense à voix haute…

—J'espère que ce sera son cas, aussi. Elle va certainement tant m'en vouloir…

—Élise, tout n'a pas été simple mais je te le répète, nous ne t'en voulons pas. (Ma belle-sœur s'éloigne et cherche mon regard pour me demander :) Mais de qui parles-tu ?

Je lui parle d'Emma, de celle à qui, tant de fois, j'aurais voulu tout raconter. Mais je m'interdisais de trahir ma promesse faite à Marceau, celle de ne jamais rien révéler. Pourtant, elle était mon âme sœur…

—Je vais la retrouver dans les jours à venir. J'attendrai qu'elle ferme le salon de coiffure. Elle m'a tant manqué, comme vous. Chloé, je te promets que je ne vous ai jamais oubliés. Dès qu'il a été en âge de comprendre, j'ai parlé à Anoki de sa famille de France, et…

—Mais ton amie est partie, Élise, m'interrompt-elle sans détour.

—…

—Enfin, tout ce que je sais, c'est qu'elle ne travaille plus au port. C'est la cousine d'une de mes amies qui a racheté son salon. Depuis, je ne l'ai jamais croisée mais tu sais, s'empresse-t-elle de me rassurer, avec les heures que j'enchaîne à l'hôpital, je sors très peu. Et puis avec les trois enfants. Regarde-les…

Oui, je les regarde. J'entends leurs rires cristallins, leur insouciance de cousins, et je reviens à l'émerveillement de l'instant, à nos enfants, à Simon et Marceau, à cette famille, ma famille, et je me souviens des mots de Bobin : demain n'existe pas…

Nous profitons pleinement de cette journée, jusqu'à ce que la petite Romy soit bien fatiguée, et puis on se promet de revenir, très bientôt…

L'eau glisse sur ma peau. Je règle le thermostat du robinet au plus chaud. Je me délasse. Derrière la cloison, les enceintes du salon revendiquent notre bonheur d'antan quand Toto chante *Africa*. C'est enroulée dans ma serviette que je danse dans la salle de bains, à l'abri des regards. Heureuse d'une saveur familiale retrouvée. Même les couples illégitimes ont leurs habitudes, leurs films préférés et leurs lectures. Nos chansons ; le *Riverside* d'Agnès Obel a signé notre rencontre, lorsqu'il a fait jouer Yves Duteil qui chantait *Il me manquait toujours*, j'ai compris que j'étais importante pour Marceau. Et puis Ed Sheeran murmurait *Make it Rain* lorsqu'il caressait ma peau dorée, et Ingrid Saint-Pierre, parce que moi aussi, c'est sur la pointe des pieds que je l'aimais en ballerine lorsque je me pendais à ses lèvres. Nous étions si complices.

En écoutant Toto ce soir, veut-il me rappeler, combien, ce jour-là, nous nous sommes aimés ? Un 13 février…

J'enfile un débardeur et un jean. Quand je le rejoins dans la cuisine, le regard de Marceau rencontre mes pensées, on se sourit. Il y a Anoki, c'est probablement mieux ainsi.

11

C'est le bruit du ressac qui me réveille. Je me lève avec le souvenir abstrait du visage de Marceau dans l'embrasure de la porte de ma chambre. Vient-il me voir dormir la nuit ? Je n'en serais pas surprise, je l'ai tant fait moi-même, lorsqu'il s'assoupissait sur le lit de mon petit deux-pièces-terrasse de Cancale. J'ignore bien qui peut y vivre désormais. La vie est ainsi faite. On laisse des morceaux de souvenirs aux quatre coins des villes, on les abandonne à d'autres histoires, à d'autres émotions, partagées ou non. Une femme vit-elle dans mon ancien appartement ? A-t-elle changé les peintures ? Je me souviens de ce jour où j'ai cru que Marceau quitterait tout pour moi. J'ai pensé qu'ensemble, nous allions enfin mettre de la couleur dans notre couple et sur mes murs. J'ai cru que mon tour arrivait, qu'il avait pris conscience qu'une vie ne peut pas se traverser loin de celle qu'on aime. J'attendais ces mots depuis des années et puis il m'a murmuré :

— Je dois rentrer, il ne faut pas qu'elle m'attende…

C'est si loin maintenant. Je ne souffre plus. La neige d'Alaska a recouvert mes blessures. Cependant ces sentiments sont imprégnés en moi, c'est une évidence. J'ai été une femme de l'ombre et comme toutes celles qui, comme moi, ont traversé ce tunnel, nous n'oublierons jamais. Mais je sais que j'ai gagné mon combat, parce que c'en est un, pour retrouver ma liberté.

Je me penche par la fenêtre et observe les trottoirs vides. Il est encore tôt. J'inspire l'air froid de Cancale. Je suis chez moi. Je souris. J'ai envie de revoir les parcs, la plage, le sentier des douaniers, les places du marché. Je suis de retour. Je noue mes cheveux, enfile un pantalon fin qui colle à ma peau, un sweat over size et une grosse écharpe. Sur la pointe des pieds, je descends les marches sans les faire grincer. Marceau et Anoki semblent dormir. Je referme délicatement la porte et l'envie irrépressible de courir à travers mon passé monte en moi. Je me sens légère et forte. Je cours, de plus en plus vite. Je cours, libre, encore plus loin. J'ouvre grand les yeux sur ce qu'a été ma vie et, pour la première fois, je suis contente d'être revenue. Lorsque j'ai fui le pays, j'ai rempli ma valise et je suis montée dans un taxi qui m'emportait vers le bout du monde. Quelques heures ont suffi. Tout a été si brutal.

Ce matin, je reviens et je piétine mes peines. Je cours dans mon enfance. Je traverse mes éclats de rire d'antan et puis les câlins de maman. Sur le port, je ferme les yeux et j'entends la voix de papa qui commande sa douzaine d'huîtres aux marchands à la criée. Je m'arrête, haletante, pour reprendre mon souffle face aux rideaux de fer du bar Le tape-cul qui s'enroule bruyamment. Les portes s'ouvrent sur une nouvelle journée qui commence.

Peu après, je m'accroche aux grilles de l'école maternelle, et je me rappelle ma jupe verte à pois le jour de la kermesse et les tables remplies de gâteaux. Les courses avec les autres enfants et mes collants de laine troués, dessous, mes genoux écorchés. La petite fille de Cancale vit toujours en moi. Et puis, le tribunal, mes tracas, ma rage et ma conviction, mes procès perdus, mes procès gagnés, mes victoires et mes clients qui ressortaient de la salle d'audience, eux aussi : libres. À trop attendre de Marceau, à trop faiblir de ce choix pour moi qu'il ne faisait pas, j'ai oublié cette facette de ma personnalité, forte, combattante, et joyeuse.

Ensuite, j'arrive face à la vitrine du salon de thé *Une histoire de thé et d'un citronnier.* C'est précisément dans cet endroit que tout a recommencé entre Marceau et moi… Elle est balafrée de peinture blanche, des affiches déchirées y sont négligemment collées, le lieu est abandonné. Immobile, je reste devant, essoufflée par ce souvenir, abattue et par ma dernière foulée. Je marche encore un peu et je suis au pied du deux-pièces-terrasse de Cancale. Je traverse la route, puis je m'assieds sur le rebord du trottoir. Je ne parviens plus à détourner mon regard de cette façade, j'ai tout vécu ici. Le rideau de la porte-fenêtre qui donne sur la terrasse est tiré, et de là, je ne vois que la petite lucarne de la chambre. Une lumière diffuse semble allumée. Une lampe de chevet ? J'aimais y lire au réveil.

Mes souvenirs me submergent. Je me revois distinctement longer l'allée. J'aperçois derrière la porte vitrée la peinture parme au mur, un peu décatie, les premières marches de l'escalier. Combien de fois Marceau l'a-t-il monté avec l'envie féroce de me retrouver ?

Je scrute ce rideau fermé, c'est bien celui que j'avais accroché. Un voile suffisamment épais pour cacher notre liaison et nous aimer derrière un bout de tissu tiré. Je me demande si d'autres de mes effets personnels ont été conservés, je suis partie si vite que j'ai tout abandonné derrière moi. Je me demande également qui a vidé mon appartement. Simon ? Maman ? La personne qui se trouve dans la chambre est-elle celle qui m'a succédé ou y en a-t-il eu d'autres ?

Je ne parviens pas à partir, alors j'attends. Quoi ? Je n'en sais trop rien.

— Vous allez bien ? me demande un jeunot qui promène son chien, surpris de me voir à une heure si matinale, échouée sur cette bordure de béton.

Je le rassure, le remercie. Il tire sur la laisse du chien qui vient me renifler l'épaule et poursuit sa promenade. Alors que je relève le nez en direction de la chambre, je remarque que la lumière a été éteinte. J'attends. Je suis prise d'un besoin impérieux de découvrir le visage de celle qui respire dans ce lieu où j'ai vécu.

Le soleil se lève. J'espère qu'Anoki ne s'inquiétera pas trop de trouver mon lit vide. Je compte sur son père pour s'en occuper. Je n'aurais pas pensé parvenir avec tant de facilité à lui confier cet enfant qu'il n'a pas élevé. Le visage apaisé du petit suffit à m'y autoriser.

La lumière du salon s'allume à son tour. Je suis aux aguets. Je découvre en moi une curiosité que je ne soupçonnais pas. J'ignore ce qui me pousse à cette indiscrétion. Ce n'est pas faute de me raisonner. Je dois partir et accepter que le temps a passé, qu'une autre histoire se joue ici, et que je n'en fais pas partie. Je me lève et jette un dernier coup d'œil sur ce rideau qui… s'entrouvre. Alors, je me rassieds. Je regarde le nouveau scénario du deux-pièces-terrasse de Cancale. Je veux voir le visage de celle qui a pris ma place. Le tissu est à demi tiré, la main dessus, toujours accrochée, mais elle ne bouge pas, alors moi non plus. L'espace désormais en partie dégagé me permet de remarquer l'étagère de bois blanc contre le mur. C'est la mienne. Et puis le lustre au plafond, c'est bien le mien. Je tremble. Je me décale afin d'apercevoir l'autre côté du salon. Mon bureau est toujours en place. Une autre existe dans ma vie. Rien n'a bougé. Elle vit dans mes murs, dans mes meubles, dans mes souvenirs… Qui est-elle ? une blonde, brune, rousse ? petite, grande ? seule ? amoureuse ? une femme de l'ombre ? Le rideau bouge, se tire et mon souffle se coupe quand je vois… l'homme !

Je n'imaginais qu'une femme pour marcher dans ma vie, pas un homme, lui… L'inconnu pousse de son bras tendu l'épais voilage, de son autre main, il tient son téléphone. Son regard happé par l'écran me met à l'abri d'être remarquée. Je l'observe. Un homme vit chez moi ! Il sort une chaise pliante, ma chaise. Il rentre, puis revient et tient une tasse, ma tasse. Il a même gardé ma vaisselle ! Il s'installe sur ma terrasse.

L'inconnu porte un vieux jogging gris et un gros pull à col roulé dans lequel il glisse son menton. Que fait-il dehors par ce froid ? Et moi, que fais-je là ? Je n'arrive pas à partir. Je le détaille. Ses cheveux sont encore marqués de la forme de son oreiller. Cet homme semble avoir une quarantaine d'années. Que fait-il dans un si petit appartement, à cet âge ?

Ma vue est maintenant dégagée sur la totalité du séjour et je constate avec stupéfaction que rien n'a changé. Mon intérieur est intact alors que moi, je suis complètement chamboulée. Ma table basse, ma télé, ma commode sont à leurs places respectives. Seuls les cadres aux murs ont disparu. Lui reste là, à boire dans ma tasse. Il ne décroche pas ses yeux de son téléphone. Il ne semble même pas avoir remarqué que le soleil brille. Je le regarde encore et je suis frappée par ce visage qui paraît éteint à la vie. Seul l'écran de son portable paraît animé. Que regarde-t-il dont il ne parvient pas à décrocher ?

Le gamin et son chien sont de retour.

— Vous cherchez quelqu'un ? me questionne-t-il, cette fois plus soucieux que surpris.

Je lui réponds que non, il reste statique. Son chien au bout de la laisse ne me porte plus aucun intérêt. Son insistance me pousse à décamper. Je n'ai plus rien à faire ici. Je jette un dernier coup d'œil à mon deux-pièces-terrasse de Cancale et à cet homme qui n'a pas bougé d'un iota. Je pars mais je reviendrai. Demain, ce soir, très vite. Que fait-il dans ma vie ?

— Je suis passée prendre le pain… dis-je en foulant le pas de la porte.

Ça y est, on y arrive, au fameux « As-tu acheté le pain ? » qui caractérise l'ordinaire à la française. Je me justifie. Je ne dis rien de plus à Marceau au sujet de l'homme. J'envoie un message à Simon :

Est-ce toi qui as vendu mon appartement ?

Dans la matinée, il me répond :

Non, c'est maman…

Il ne me demande pas pourquoi. À lui non plus, je ne dis rien. Je n'en apprendrai pas davantage de ma mère. Sa mémoire a fichu le camp. Je m'installe au petit déjeuner. Marceau a infusé mon Jardin bleu. Je tartine la confiture d'Anoki et tous les deux se réveillent, tranquillement.

— Tu es allée courir, maman ? me demande-t-il, le nez plongé au-dessus de son bol de chocolat chaud.

— Oui, et ça m'a fait beaucoup de bien. J'y retournerai demain…

Cancale me pousse aux mystères. Je reviens et, de nouveau, je ne dis rien…

12

Rien… Simone non plus ne dit rien lorsqu'elle découvre la frimousse de son petit-fils. La mère de Marceau en a le souffle coupé. « Rencontrer Anoki est mon souhait le plus précieux », elle n'a cessé de le lui répéter du jour où son fils lui a appris toute la vérité sur notre vie cachée. C'est à sa mère que Marceau a tout révélé et contre toute attente, cette femme d'expérience lui a appris qu'effectivement, on a tous un passé. Elle aussi avait son jardin secret. Elle a su épauler son fils sans le juger. Comme une maman, elle a fait de son mieux, elle l'a simplement aimé.

Anoki se laisse enlacer par cette femme aux cheveux blancs. Du haut de ses dix ans, il découvre ce qu'est une grand-mère. Dans la tribu, les anciennes l'ont bercé, comme tous les autres enfants. Anoki se souvient de ces aînées à la peau marquée. Il a toujours présenté à leur égard un profond respect, mais aujourd'hui, c'est si différent. Cette dame-là, elle n'a d'yeux que pour lui. Et puis les anciennes de la tribu ne pleuraient pas en l'embrassant, alors que Simone, elle pleure fort, elle pleure beaucoup, elle pleure férocement tout ce que je lui ai pris en emportant la chair de sa chair loin de sa Bretagne. J'en ai le cœur brisé. Aussi, Marceau s'approche de moi et, à son tour, il attrape ma peine dans ses bras, et moi avec.

Il dépose un baiser sur mon front. Ses yeux brillent un peu. C'est un bonheur douloureux pour nous tous.

—Je devrais peut-être m'éclipser, lui glissé-je à l'oreille.

J'ignore combien de temps s'écoule lorsque je croise le regard d'Anoki qui se demande : *Elle va me lâcher quand, la dame ?* Lui, il a dix ans et il est cajolé par une inconnue. Une inconnue qu'il appelle malgré tout *mémé*. Elle parle fort, emportée par l'émoi. Simone ne contrôle plus rien :

—Oui, mon trésor c'est moi ! Tu es enfin arrivé... Tu ressembles tant à ton père ! (Elle se retourne vers Marceau et lui demande comme une faveur :) Viens près de nous, mon gamin.

D'un simple regard, je lui confirme que ça va aller... et quand il me lâche, j'ai l'impression que le sol m'engloutit puisque ses bras ne me portent plus. Simone attrape ses deux petits qu'elle serre contre son corps fluet de vieille dame et elle répète comme une ritournelle de sa voix claire : « Mes enfants, mes enfants, mes tout petits enfants »... Alors qu'elle ferme les yeux et s'imprègne de cet instant, je m'éloigne. Je n'ai pas ma place, je suis à l'origine du mal que cette maman ressent. J'en suis une, désormais, une lionne prête à tuer pour protéger ses petits et j'imagine trop bien le trou dans le ventre que je lui ai causé. J'ai délaissé son fils alors que le cancer tentait de le dévorer et j'ai enlevé et caché son petit-fils durant de trop longues années. Mes pas emportent ma honte.

La tête basse, j'avance dans l'allée. Je donne de droite et de gauche de petits coups de pied dans des cailloux qui ont glissé du massif. J'avance, telle une âme errante vers la sortie, perdue, vaincue. Parfois, nous sommes persuadés que le plus dur vient de nous arriver, qu'on ne peut plus que remonter, qu'il ne peut plus rien se produire qui ne nous affectera. Comme si l'obscur avait d'ores et déjà pris toute la place. Aussi, c'est contre toute attente qu'arrivée près du portail, je le croise. Lui, l'incarnation même du mal.

— T'es revenue, toi ?

Il sort du garage. Il me toise, son regard est noir. Ce n'est qu'une question purement rhétorique posée de façon menaçante. Totalement abattue, je reste figé face au père de Marceau qui me bouscule et pars claquer la portière de sa voiture. Les pneus crissent sur les gravillons puis il disparaît. Patrick n'ira pas rencontrer Anoki. Spectatrice de la scène, Simone m'interpelle pour me demander où je compte aller comme ça. Je lève les épaules, l'air de répondre : « Je n'en sais rien. Je n'en sais plus rien ! C'est trop dur. » Cette femme marche lentement, elle est âgée. Combien d'années lui reste-t-il pour créer un lien avec Anoki ? Je n'ose pas la regarder. Aussi, de son doigt frêle, elle soulève mon menton, me forçant à croiser son intention lorsqu'elle me dit avec une douceur infinie :

— Merci, petite Élise.

Elle me sourit. Je ne comprends pas.

— À l'époque, Clément et Clémence avaient besoin de leur père, et lui, il avait besoin de toi pour garder l'envie de sourire. Merci d'avoir été présente, dans l'ombre, petite Élise.

Je tombe dans ses bras comme une gosse, effondrée. Elle me dit :

—Chutttt, ne pleure pas. Toi aussi tu es enfin là. Chutttt…

Son sifflement caresse ma détresse. « Petite Élise », c'est ainsi qu'elle me surnommait à la sortie de l'école. Elle prend ma main et me l'empoigne comme si j'étais encore une enfant. Simone s'apaise. Simone nous rassure et, en bonne mémé, elle prend soin des siens. On s'assied dans la cuisine. La décoration est restée figée dans les années 1990. Une fraction de seconde, je pense à Soline. C'est ici que l'ancienne femme de Marceau venait, pendant que moi, je l'attendais dans le deux-pièces-terrasse de Cancale.

—Mange ! Je viens de les faire… me dit Simone.

Je n'ai pas d'appétit mais je prends volontiers cette tendresse qu'elle me sert à la petite cuillère. Anoki a la bouche remplie et Marceau me sourit et me dit :

—Il y a des palets bretons aussi…

C'est étrange comme les pièces du puzzle semblent s'emboîter. Je pensais pourtant qu'on avait perdu la boîte, Marceau et moi. Finalement, il ne faut jamais cesser de rêver.

—Collez-vous, tous les trois. Anoki, fais un grand sourire à mémé ! lui demande-t-elle.

On se rapproche et Simone prend une photo, la première qu'il existera de nous. Nous sommes un couple qui n'a laissé aucune trace, pas la moindre preuve, pas un souvenir de papier.

Marceau accompagne Anoki qui veut voir la chambre dans laquelle son père a grandi. Il trouve la maison de sa grand-mère si grande. En Alaska, lui et moi vivons dans une pièce unique. Simone empile soigneusement les restes des gâteaux dans un Tupperware qu'elle me tend.

—Vous les finirez, ce soir. Chez vous…

On reste un peu. Les gestes de cette mémé sont confirmés. Elle construit le chalet coloré avec le petit. Simone a l'habitude. Elle l'a bâtie mille fois, cette cabane de bois.

—C'était celui de Clément souffle-t-elle.

—Je me souviens, lui confirme-t-il.

Sans qu'Anoki puisse entendre, elle demande à son fils si le petit a rencontré son frère et sa sœur.

—Pas encore, ça viendra, se contente-t-il de lui affirmer.

De ces présentations, on ne parle pas encore, mais je me doute que c'est une épreuve que Marceau redoute. Comment ses aînés vont-ils réagir devant la preuve de sa vie cachée ? Clémence n'était pas née que j'étais déjà dans l'ombre de leur famille.

—Je peux leur parler un peu si vous voulez. Parfois, les mots d'une grand-mère… propose-t-elle inquiète pour Marceau.

Il refuse et lui aussi formule cette simple phrase, celle qui promet que ça va aller…

On reste encore mais Marceau devient nerveux. Je sais qu'il craint le retour de son père. Tous les deux s'efforcent de se croiser le moins possible. Entre eux, les rapports ont toujours été compliqués. Entre Patrick et le monde entier, c'est compliqué ! J'aurais quand même pensé qu'il viendrait voir le petit, mais même le minimum semble déjà trop pour lui. Je ne dis pas à Marceau que je l'ai croisé. La journée a été bonne et Simone rayonne. C'est tout ce qu'on espérait. Moi, je savoure ma chance d'être accueillie par cette femme merveilleuse qui nous fait de la place, dans sa famille et dans la lumière.

—Tu me le ramènes vite, le petit, hein ? me demande-t-elle de lui garantir.

—Je vous le promets, Simone.

—Merci, petite Élise.

Elle ouvre, puis nous partons. De la voiture, on lui sourit et Anoki ouvre sa fenêtre au vent tiède pour lui dire :

—À bientôt, mémé…

Arrivés, *chez nous*... les mots de Simone résonnent encore. Anoki file sous sa douche sans plus attendre. Marceau lui a promis de visionner avec lui le deuxième volet d'Harry Potter. On entend le petit chantonner sous l'eau.

—Il semble avoir passé une bonne journée.

—Oui.

—Et toi ? l'interrogé-je.

Il évince la question afin de me demander… :

—Élise, crache le morceau.

—Elle ne le rencontrera jamais, il est trop tard.

Je fonds en larme en lui disant que notre fils ne l'appellera jamais *mémé*. Il est trop tard pour maman.

Au cours de ces années, j'ai répété lors de ces absences à Marceau que des mots ne remplacent pas des bras. Et il me le confirme quand il me serre fort contre son torse. Je m'y réfugie. J'ai de la peine et des mots, il n'y en a pas. C'est bien trop tard. On ne peut pas tout rattraper.

—Veux-tu prendre un bain ? Je reste avec Anoki.

Je réfléchis et puis :

—Cela ne te dérange pas si je retourne courir ?

Le générique du film commence alors que je quitte la maison. Je n'ai pas d'autre solution pour chasser la peine que m'efforcer de penser à autre chose, à quelqu'un d'autre, à lui, l'inconnu…

La nuit est tombée, je promets à Marceau d'être prudente. Cette fois-ci, l'hiver reprend ses droits. Il fait froid. J'ai froid. Le tout-Cancale est plongé dans le froid alors ma surprise est grande lorsque j'arrive devant le deux-pièces-terrasse puisque toutes les fenêtres sont grandes ouvertes. C'est insensé, il ne doit pas faire plus de huit degrés. La lumière s'échappe de l'appartement tout comme cette mélodie, ces notes de piano. C'est lui qui joue dans cette nuit d'hiver. Je suis trop frigorifiée pour rester. Je repars avec cette question :

— Qui est cet homme étrange qui vit dans mon passé ?

13

Un jour passe, puis deux et trois. Chaque matin, je cours en direction du deux-pièces-terrasse de Cancale. J'observe longuement ses levers ritualisés : la lumière diffuse de la chambre qui s'éteint, le rideau qui s'ouvre, le regard de l'homme vissé à l'écran de son téléphone et son visage inerte. Ma tasse au bout de ses doigts, il reste un peu puis s'en va. Je n'ai pu revenir l'épier qu'un autre soir. Je crains d'éveiller les soupçons de Marceau sur mes agissements. C'était hier, à la tombée de la nuit, et il jouait du piano. Les fenêtres étaient encore grandes ouvertes. J'ai entendu la même mélodie, une, deux et puis trois fois, à la mesure près…

14

Aujourd'hui, je ne vais pas me cacher face au deux-pièces-terrasse. Simon m'attend devant chez maman. Nous sommes convenus d'un nouvel essai avec l'aide-soignante. Nous n'avons pas de grandes ambitions. J'aimerais juste l'approcher, la voir, ma mère. Carole la trouve un peu plus calme le matin. Elle dit qu'au cours de la journée, sa nervosité s'accroît. Probablement après les heures passées devant sa série. Depuis mon retour, cette professionnelle lui montre des photographies de moi. Elle sait qu'elle ne se souviendra pas mais elle espère simplement que sa patiente se familiarise avec mon visage sur l'image pour qu'elle soit moins impressionnée lorsque je vais entrer dans la maison.

— Salut, ma sœur, me dit-il d'un air faussement détaché sur le parvis de la maison.

Il me claque deux bises bruyantes. Simon a beau essayer de donner le change, je vois bien qu'il est nerveux. Ce n'est pas humain de vivre une situation comme celle-ci. Quand on était petits, on courait, nos sacs sur le dos, au retour de l'école et on claquait fort le petit portillon. On était toujours affamés, maman nous préparait des tartines beurrées pour le goûter. Là, on rabat tout doucement la petite porte de bois, juste du bout des doigts, comme si la maison menaçait de s'écrouler comme notre famille… On a pris des rides, un peu de poids et quelques cheveux blancs, papa est mort et maman ne sait plus qui nous sommes. Du coup, sur le point de pénétrer dans la maison de notre enfance, Simon et moi oublions mon départ et mes années d'absence, leurs conséquences. On redevient une fratrie soudée dans l'épreuve. Avec la même trouille au ventre, on entre…

À voix basse, Carole nous explique :

—Marie-Laurence vient de terminer de petit-déjeuner. Elle est assise tranquillement sous la véranda. (L'aide-soignante sourit avec une gentillesse naturelle.) Votre mère regarde son jardin. Elle adore ça, me confie-t-elle.

Carole, à l'instar de mon petit frère, essaie de se montrer confiante mais l'inflexion de sa voix révèle bien plus que ses mots. Elle craint une crise de sa patiente, qu'elle ne parvienne à l'apaiser, que la maladie l'emporte, encore… Dans un silence absolu, nous avançons dans sa direction. Je foule le parquet sur lequel, petite, je courais. J'y revois mes jouets échoués, mes souvenirs cabossés.

Je la regarde et je la trouve encore belle. Maman tend son visage à la lumière, passive, dans une immobilité qui ne trompe plus.

—Marie-Laurence, vos enfants sont venus… lui murmure-t-elle en faisant signe à Simon de s'avancer.

Ce qu'il fait en disant simplement :

—Bonjour, maman.

Il s'assied près d'elle et lui explique avec sa grosse voix d'homme qu'il s'efforce d'adoucir qu'il n'est pas venu seul, que quelqu'un veut la voir.

—Il pleut aujourd'hui. Je ne vais pas chercher le pain.

Je retiens le sanglot prêt à jaillir à l'écoute de sa voix que je n'ai pas entendue depuis maintenant dix ans. Simon est patient. Je vois qu'il a pris l'habitude, alors mon frère insiste un peu et lui dit une seconde fois qu'elle a de la visite.

—Il pleut aujourd'hui. Je ne vais pas chercher le pain.

—Maman, écoute-moi s'il te plaît, lui demande-t-il sans trop de conviction.

—Ferme la fenêtre, Philippe. La pluie va rentrer…

J'essuie mes joues complètement trempées. C'est sur ma peau que le torrent de larmes s'abat. Dehors, il ne tombe pas une goutte de pluie et maman l'appelle Philippe. Elle croit que c'est papa. Simon me fait signe d'entrer. J'approche, totalement effrayée par la peur que je peux créer, par le mal que j'ai fait, par le chagrin qui m'anéantit. Du bout des lèvres, j'articule un « Maman » silencieux. J'avance encore un peu. Carole est sur ses gardes et Simon reste près d'elle, prêt lui aussi à intervenir. J'ai l'impression qu'on aborde un fauve susceptible de bondir alors que ce n'est que ma maman, celle qui brossait mes cheveux et me fredonnait des berceuses.

—C'est Élise qui vient te voir. Regarde, ta fille est là.

Elle se penche et je retiens mon souffle. Elle regarde plus curieusement par la fenêtre. On ne bouge plus, suspendus à la moindre de ses réactions. Mais moi, j'espère. Elle scrute le jardin, celui où nous passions tant de temps, avant. Je me demande si elle me cherche et alors maman dit :

—Il pleut aujourd'hui. Je ne vais pas chercher le pain.

Quand elle finit par tourner son visage vers moi, j'ai envie de courir dans ses bras. Carole me conseille de ne pas bouger.

— Qu'elle ne soit pas effrayée, c'est déjà bien, et elle ajoute : Élise, c'est un bon début, vous savez.

J'ai juste envie de lui rétorquer : « Le début de quoi ? Des suites, il n'y en aura pas. C'est fini, maman est partie. » Au lieu de cela, j'accepte et m'en remets à ses recommandations avisées. Cette professionnelle connaît ma mère bien mieux que moi, désormais. On reste là, tous les quatre, à regarder la pluie qui ne tombe pas et le pain que notre mère n'ira plus jamais acheter. Le printemps qui arrive et les bourgeons qui sortent trop tôt cette année. La vie qui continue, celle que j'ai laissé filer…

Les jours suivants, je reviens. Parfois mon frère est là, d'autres fois pas. Mardi, Chloé m'a accompagnée. Alors je retrouve maman, sous l'œil attentif et bienveillant de Carole qui nous prépare du thé. J'en hume les odeurs, assise près de ma mère et ses mains vides, son air désert, désaffecté. Lorsque je rentre, Marceau me serre contre lui, comme une grande enfant abandonnée. Maman n'est plus là, mais lui si. C'est peut-être aussi pour cela qu'un jour on s'aime, pour qu'une nouvelle épaule prenne le relais de celle qui ne peut plus nous porter, d'un parent qui disparaît. Mais nous, on s'aime encore ?

15

Marceau a repris le travail et part tôt le matin. De ce fait, je ne cours plus. J'oublie temporairement l'homme. Je fais marcher Anoki dans les traces de la petite fille de Cancale que j'étais. Je l'emmène au cinéma Duguesclin. Il découvre ce que sont les salles obscures et la projection de film sur un grand écran. Mon fils rit bruyamment devant le dernier Disney. Il observe avec une grande curiosité les immenses allées du centre commercial. Et puis, je l'inscris au char à voile et je vois dans ses yeux qu'il est heureux. On se balade main dans la main sur la baie du Mont-Saint-Michel. Anoki me confie combien parfois il est étourdi par la vie d'ici. Il y a du monde, de l'agitation, beaucoup de voitures et beaucoup de gros bateaux.

Les bateaux, nous les voyons tous les jours en allant rejoindre son père au port. Je crains parfois que le petit ne prenne trop d'habitudes. Un jour prochain, nous rentrerons en Alaska. Il me parle quand même souvent de son chien qui lui manque, alors je lui dis que bientôt, il le retrouvera, mais il sait bien que ce sera Bilbo ou papa, pas les deux. Désormais, lui aussi aura un bout de vie ici et un autre là-bas. Toujours soumis au manque de ce qu'il aura délaissé à l'autre bout du monde, quel que soit le côté de la terre ou il s'endormira.

Je me rassure et me rappelle que nous n'en sommes pas encore là. Pour le moment, demain n'existe pas. Les congés d'hiver prennent fin en France. J'attendais avec hâte que le salon de coiffure ouvre de nouveau. Chloé m'a avertie qu'Emma avait passé la main, mais j'ai bon espoir que la nouvelle patronne me transmette ses coordonnées. Je veux dire à mon amie que je suis rentrée, la retrouver et tout lui raconter.

L'enseigne de la boutique que je vois en arrivant au port confirme les dires de Chloé. Le nom du salon de coiffure n'est plus de celui qu'Emma avait choisi. J'entre et alors que je m'apprête à me présenter à cette coiffeuse, ciseaux fièrement dressés, elle ne m'en laisse pas l'occasion.

— C'est bien vous ? me demande-t-elle, ses yeux bleus complètement ébahis. Mais oui, c'est vous, poursuit-elle sans me laisser le temps de répondre à sa question alors qu'elle poursuit sa litanie. Vous êtes Élise. Je vous reconnais. C'est vous « La Élise ». Mais c'est incroyable, vous êtes vivante. Oui, bien vivante, et vous êtes rentrée à Cancale. Alors là, mais jamais je n'aurais imaginé que cela arriverait un jour. C'est bien vous. Je ne me trompe pas ? Vous êtes Élise.

J'attends que cette jeune femme si volubile pose ses ciseaux et se taise pour simplement lui répondre :

— Oui.

La cliente, qui ressemble à une extraterrestre avec ses cheveux emballés dans de l'aluminium, me considère comme une étrangeté. Elle est aussi étonnée que moi de la réaction de Mélanie. Cette coiffeuse me signifie combien elle est enchantée de me rencontrer, mais une sonnerie se met à retentir alors que je n'ai pas même le temps d'évoquer les raisons de ma venue. Elle tire une chaise et m'invite à m'asseoir.

—Laissez-moi juste le temps de rincer la couleur de Mme Prévert et je suis à vous. Je n'en ai pas pour longtemps. (Elle me regarde intensément.) Je n'en reviens pas de la rencontrer enfin ! C'est bien elle, je la reconnais, marmonne-t-elle tandis qu'elle s'éloigne au fond du salon.

Ses mains plongées dans le bac, Mélanie ne cesse de me dévisager. Son insistance devient embarrassante.

Effectivement, quelques minutes lui suffisent à revenir près de moi.

—Je coiffe Mme Prévert. Elle a les cheveux courts. Ce ne sera pas long, me garantit-elle. Souhaitez-vous un magazine ?

Je vois bien qu'elle est gentille, cette fille, mais ma seule envie est de la bousculer un peu, de lui dire que je veux retrouver mon amie. Qu'après dix ans loin d'Emma, chaque minute s'étire désormais dans une saumâtre impatience. Que non, je m'en fiche de son magazine. Pourtant, je ne dis rien. Fascinée par sa naïveté, je lui signifie par un simple sourire courtois que je vais l'attendre. Aussi, elle coiffe sa cliente, un peu offusquée de constater que la seule hâte de sa coiffeuse est de l'expédier.

Il est bientôt 19 heures lorsque Mélanie ferme à double tour la porte de sa boutique, nous enfermant, elle et moi, à l'intérieur. C'est sans plus attendre qu'elle s'empresse de m'affirmer avec une joie non dissimulée :

— Emma a dû être si heureuse de vous retrouver ! Regardez, je ne l'ai jamais retirée. Elle est toujours là…

Du bout de son index, la nouvelle patronne m'indique un petit cadre, témoin de nos sourires de l'époque. Sur l'image, on peut encore voir notre complicité. Emma et moi, le jour de l'inauguration du salon de coiffure.

— Quand elle est partie, elle m'a demandé comme une faveur de conserver cette photo, et je le fais avec plaisir. Vous êtes si belles toutes les deux, dessus. Mais elle vous a déjà probablement tout raconté ! Vous aviez les cheveux bien longs dessus. C'est Emma qui vous les a coupés ? C'est réussi !

— Mélanie…

— Oui ?

— Où est Emma ?

Un regard plus sombre chasse sa crédulité et c'est, cette fois-ci, très sérieusement que, d'une voix pondérée, Mélanie me signifie son incompréhension.

— Je pensais qu'Emma vous avait rejointe en Asie, me dit-elle, peinée de comprendre sa méprise.

Mélanie s'assied sur le siège d'à côté. Délicatement, elle pose sa main sur mon bras comme pour me protéger alors qu'elle me demande :

— Vous n'êtes donc au courant de rien ?

Il lui suffit de m'observer pour en déduire que non. Mélanie baisse les paupières. Elle sait que le moment est arrivé de m'expliquer…

— Après votre disparition et vous avoir recherchée durant des mois, Emma a été dévastée. Elle s'est sentie plus seule que jamais. Elle a croisé la route d'un certain Stephan. Elle savait que ce n'était pas l'homme idéal mais elle avait besoin d'attention. Votre amie refusait de se poser davantage de questions. Et puis, il lui a dit ce qu'elle avait besoin d'entendre, alors Emma a plongé. Rapidement, les disputes se sont enchaînées. Elle n'a plus souri après votre départ et il l'a rendue plus triste que jamais. Cet homme la rabaissait. Elle parlait de moins en moins fort, puis de moins en moins. De petites réflexions chaque jour. Elle a perdu confiance en elle. Elle m'avait embauchée pour pallier ses absences au salon. Élise, elle vous a cherchée partout. Emma n'a jamais cessé d'espérer votre retour et, face au constat que cela n'arrivait pas, elle n'a jamais cessé d'être triste. Elle disait qu'elle avait perdu son âme sœur. Elle a fini par se résigner et s'en est remise à lui.

—Qui était cet homme ?

—Un Polonais. Dans un premier temps, elle l'a suivi là-bas. Et ensuite, je n'ai pas vraiment compris ce qu'Emma a fait, mais je savais que ce n'était pas un type bien.

—Et maintenant, où est-elle ?

—Après qu'elle m'a vendu le salon de coiffure, je n'ai plus eu de nouvelles. C'est même sa mère qui m'a renvoyé les derniers actes notariés du salon. Demandez-lui, elle s'appelle Nathalie.

—Elle vit à Cancale ?

—Non à Dinard, me dit-elle en griffonnant une adresse sur un bout de papier froissé qu'elle me tend. Emma était partie et vous aviez disparu. Toutes les deux, vous manquiez à Cancale. Sur le marché, une rumeur courait qu'elle était partie vous retrouver. Ensuite, les bruits disaient qu'elle s'était envolée pour l'Asie, alors moi, je n'ai pas trop réfléchi, j'en ai déduit que vous y étiez aussi.

Je remercie Mélanie. Lorsqu'elle m'escorte vers la sortie, la coiffeuse si loquace à mon arrivée a perdu de sa verve. Elle me souhaite bon courage et insiste afin que je lui donne des nouvelles. Abasourdie, je marche dans l'obscurité du port. Avant de rentrer, je fais un détour par la ruelle qui mène au deux-pièces-terrasse. Je ne suis même pas surprise de voir que les fenêtres sont béantes au vent glacial. Je ne prends pas le temps de me garer, j'ouvre juste ma portière pour écouter ces notes de piano, qui ce soir encore ne cessent de revendiquer la même mélopée.

À mon retour, il suffit à Marceau d'un simple coup d'œil pour percevoir mon désarroi.

—On ne t'a pas attendue pour dîner. Le petit avait faim.

Anoki coupe la parole à son père pour affirmer fièrement :

—Moi, je suis tout le temps affamé !

Il vient chercher un câlin dans lequel je plonge sans censure. Je prends le temps de bercer mon fils en le couchant. J'ai bien conscience que bientôt, il sera trop grand pour ces moments.

Dans le séjour, seule à seul, je raconte à Marceau mon après-midi et ma rencontre avec Mélanie. Il réfléchit un instant et me propose que l'on fasse ensemble quelques recherches sur le Net afin de comprendre ce qu'est devenue mon amie. Dans un premier temps, retrouver la trace d'Emma est compliqué mais à force d'insistance, nous dénichons des éléments qui ne sont pas pour nous rassurer…

Née à Biscarosse le 17 avril 1984, Emma Aubertin est française. Ses parents divorcent alors qu'elle est âgée de 3 ans. Emma a grandi en Bretagne où sa mère regagne sa ville natale après sa séparation. Son visage est remarqué lorsqu'elle épouse, en 2017, le célèbre avocat polonais Stephan Brzezinski.

— J'ai trouvé, Élise. Ton amie ne s'appelle plus Emma Aubertin mais Emma Brzezinski. C'est pour cette raison qu'on ne la retrouvait pas. En tapant ce nouveau nom dans le moteur de recherche, elle apparaît partout. Regarde !

Je sélectionne les images et le visage de ma complice d'antan apparaît sous mes yeux. Je comprends en la voyant à quel point Emma m'a manqué. Marceau m'extirpe de mes pensées, lui approfondit son investigation. Il s'inquiète pour moi, et moi pour Emma.

— Élise, j'ai trouvé un article assez étrange. Il concerne le mari de ton amie.

Dans son regard, je perçois immédiatement son anxiété.

— Que signifie « Un sale type » selon la patronne du salon de coiffure ? me questionne Marceau.

— Je l'ignore. Qu'as-tu trouvé ?

— Un médecin d'un hôpital public de Cracovie a refusé de pratiquer une IVG, la patiente est décédée et sa famille a porté plainte contre le médecin en question.

—Comment un professionnel peut-il refuser une IVG ?

—La loi polonaise sur l'avortement est l'une des plus strictes d'Europe. Là-bas, l'avortement n'est légal que dans trois cas : viol ou inceste, risque pour la vie de la femme, ou malformation du fœtus.

—Et c'était le cas ?

—Je n'ai pas tous les détails dans cet article mais il semble que la femme courait bien un risque pour sa santé. Le médecin en question lui aurait demandé en quoi sa vie avait plus de valeur que celle d'un autre être humain. Il faisait partie de ces catholiques endurcis comme bon nombre de Polonais, alors il a dit à sa patiente qu'elle n'avait qu'à voir avec une clinique privée si elle voulait devenir une meurtrière. Évidemment, elle n'a pas eu les moyens d'assumer de telles dépenses. Elle avait vingt-huit ans.

—OK, Marceau, le cas du médecin peut faire débat mais en ce qui concerne Stephan Brzezinski, c'est un avocat qui a fait son job. Même les plus grands criminels ont le droit d'être défendus. Ça fait partie de notre travail.

—Oui, mais ce qui est préoccupant c'est que ce procès ne lui a rien rapporté. Il l'a fait pour défendre ses convictions. Il l'a clamé haut et fort. Et accroche-toi bien, une journaliste affirme qu'il aurait dit, en sortant victorieux du tribunal, que justice avait été rendue. Les féministes sont montés au créneau. Il a démenti ce propos. Sa cote de popularité en a pris un sacré coup.

—Comment peut-on s'aimer et se respecter en étant si différent ? J'ai du mal à croire qu'Emma puisse avoir choisi de partager sa vie avec un homme comme lui.

—Cet avocat parle de ses futurs enfants à la fin de l'interview…

Je me souviens très bien des propos d'Emma. Elle affirmait qu'elle ne porterait pas d'enfant, qu'il y en avait déjà assez en manque d'amour sur cette planète.

—Marceau, elle ne voulait pas devenir mère, lui dis-je alors que mes craintes ne cessent de grandir.

Pourtant, sur les photos récentes du couple, elle pose, enjouée, au bras de son compagnon. Tout semble leur sourire.

—Il faut croire qu'elle a changé d'avis. Écoute la suite ! me demande Marceau en poursuivant sa lecture. « Je suis si heureux de vous annoncer qu'Emma, ma tendre épouse, porte notre premier enfant. C'est un fils ! Ma femme sera une magnifique *matka polka*[1]. » Quand un journaliste lui demande pourquoi on ne la voit plus à son bras, lors des réceptions que donne l'avocat, il rétorque simplement : « Une femme enceinte doit se reposer ! Elle reste à la maison, désormais. »

Marceau tourne l'écran afin que je puisse à mon tour voir les images. Sur l'une d'entre elles, le visage d'Emma apparaît. Elle est lumineuse. Ses yeux gris bleuté se brident sur ses pommettes alors qu'elle sourit à pleines dents. Je reconnais sa chevelure d'un châtain profond, presque noir. À demi assise sur un tabouret dans un bar rétro de Lublin, elle porte un jean faussement usé et un pull-over de fines mailles blanches détendues. Quelques mèches s'évadent sur son épaule dénudée. L'interview porte sur son mariage à venir. Elle y évoque sa joie.

1. Mère polonaise.

À mon tour, dans le moteur de recherche j'entre :

Stephan Brzezinski couple

Des photos d'Emma au bras d'un homme légèrement dégarni mais très séduisant en costard cravate gris anthracite apparaissent sur la Toile.

La nouvelle heureuse élue du célèbre avocat le plus convoité de Varsovie, Stephan Brzezinski, est une jeune Française.

Le sous-titre de l'image date de 2017.

Marceau poursuit ses recherches sur cet homme. Il s'avère qu'il est l'avocat vedette du pays. Après avoir remporté de nombreux procès médiatiques, il est devenu une star des *prime time* sur les chaînes de télévision nationales et dans les émissions d'aide aux victimes. Il est le sauveur des consommateurs abusés. Adulé de tous ses compatriotes, il est l'idéal des hommes et le fantasme des femmes. Il a déjà été marié à une certaine Barbara Maleski dont il a divorcé moins de dix-huit mois après leur union, pour des raisons inconnues du grand public. Pourtant, partout, on peut lire combien cet homme est bienveillant, attentionné et doté de beaucoup d'humour. Il est dans les sondages l'une des personnalités préférées des Polonais.

Les articles de presse louant l'idylle entre l'avocat et cette femme dotée d'un charme à la française se multiplient sur la Toile, au point que Marceau et moi perdons le fil de notre recherche. Il faudrait des heures afin de lire tous les papiers et voir toutes les vidéos les concernant.

—Élise, il est très tard. Ne penses-tu pas qu'il est temps d'aller dormir ? me demande Marceau, anxieux pour moi tandis que mes doigts s'activent sur le clavier.

Lancée dans mes recherches, je ne réponds pas.

Vidéo n° 1

— Je pense qu'il faut parfois avoir fait l'apprentissage du malheur pour apprécier le bonheur. Avoir connu la perte d'êtres qui nous sont chers pour estimer la présence de ceux qui restent à nos côtés.

— Et désormais, Emma, êtes-vous heureuse ?

Un large sourire barre son doux visage lorsqu'elle affirme avec enthousiasme que oui, désormais elle l'est.

— Votre bonheur a-t-il un lien avec votre relation naissante avec Stephan Brzezinski ?

— Joker, répond-elle, radieuse et amusée.

Vidéo n° 2

— Pour que l'amour dure toujours, il suffit de vivre hors du temps.

— C'est le secret de votre bonheur ? À chaque apparition au bras de Stephan Brzezinski, vous semblez si épanouie.

— J'ai effectivement beaucoup de chance d'être avec cet homme fabuleux.

Marceau réitère sa requête et m'incite à arrêter là mon enquête. Nous sommes au cœur de la nuit. Je confirme que moi non plus, je ne vais pas tarder à me coucher.

— Encore cette vidéo, juste celle-ci… Marceau, reste près de moi, réclamé-je, alors que je suis totalement harponnée par l'écran, la trouille au ventre.

La réalité semble dépasser la fiction. Il s'agit d'Emma, mon amie de Cancale, celle que j'ai laissée seule.

Vidéo n° 3

Sur l'image, Emma fait un demi-tour et présente une nouvelle image d'elle-même, mon amie est méconnaissable.

— Emma, qu'avez-vous fait de votre magnifique chevelure ébène remarquable dans notre pays où la majorité des femmes a les cheveux blonds ? Vous sembliez fière de votre crinière propre à vos origines françaises ? Elle faisait ressortir vos yeux gris bleuté.

C'est avec réserve et à mots bas qu'elle répondra simplement

— Stephan préfère les femmes à l'allure slave. J'essaie simplement de plaire à mon mari.

La journaliste ne s'épanchera pas davantage sur le sujet.

Face à mon regard terrifié, Marceau rabat l'écran de l'ordinateur.

— C'est bien suffisant pour ce soir, marmonne-t-il. (Alors que les larmes me montent aux yeux, il ajoute :) Je ne te laisse pas seule dans cet état. Je viens avec toi.

Et pour la première fois, c'est sous ses draps que je m'endors contre lui…

C'est dès l'aube et transpirante que je me réveille. L'image du visage d'Emma surgit alors que mes paupières sont encore ensommeillées. Une interrogation revient et ne me quitte pas : *Où es-tu Emma ?*

Anoki dort encore. Je me glisse au plus près de la peau de Marceau. Comme il y a si longtemps, je le respire et son odeur m'apaise. *Merci d'être enfin là. Tu m'as manqué...*

16

Marceau part dès l'aube. C'est en début d'après-midi que nous le rejoignons. Aujourd'hui, nous prenons le temps d'une pause sur le port. Le petit parle sans cesse, riche de toutes ses découvertes occidentales. Anoki échange exclusivement avec son papa, lui pose d'innombrables questions. On reste le temps de trois chocolats chauds, puis on rentre.

Anoki remarque un papier glissé dans l'interstice de la porte d'entrée. Sur le visage exsangue de Marceau, je lis la peur. Notre fils me remet une enveloppe qui m'est adressée.

Marceau entre précipitamment dans la maison et scrute la rue de la fenêtre. Est-elle encore là ? Nous observe-t-elle ? Agité, je vois qu'il cherche les mots pour interrompre ce qu'il va se produire, mais il n'en trouve aucun. Aussi, je me contente de lui dire avant l'ouverture de ce courrier que c'était inéluctable ! Ma lecture peut alors commencer…

Élise,

Je n'omets pas les formules de politesse. Il me semble que vous comprendrez aisément que je n'ai simplement pas très envie d'en faire usage à votre égard.

Dans un premier temps, j'ai pensé ne jamais vouloir vous rencontrer. Je souhaitais que tout cela

appartienne au passé. Mais un appel de ma fille a contrarié mes espérances. Clémence ne va pas bien. Il me semble que désormais vous connaissez la douleur qu'une mère ressent face au désarroi de son enfant. Depuis que son père l'a contactée afin de lui proposer de rencontrer son dernier fils, notre fille est très déstabilisée. Marceau les a informés de votre retour, mais j'imagine que vous le savez. Il ne vous cache rien à vous, non ?
Clémence et son frère ne seront pas de retour à Cancale avant plusieurs semaines maintenant mais moi, je suis bien là. À quelques rues de vous, alors le moment est venu de nous rencontrer.
Élise, il paraît que vous aimez le thé ? Vous vous demandez bien comment j'ai connaissance de cette information. N'est-ce pas ? Vous pensiez que mon mari, je rectifie, mon ex-mari et vous étiez seuls détenteurs d'un secret inavouable, mais voyez-vous, moi aussi j'ai su tenir ma langue, autant que les larmes que j'ai masquées. Tout comme vous, le temps que mes enfants grandissent...
Revenons-en à l'Afternoon tea. Je suis passée en acheter lorsque j'ai eu vent de votre retour, un sachet à la douce appellation de Jardin bleu... une saveur que vous connaissez, je crois. Votre préféré, si je ne me trompe pas. Je vous attends pour 16 heures, dans notre maison familiale que j'ai souhaité garder. Là où Marceau rentrait chaque soir, après vous avoir quittée, à 18 heures passées...
Soline

Le regard que Marceau pose sur moi est grave et ses mots sont aussi tranchants qu'une lame aiguisée, aussi acérés que ceux de Soline.

— Je refuse que tu t'y rendes, me dit-il.

Je jette un coup d'œil à la pendule. Je le regarde et j'articule alors avec la plus grande délicatesse chacune de mes syllabes afin de lui répondre :

— Il ne faut pas qu'elle m'attende…

Je le provoque. J'emploie avec arrogance cette phrase qui me fendait le cœur lorsqu'il m'abandonnait à ma solitude pour retrouver sa femme. J'en veux à Marceau d'avoir averti ses enfants de mon retour et de me l'avoir caché. Je passe de l'autre côté du miroir et Soline en rit, Soline se venge, Soline le connaît si bien, elle aussi…

Je pourrais le regarder, lui dire assurément que ça va aller… pour le rassurer, mais je n'en fais rien. Je ne me retourne pas, je pars… Et puis, ce serait mentir à Marceau puisque je n'ai pas la moindre idée de ce que cette femme attend de moi. C'est incertaine que je traverse l'hiver, vers celle dont j'ai brisé la vie.

Le froid de la ferronnerie se propage de l'extrémité de mes doigts à tout mon corps lorsque je pousse ce grand portail. Soline se trouve juste derrière. Elle abaisse sa capuche et me toise. Cette femme m'attendait.

— Suivez-moi. Votre thé va trop infuser ! son injonction est aussi glaciale que le vent qui fouette nos joues rougies.

Je suis déchirée entre le regard écrasant que Soline pose sur moi et la tentation d'observer ce qu'a été la vie de Marceau, ici. Je pénètre dans la maison. J'aperçois un grand canapé de cuir brun et une bibliothèque. J'imagine Marceau lors des nuits que nous ne partagions pas. Quelques pas de plus et je dépasse une porte close. Je n'ose supposer cette chambre qui a été la leur. Lui faisait-il encore l'amour, parfois ? Suspendus de manière éparse, de-ci de-là, des cadres rappelant un bonheur d'antan, celui de l'innocence qui sourit. Clément et Clémence, enfants. Des photos de classe, des bougies d'anniversaire, des côtes de ski et des châteaux de sable. Je détourne les yeux de peur de croiser une photo d'eux. Je constate malgré tout un espace vide, l'emplacement dédié à sa robe blanche et à leurs sourires immaculés, peu avant que je vienne les tacher.

Je sens que Soline scrute les endroits où mon regard se pose. Se demande-t-elle si je les découvre, si je suis déjà venue dans ce couloir, sous ses draps ? Je pourrais lui garantir que non. Marceau et moi, n'avons pas fait cela. Mais à quoi bon ? Tout le reste, nous le lui avons volé.

Le bruit de succion du ressac hivernal nous parvient par la fenêtre ouverte. Un léger effluve douceâtre flotte dans sa cuisine.

— Asseyez-vous où vous voulez. Nous n'avions pas de places attribuées.

Je me demande si chacune de ses phrases sera un coup qu'elle me portera. Je fais profil bas. Je refuse de nier l'évidence et son besoin de se soulager de la trahison. J'en suis l'objet. Je n'imagine plus Marceau face à son café au réveil. Je n'imagine plus Marceau qui reçoit ses amis. Je n'imagine plus Marceau dans cette cuisine, à gratter ses truffes. Je ne peux plus. Soline absorbe tout ce qu'il reste de moi lorsqu'elle dit :

—Je me suis si longtemps demandé pour quelles raisons Marceau vous aimait tant. Vous êtes belle… (Elle penche la tête, paraît réfléchir et ajoute :) Non que votre physique soit impeccable. Vos cheveux sont un peu courts, soit dit en passant, mais il émane de vous une singularité. Quelque chose qui n'est pas commun aux femmes ordinaires, une sorte de candeur mêlée d'une grande féminité. Laissez-moi vous regarder…

Jamais personne ne m'a fixée avec un regard si pénétrant qu'elle en cet instant.

—Qu'attendez-vous de moi, Soline ? lui réponds-je, mal à l'aise.

—Ne vous méprenez pas, je ne suis pas votre ennemie. Mais après avoir frémi dans les bras de mon mari de si longues années, vous me devez bien un peu de votre temps et quelques réponses, non ?

Je ne surenchéris pas à cette question purement rhétorique. Soline ne me laissera pas le choix. Je suis venue me jeter dans la gueule du loup, ou plutôt dans celle d'une louve écorchée.

—Oui, c'est ce que vous avez, et moi pas ! La vie ne m'a pas dotée de ces atouts-là. (Elle me balance ce ça au visage comme un crachat. J'entends le dédain se muer en abattement lorsque sa voix s'échoue pour dire, les yeux levés au ciel, comme si elle s'adressait à une divinité :) *Je ne méritais pas d'être un peu aimée, moi ?*

L'émotion vient briser sa voix et je ressens une authentique peine pour cette femme. Car c'est une réalité, je pourrais lui rétorquer que Marceau l'a aimée, elle aussi. Mais je me tais. Des répliques de ma part seraient de trop, Soline et moi le savons. Elle glisse lentement ses cheveux derrière ses oreilles, me regarde un peu, puis vient le moment de mettre des mots sur les soupirs…

—C'est en trouvant vos lettres d'amour d'adolescents dont Marceau n'est jamais parvenu à se séparer que j'ai compris qu'il ne vous avait pas oubliée. Clément était haut comme trois pommes. Bien sûr, j'ai au début espéré que l'excitation de l'adultère se dérobe et qu'il me revienne mais pour me revenir, il aurait fallu un jour qu'il soit venu à moi, et ça n'a jamais été le cas. Son visage d'amant comblé le trahissait. J'ai compris que vous n'étiez pas une simple aventure, condamnée à quelques rencontres éphémères. Renoncer à vous pour toujours aurait été se dessaisir de sa vraie vie. Je me suis alors octroyé le droit de parler ou de me taire. J'ai opté pour le silence et, comme pléthore de couples, nous avons joué sans nous l'avouer la mascarade sentimentale. Marceau devenait ma routine alors que je devenais son habitude. On n'attendait plus rien l'un de l'autre.

Elle me fixe de nouveau, puis poursuit avec opiniâtreté son monologue…

—L'attente est une fausseté, un mensonge. Tout le monde éprouve cette souffrance et les tourments du désir. Tout le monde cherche ce qu'il n'est pas possible d'avoir. Moi, je l'attendais lui, lui vous attendait vous, et vous, vous attendiez que nos enfants grandissent.

Soline est sarcastique et tremble de rage.

—Nos trois vies ont été remplies de souffrance, de désirs frustrés, d'espérances déçues. Cette triangulation pourrait être perçue comme la tragédie de nos existences mais je sais que nous étions aussi les trois pieds de cette chaise instable sur laquelle reposait ma famille. Vous étiez sa béquille. Sans vous, je le perdais. La chute de notre couple était inexorable, certes, mais il restait notre famille et nous avions à cœur, Marceau comme moi, d'épargner Clément. J'ignore si c'était la bonne solution, si tant est qu'il en existe une. Je craignais pour mon fils, je savais l'éclatement de ce socle plus ou moins lointain. Je refusais qu'il traverse cette épreuve seul. J'ai alors décidé de porter un deuxième enfant. À l'époque, que Marceau accepte si facilement m'avait surprise. Je suis tombée enceinte et pendant ma grossesse, je me suis mise à vous épier, Élise. J'ai repéré vos habitudes, vos horaires de cinéma favoris, vos sorties d'audiences, vos retrouvailles dans le salon de coiffure de votre amie, votre thé préféré. Dans les files d'attente, je n'étais jamais très loin. Sur les trottoirs, je marchais dans votre sillage. Certes astucieusement, mais pas tant que cela. J'espérais tant vous voir pleurer sur mon ventre rond que j'affichais fièrement.

—Je l'ai fait, Soline. J'ai pleuré bien plus que vous ne l'espériez. Je peux vous le garantir, lui dis-je, la voix meurtrie d'un souvenir assassin.

Elle sourit et secoue la tête.

—Ça ne me réjouit même pas de l'apprendre, c'était il y a si longtemps maintenant. J'ai accouché. Nous étions des parents enchantés, un couple mutilé. Ensuite, tous les deux, on a réinventé notre liberté. Nous n'avions alors plus de disputes. La vie courait ainsi.

Soline, perdue dans ses reviviscences, se ressaisit pour me proposer un second thé. Mais avant que j'aie le temps de lui répondre, elle plisse les yeux et s'approche de moi, très lentement. Cette femme n'est plus qu'à quelques centimètres quand elle me dit :

— Votre peau est légèrement marquée des flétrissures du temps, vous n'êtes plus si jeune, Élise. (Elle se recule, tire la chaise face à moi, s'y assied et me demande :) Qu'espérez-vous encore vivre désormais ?

Sa voix flanche mais elle ne pleure pas. Soline est une femme forte, une mère, un roc.

— Je l'ignore, lui réponds-je en toute sincérité.

— Il n'y a pas d'autres esclaves dans la vie, que le passé, me dit-elle, c'est pour cela que je ne voulais pas vous rencontrer. Cependant, Clément et Clémence reviendront bientôt. Je ne serai pas à leurs côtés lorsqu'ils rencontreront leur… enfin, cet enfant. Mais je serai là pour les consoler après.

Une fois de plus, le silence est mon seul allié. Je me tais. Je ne peux que la comprendre.

— Une dernière chose avant que vous ne partiez.

— …

— Marceau est parvenu plus ou moins bien à nous faire de la place à toutes les deux dans le passé. Espérons que Cancale puisse en faire de même. Si d'aventure nous nous croisons, soyez gentille, Élise, changez de trottoir.

— Je ne compte pas rester. La vie d'Anoki et la mienne sont là-bas…

Elle me regarde et un rictus accompagne les derniers mots que Soline me destine :

— Méfiez-vous des certitudes…

Un jour, Soline a fini par pardonner à la vie ce qu'elle était. Accepter de perdre a été la victoire qui lui a permis de s'en sortir et de protéger ses enfants. Préférant la joie de l'effort à la tristesse de l'obligation, cette épouse a affronté les années.

J'erre dans les venelles bretonnes. Je ne me sens pas le courage de rentrer suite à cette rencontre, ni d'affronter les questions de Marceau, l'innocence d'Anoki. Aussi, avant mon retour, je me risque à un détour. Devant le deux-pièces-terrasse, j'imagine Soline m'observer, dans le passé, comme moi j'observe l'homme désormais. Il est encore tôt, la nuit n'est pas tombée. Les rideaux sont tirés et les fenêtres, fermées.

Une voiture approche. Au volant de celle-ci, je reconnais mon ancienne voisine, Mme Prigent. La propriétaire du second étage a pris de l'âge, elle aussi. Son sac de provisions à la main, qui semble bien lourd pour elle, elle avance claudicante. Alors qu'elle insère la clé dans la serrure me vient l'idée saugrenue de bloquer la porte d'entrée à l'aide d'un petit caillou. Je veux connaître l'identité de l'homme. Je regarderai juste le nom inscrit sur la boîte aux lettres.

Je laisse à Mme Prigent le temps de rentrer chez elle. Mon petit caillou caché dans ma paume et mon cœur qui s'affole, je suis telle une gamine prête à faire une bêtise. Finalement, arrivée près de ce banc que j'avais oublié, je me souviens et jette le caillou dont je n'aurai finalement pas besoin. Je m'assure qu'aucun regard indiscret à l'instar du mien n'est posé sur moi et je passe la main sous le banc de pierre crasseux, granuleux, jusqu'à ce que mon doigt entre en contact avec le bout de métal. Les clés sont encore accrochées, personne ne connaissait cette cachette. J'ai emporté la moindre des petites informations qui nous concernaient, moi autant que le deux-pièces-terrasse de Cancale. La serrure de l'appartement a dû être changée mais j'ai bon espoir que celle du hall d'entrée soit restée la même.

C'est le cas. Je m'empresse d'entrer. Mes yeux se posent sur mon ancienne boîte et c'est avec stupeur que je déchiffre, dans une écriture maladroite : Pierre & Lucie Guivarch. J'espionne l'homme depuis plusieurs jours et je n'ai vu aucune présence féminine à ses côtés.

Par crainte d'être surprise ici, je fuis. Sur le chemin du retour qui me mène à Marceau et à son inquiétude depuis la lecture de la lettre de Soline, je me répète de façon entêtante *Pierre et Lucie Guivarch, Pierre et Lucie Guivarch, Pierre et Lucie Guivarch...*

Je me répète ces noms inlassablement, pour ne pas les oublier. Je me répète ces noms inlassablement pour chasser le regard de Soline qui me fixe, celui que je veux effacer.

17

Les trois jours qui succèdent à ma rencontre avec Soline, je ne sors pas de chez Marceau. Même si ça n'a pas été le cas par le passé, aujourd'hui, j'ai peur de la croiser. Je ne dors plus depuis. Son visage hante mes songes. Alors je m'efforce de ne pas m'assoupir, jusqu'à ce que l'épuisement me rattrape. Au cœur d'un Cancale noir, je balaye l'écran lumineux de la toile qui brûle mes yeux. De façon décousue, j'alterne les vidéos d'Emma et de ce Stephan, les articles les concernant sont innombrables.

Vidéo n° 4
— Emma Brzezinski, les clients d'un bar de la ville disent avoir surpris une conversation au cours de laquelle votre mari aurait tenu des propos surprenants. Voyez-vous de quelle entrevue je veux parler ?
— Non, pas du tout !
La surprise se lit sur son visage.
— Il semble que Stephan Brzezinski échangeait avec un ami et il aurait dit, je cite : « Vous rencontrez une créature envoûtante, vous l'épousez et soudain la créature envoûtante s'est volatilisée : c'est juste devenu votre femme. »

Après un silence gêné, Emma s'empresse d'affirmer avec bienveillance qu'il est aisé de se fourvoyer et de mal comprendre les propos tenus dans une conversation à laquelle on n'est pas convié. Stephan n'est pas un homme comme cela. Elle conclut alors par une révélation mal venue, puisque c'est avec ferveur qu'elle annonce lors de l'enregistrement de cette vidéo : « J'ai accepté d'épouser Stephan. Le mariage aura lieu au printemps prochain à Lublin. » Le journaliste la félicite, un peu gêné à son tour. Cette vidéo a été vue en Pologne des milliers de fois.

Vidéo n° 5
— Vous savez, je pense que l'erreur est de vouloir une vie immobile. On veut que le temps s'arrête, que l'amour soit éternel, que rien ne meure jamais, pour se prélasser dans une perpétuelle enfance dorlotée. On bâtit des murs pour se protéger et ce sont ces murs qui, un jour, deviennent des prisons.
— Vous considérez que vous avez été dorlotée pendant votre enfance, Emma Brzezinski ? Depuis combien de temps n'avez-vous pas vu votre père ? Avez-vous encore des liens avec votre famille française ?

La vidéo est coupée précipitamment. Emma ne répondra pas à la question du journaliste. C'est ici que j'arrête mes recherches la concernant. Seule sa mère pourra m'en apprendre davantage. Demain, je sonnerai à la porte de Nathalie.

Dans le moteur de recherche, je tape maintenant :

Pierre Guivarch Bretagne

Mes trouvailles sont minces. Apparaît seulement un Pierre Guivarch sur la liste des étudiants de la promotion 2004 du campus de Ker Lan, près de Rennes. Section Métiers de l'environnement. Cet homme aurait une quarantaine d'années, ce qui semble correspondre.

J'inscris ensuite :

Lucie Guivarch Bretagne

Pléthore de photos apparaissent à l'écran et je remarque rapidement celle d'une petite rousse au visage diaphane, parsemé d'éphélides, et de l'homme. Je reconnais son nez aquilin. Ses cheveux sont entretenus, il est rasé de près et porte une chemise élégante. Le reflet de l'inconnu est aux antipodes de celui que j'espionne dans son vieux sweat gris, puisque, sur l'image, il semble heureux. Si loin de ses errances matinales sur ma terrasse.

Sous mes yeux défile une vie. Lucie, qui pointe du bout de l'index le Pérou sur une vieille carte usée. Pierre, qui porte un sombrero sur la tête au Mexique. Une autre sur laquelle tous les deux cuisinent, la légende dit : « Souvenirs d'Argentine ». Sur l'une d'elles, le regard de Lucie pourrait à lui seul définir la passion lorsqu'elle admire Pierre jouant du piano en Colombie. Et puis le Venezuela, et l'Équateur. Ils s'aimaient en Amérique du Sud.

Je scrute. J'épie. J'espionne la vie de ce couple qui semble, du moins sur le Net, s'être arrêtée brutalement un 28 novembre, date de la dernière publication. Une date que je ne peux oublier. Je regarde alors l'inscription de l'année concernée, je suis prise d'un vertige. C'était il y a exactement dix ans, le jour de ma disparition…

18

Je quitte Anoki plongé dans un nouvel opus de J. K. Rowling. Marceau s'est installé à ses côtés. Il revient du port et semble exténué. La maladie a laissé des traces. Il me dit :

— Ça va aller, c'est pour toi que je m'inquiète.

Je me contente de lui sourire puis je fais route vers Dinard.

— J'étais une amie de votre fille. Auriez-vous un peu de temps ?

Elle me certifie que je ne la dérange pas et m'invite à entrer.

— Je sais qui vous êtes et j'espérais bien vous entendre frapper à ma porte, un jour, me confie-t-elle. Emma me parlait souvent de vous, mademoiselle Gauvain. (Nathalie a la douceur des femmes rompues. Elle porte un tablier de cuisine.) Vous aimez la rhubarbe ? Je fais un far, suivez-moi, me dit-elle en faisant un tour sur elle-même. (Elle porte de vieux chaussons aux pieds et la maison est en désordre.) Je vis seule et je reçois peu de visites, souffle-t-elle tandis qu'elle saisit ses tiges de rhubarbe.

— Nathalie, où est votre fille ? J'aimerais comprendre. Que s'est-il passé dans la vie d'Emma ?

Elle découpe de fins tronçons et me raconte…

—Je suis née ici, à Dinard, dans les années 1960, et j'y ai grandi. Je suis la cadette de huit enfants. Tout n'a pas été simple pour ma mère. J'avoue que nous étions pleins de fougue, gamins, mais notre famille était notre plus grande richesse. Longtemps, j'ai nourri l'ambition de reproduire cette réussite familiale. J'espérais autant d'enfants que maman en a portés.

Je regarde Nathalie et pense alors que certains deuils ne se feront jamais. Cette femme esseulée ne semble plus qu'entourée des fantômes des enfants qu'elle n'a pas vu grandir.

—Les éclats de rire et les genoux écorchés au cours de courses-poursuites à vélo ont malgré tout coûté cher à nos parents. Maman ne travaillait pas, bien évidemment, et papa redoublait d'efforts pour remplir nos estomacs criards. Du coup, je n'ai pas pu vraiment faire d'études. Ni moi ni mes frères et sœurs, mais on ne peut pas tout avoir. Nous, on avait une famille comme précieux bagage. J'ai simplement appris les bases du secrétariat et à vingt et un ans, j'intégrais le cabinet du docteur Camus. C'était un vieux bougre mais un clinicien réputé. C'est au travail que j'ai rencontré le père d'Emma, Étienne Aubertin.

Elle soupire et ajoute qu'en réalité, l'issue de leur romance prouve que les deux amants ne se sont jamais compris. Étienne, originaire du Sud, visitait sa famille de Bretagne. Une partie des Aubertin y vit depuis des décennies.

—Au cours de ses vacances, il a déclaré des symptômes qui l'ont conduit à consulter le docteur Camus.

Finalement, il a quitté le cabinet avec une simple ordonnance et moi, m'explique Nathalie en beurrant son moule à pâtisserie. Non sans crainte de m'éloigner des miens, j'ai accepté de le suivre dans le sud de la France. J'étais amoureuse pour la première fois et dans l'illusion de la passion, le danger n'existe pas. Maman a bien essayé de me mettre en garde, tout comme moi je l'ai fait avec Emma, mais on a beau nous rabâcher que le feu brûle, qui ne s'y est jamais risqué ? Je suis tombée enceinte rapidement, j'étais un peu perdue dans cette nouvelle région alors, même si ça l'ennuyait Étienne m'accompagnait pour les consultations obstétriques. Notre amour a été un brasier, nous nous sommes enflammés puis vite consumés. Cet homme n'a ni touché la peau tendue de mon ventre, ni caressé le duvet de la petite tête d'Emma lorsqu'elle est née. Les incohérences de ma famille tant fantasmée avec la réalité m'ont plongée dans un profond désarroi. Le premier mot que ma fille a prononcé était « Papa ». Ce jour-là, j'ai baissé mon regard épouvanté parce que j'ai compris que cette enfant partait en quête d'une tendresse paternelle impossible. Je suis un peu têtue alors je suis restée dans le Sud jusqu'aux trois ans de ma fille, mais étant donné qu'Étienne ne faisait que la repousser, j'ai fini par penser que l'éloignement valait mieux que le rejet. J'ai plié bagage puis j'ai ramené Emma ici pour son entrée à l'école maternelle.

—Ici même ? lui demandé-je alors que Nathalie s'applique à casser ses œufs avant de les faire tomber dans le saladier de farine et de beurre fondu.

—Oui, Emma a grandi dans cette maison. (Elle se

tait et me regarde, après une hésitation palpable, elle me dit :) Suis-moi, après avoir enfourné le gâteau.

Nathalie m'escorte à l'étage. Des lettres de bois colorées sont encore accrochées sur l'embrasure. On peut y lire :

Emma

—J'y viens chaque matin, ouvrir les volets.

Il y a des rituels aliénants dont on refuse la fin.

—Depuis combien de temps n'avez-vous pas vu votre fille ?

—Bien trop longtemps pour une maman... me confie-t-elle alors que sa voix s'échoue dans une tristesse abyssale.

Je me trouve dans une chambre d'adolescente des années 1990, tout ce qu'il y a de plus ordinaire. Nathalie enjambe quelques magazines de coiffure afin d'éviter de les froisser. Depuis toutes ces années ses pas ont acquis des automatismes entre ces quatre murs. Je ne peux m'empêcher de penser à ces parents qui, après la disparition de leur enfant, refusent de déplacer le moindre objet.

Sur le bureau, j'aperçois une image d'acteurs de sitcoms de l'époque et une photo de trois gamines qui rient du haut de leurs quatorze ans. Emma était une adolescente en apparence insouciante. Elle et moi nous sommes rencontrées peu après. Je me penche et retrouve ses yeux gris bleuté, réjouis. La couette du lit est encore froissée et, niché entre les draps, j'aperçois un koala en peluche usé, de ceux qu'on traîne pendant des années. Et puis, accrochés de part et d'autre sur les murs, des croquis de coiffure pour les concours qu'elle rêvait de gagner.

—Pourquoi a-t-elle revendu son salon de coiffure ?

Le regard de Nathalie s'assombrit et elle cache sa main tremblante derrière la porte vers laquelle elle m'engage à la suivre. Cette femme semble soudain abreuvée de colère. De retour dans le séjour, j'accepte avec enthousiasme de feuilleter les albums photo d'Emma petite.

Plus les minutes auprès de Nathalie défilent, plus je m'interroge sur les raisons qui l'encouragent à me livrer autant de confidences sur l'intimité de sa fille. La vie m'a appris que bien peu de gens sont désintéressés. A-t-elle simplement besoin de revivre son histoire par l'intermédiaire de son récit ou attend-elle quelque chose de moi ? Je l'ignore encore. Mais, même si elle s'efforce de s'y appliquer, je perçois la haine sous-jacente, qu'elle ne cesse de contrôler. Elle retient ses mots. Elle retient sa voix. Nathalie est un volcan de rage en fusion.

—Regarde, on la voit à peine dans sa combinaison trop grande. Son impatience était palpable chaque hiver. Elle aimait le froid et la neige. Valdier, 1986, l'année de ses cinq ans, où elle obtenait son premier flocon.

Son visage endurci contrarie sa voix lisse et lasse des épreuves qu'elle a subies, alors qu'elle tourne les pages de l'album.

—Nathalie, que s'est-il passé dans la vie d'Emma ? finis-je par lui demander sans la ménager.

—Cet homme, ce Stephan Brzezinski, a séduit ma petite fille. Il lui a dit qu'elle était parfaite. Il l'a rassurée sur son père qui l'a abandonnée et sur sa valeur en tant que femme. Une fois que le charme a opéré, il a dévoilé son vrai visage qui était nettement moins engageant. Il passait de la séduction à l'humiliation, de l'altruisme à un égocentrisme extrême. Tantôt charmeur et séducteur, tantôt manipulateur et arrogant. Ces changements de comportement à répétition sont à l'origine de la confusion et de la souffrance que j'ai vues chez Emma. (La voix de Nathalie tremble quand elle ajoute :) Mais il était déjà trop tard. J'ai compris que je perdais ma fille.

— …

— Il avait un talent incroyable pour la comédie et c'était un grand séducteur. Il avait une estime de lui démesurée et le public polonais, sans le soupçonner, alimentait sa folie. Il passait pour un homme bienveillant mais ce monstre n'a jamais, de toute sa vie, fait preuve d'empathie. Il ne défendait les gens que pour se faire admirer d'eux et pour briller. Il se sert des victimes pour ses victoires personnelles. Cet homme a un double visage. Moi, je le savais. Mais comment aurais-je pu sauver ma gamine des griffes de ce type ?

Ces mots me perforent le bide. Je n'étais pas là pour protéger Emma. J'ai abandonné mon amie en partant pour l'Alaska.

— Un jour, il a perdu un procès et a dit à Emma que c'était de sa faute, que, la sachant toujours à Cancale, il ne pouvait pas se concentrer suffisamment, qu'il ne pouvait pas dormir quand elle était loin. Parce qu'il l'aimait trop, qu'il disait. Elle a culpabilisé de son échec professionnel et considéré qu'elle avait de la chance d'être autant aimée par un homme. Emma a accepté de tout quitter pour lui. Il renforçait l'emprise qu'il exerçait sur ma fille. Avec l'abandon de son père, elle manquait de confiance en elle malgré ce qu'elle laissait paraître. Tant d'attentions à son égard la rendaient importante. Elle a plongé et pensait à l'amour authentique alors que lui la possédait. Elle devenait son objet. Ma petite fille, elle qui était une enfant si joyeuse avant. C'est à cette époque que je l'ai appelée pour lui dire le fond de ma pensée. Stephan a fortement conseillé à Emma de ne pas m'écouter, il lui a dit que mon divorce avec son père, alors qu'elle n'avait que trois ans, avait ancré chez moi une haine des hommes. Il lui a même dit que j'étais jalouse de leur amour. Elle a fini par y croire et m'a tourné le dos.

Ensuite, j'ai lu la presse polonaise pour me tenir informée de la vie de celle que j'avais élevée. Je suis sûr que cette ordure l'empêchait de m'appeler. Ce que je lisais me rendait malade. Regarde, j'ai même imprimé certains articles. Les gens ne me croyaient pas. Sur les marchés bretons, les autres femmes me rappelaient ma chance que ma fille se soit si bien mariée.

Stephan Brzezinski intègre le PSI (Parti conservateur droit et justice) et affirme son engagement auprès de l'Église post-communiste. L'avocat revendique ses positions socialement conservatrices. Il affirme telle une victoire pour la Pologne le fait que les cours d'éducation sexuelle ont été supprimés au profit des sessions sur la vie de famille. Il trouve adapté que ses futurs enfants reçoivent des cours de religion à l'école et considère comme normal qu'on informe les enfants que l'avortement est un crime. De même, il apporte son soutien et se dit prêt à défendre gracieusement en cas de litige les médecins et pharmaciens qui refuseront de délivrer des contraceptifs.

— J'ai appris sa grossesse dans la presse. J'étais dévastée. Le prétendu amour de cet homme a été sa condamnation. L'avocat a frappé fort.

Nathalie relève la tête, laissant là l'émotion. La minuterie du four sonne la fin de la cuisson.

Les images de mon amie défilent dans ma tête, nos fous rires, de nos journées de plage aux travaux de peinture de son petit salon de coiffure de Cancale. Nos échappées sur la pointe du Grouin…

— Comment Emma a-t-elle rencontré cet homme ? questionné-je Nathalie.

Ma phrase est à peine terminée que je sens son regard sombre s'abattre sur moi. Elle instaure un silence pesant et ses mots sont assassins.

— Tu as disparu, Élise. Toi, tu l'as abandonnée, mais Emma, contrairement à toi, avait la valeur de l'amitié. Elle t'a cherchée jour et nuit, des semaines et des mois. Que croyais-tu ? Qu'il n'y aurait ni perte ni fracas ? Tu n'as pensé qu'à toi, me dit-elle avec une rage contenue qui ne demande qu'à gicler sur ma culpabilité. Elle s'est rapprochée de tes collègues au tribunal, le brillant cercle des avocats. Ah, vous êtes beaux, les ténors du barreau ! Elle est allée avec l'un d'entre eux jusqu'à Paris, dans les quartiers où tu as étudié et exercé. Je te le dis, elle a tout fait pour te retrouver. Et puis c'est dans la capitale qu'elle a rencontré ce salaud. (Sa voix tremble quand elle articule péniblement :) C'est de ta faute si j'ai perdu ma petite Emma…

Je baisse les yeux, incapable d'assumer le regard de cette mère effondrée. Je ne parviens même pas à m'excuser du mal que je leur ai fait. Mais je comprends bien vite que des excuses, Nathalie n'en attend pas. Non, ce qu'elle revendique est tout autre. Elle me tend une sous-chemise avec des articles de presse, des photographies et des notes manuscrites.

— Emma m'écrit de temps en temps. Je conserve tout précieusement. Par chance, je n'ai pas fini folle comme ta mère après ton départ !

J'encaisse, je me tais. Je laisse la tristesse de Nathalie s'échapper dans ces incriminations. Je finis par penser qu'elle a raison.

— Emma a finalement réussi à se sauver de sa cage dorée. La dernière adresse que j'aie glanée d'un hôtel où elle s'est arrêtée se situe à Hoi An, c'est au Vietnam. Elle vit ailleurs depuis, il y a le nom du village dans la pochette cartonnée. Je suis trop vieille pour m'y rendre. Mais toi, la grande voyageuse de l'Alaska, tu vas y arriver. Il est temps de rattraper tes erreurs. On n'échappe pas à son passé, Élise. Débrouille-toi. Raisonne Emma. Ramène-la-moi !

L'odeur sucrée de la rhubarbe se répand dans la maison. Nathalie ne m'offre pas d'y goûter. Elle me raccompagne et me demande de revenir, vite !

Je pourrais rétorquer à cette mère éprouvée que si Emma ne rentre pas, c'est certainement par choix, mais je me tais. Je pars, silencieuse et prête au départ, puisque je compte bien retrouver Emma, même si c'est à l'autre bout du monde.

19

— Tu es tout juste revenue que tu m'échappes de nouveau ? L'Asie, cette fois…

J'explique à Marceau que je comprends qu'il puisse appréhender de rester seul avec le petit. C'est un peu prématuré. Ce à quoi il me rétorque que rester avec notre fils ne lui pose aucun souci. Il dit également que sa mère sera enchantée de le garder pendant qu'il part au large. Il plonge son visage dans ses deux mains de pêcheur et expire bruyamment en me confiant :

— Le problème n'est pas là, Élise !

Il se rapproche. Il hésite. Puis c'est sans censure qu'il glisse ses doigts dans mes cheveux. De son bras libre, Marceau saisit ma taille, m'enlace. Je suis surprise. Je n'ose pas bouger, tout juste respirer. Il saisit ma nuque et incline légèrement ma tête de façon qu'elle repose sur son épaule et c'est au creux de mon oreille qu'il se risque à me dire avec ses mots de marins :

— Lorsque je suis revenu d'Alaska, tant de fois j'ai voulu t'appeler, t'écrire. J'avais le sentiment qu'il n'y avait plus de place pour moi dans ta vie. Mais Élise, ça a été une torture de te savoir si loin de moi. Plus le temps passait et plus c'était difficile de ne pas t'appeler, et en même temps, plus le temps passait, plus c'était difficile de le faire. Je suis tellement heureux que tu sois revenue. Je n'ai jamais cessé de penser à toi. À chaque instant, faire du feu, regarder des films, j'en ai vu plein, écouter de la musique, chaque coucher de soleil, chaque éolienne, prendre un bain, lire un livre, boire un thé… Tu es là, tout le temps, et c'est bon. J'aime que tu sois là, dans ma tête, mais j'ai fait tout ça en noir et blanc. Il n'y a plus aucune couleur depuis que tu n'es pas là physiquement. En à peine trois mois, après t'avoir quittée dans ton étendue blanche, j'ai pris dix ans. J'ai mûri de dix ans. Et puis, j'ai appris une chose, une certitude, un truc essentiel à apprendre à tout le monde : Lazare et Cécile, apprenez à votre enfant, que jamais on ne se sépare d'une femme qu'on aime.

Je distingue sur sa carotide, les battements de son cœur qui accélèrent. Il caresse mon cou, et je ne suis plus que la proie de mes émotions.

— Je ne le savais pas avant ta disparition. Je t'aimais mais tout était si compliqué. Je n'ai jamais eu le courage de quitter Soline. Pardon, s'excuse-t-il alors que sa voix se met à trembler. Dans ta lettre, tu m'as dit que tu ne m'en voulais pas, sûrement que si, un peu quand même. Moi, en tout cas, je m'en veux. Je t'aimais, tu m'aimais et j'ai malgré tout abandonné devant la difficulté. J'ai refait l'histoire mille fois depuis… Je ne sais pas où ton retour va nous mener, Élise. Je sais juste que depuis que tu as frappé à ma porte au cœur de la nuit, j'ai entendu ta voix, absente depuis bien trop longtemps, et je me suis senti vivant. Ça me fait un bien fou. Tu m'as tellement manqué. Je t'aime, ma plumette…

Il y a des moments comme ça où on voit ce que c'est, le désir : la volonté exténuante de prendre, de jouir, de vaincre. Il y a des moments comme ça où on ne désire plus rien. On se contente de la douceur du jour, de la finesse de la lumière et d'être assis là, seulement dans l'instant. Je regarde cet homme pour qui j'ai, dans le passé, donné ma vie. Me suis-je trop épuisée à l'aimer ? À lui murmurer des milliers de mots ? Ce soir, je ne réponds pas. Les mots me manquent. Je m'extrais de son étreinte. Je regarde Marceau et c'est sans promesse mais prise d'une envie absolue que ma bouche retrouve la sienne.

Ce soir, j'emporte dans mon songe le goût des lèvres de Marceau mais aussi l'angoisse terrifiante de m'éloigner de mon fils pour la première fois. Je laisse aussi à Cancale le mystère de l'homme qui vit dans mon passé pour retrouver Emma. J'avance, pas à pas. Dans deux jours, je pars…

20

Je distingue à peine un grand oiseau aux ailes déployées, perché sur le réverbère, à travers l'écume du ressac. Anoki court sur la grève, frappe dans son ballon et me confie :

— Tu vas me manquer un peu…

Je retiens la pluie lacrymale et lui réponds :

— Moi aussi, je vais penser fort à toi…

Et puis il retourne jouer. Il a déjà dix ans. Il est déjà si grand.

Dès que la brume se dissipe, les parties du monde reprennent leur place sur la scène. Le phare, dominant le paysage, s'offre de nouveau aux regards. Nous restons là. On se balade un peu. Ensuite nous rentrons et puis on fait des crêpes, plein de crêpes ! Aujourd'hui, c'est moi qui regarde le troisième opus de la romancière britannique, son école des sorciers et le grand Rubeus Hagrib qui impressionne tant mon fils. Je consacre à mon enfant tout mon temps, toutes mes douces paroles, mes cajoleries et mes sourires. Demain, lui et moi ne serons plus sur le même continent. Je suis terrifiée à l'idée de le laisser.

21

La nuit passe, vite. Le temps est imparfait. On petit-déjeune au lit. Anoki a le sourire. Son père annonce le programme afin que la projection de la journée soit un rempart à la séparation inéluctable, cette fois. Le taxi arrive dans vingt minutes. Pour que les larmes ne me gagnent pas, on joue aux cartes, comme si mon départ n'était pas imminent, comme si la vie allait continuer, innocemment. J'ai l'impression d'abandonner mon enfant. Vingt heures de voyage m'attendent. Je serai si loin de lui. Les minutes s'égrainent. Je veux partir vite avant de ne plus être suffisamment forte pour contrôler mes émotions. À la hâte, j'enfile ma paire de baskets, ma veste en jean et un gros foulard. Là où je pars, la météo annonce 36 °C, un ressenti à 45 °C. Je serai si loin de Cancale. Je serre mon petit de toutes mes forces. Anoki fait pareil. Ses bras enveloppent ma taille et mon effroi. Il colle sa tête contre mon ventre, juste là où, derrière ma peau depuis un peu moins ferme, il a été mon petit locataire. Je respire ses cheveux. J'imprègne son odeur pour l'emporter, tout là-bas.

—C'est le moment, mon petit Esquimau blond. Le chauffeur klaxonne. Cours vite avec papa pour m'envoyer un dernier bisou de la fenêtre. Et surtout n'oublie jamais que je t'aime plus fort que tout, lui murmuré-je au creux de l'oreille.

Je puise en moi la force pour canaliser ma voix qui déraille.

Lui me répond :

— Ça va aller. Papa est là ! mais je vois bien ses yeux humides.

Mon regard de détresse croise celui, rassurant, de Marceau. Il comprend instantanément. Il attrape la main de notre enfant et l'éloigne de mon sanglot prêt à jaillir. Dans l'escalier que je dévale, le cri que j'étouffe est presque bestial. Une douleur empoigne mes tripes. Je laisse mon fils derrière moi. J'ignorais que la maternité serait parfois si dure. En Alaska, de telles angoisses n'existent pas. La tribu protège les siens. Ici, j'ai l'impression que Marceau et Anoki seront si esseulés. Je ressens l'évidence de mon besoin de retourner vivre auprès des Yupiks. Pour l'heure, le sourire d'Anoki est mon ultime réconfort alors que le taxi démarre.

Charles-de-Gaulle est plongé dans la psychose d'un virus. Dans ce terminal 1, secteur Asie, le moindre éternuement est fui comme la menace d'une bombe. J'avance masquée, c'est le lot de la majorité des passagers. D'autres voyageurs lèvent la tête, un brin de dédain revendique leur insoumission. Qu'ont-ils à prouver à tous ces inconnus qu'ils ne font que croiser dans des zones d'embarquement ? Mon avion en partance pour Doha est annoncé avec trois heures de retard. Les passagers craignent son annulation. Le présentateur du journal télévisé de TF1 a affirmé ce midi que plus aucun avion n'atterrissait au Qatar. La pression monte dans les allées des Français parés à s'envoler. Finalement, notre voyage s'effectue avec de l'attente mais sans aucune difficulté. L'A 350-1000 transperce la couche nuageuse qui couvre Mosul, Bagdad et le Koweït. Il me fait traverser le ciel jusqu'à ma première escale. Pourquoi les médias mentent-ils ? À qui les Occidentaux peuvent-ils encore faire confiance ? Je trouve ça moche.

Je ne m'éternise pas aux Émirats arabes. Le retard de mon premier vol m'oblige à courir vers ma correspondance. Je renouvelle ces mêmes gestes. Les portiques de sécurité, les tapis roulants, les vérifications de bagages, tout est sous contrôle. C'était plus simple quand j'étais gamine.

À bord du second avion, ma tête devient lourde. Je dors par intermittence. Je n'ai pas envie de lire, ni de regarder un film. Je pense à Anoki. Je m'éloigne encore plus de lui. Je survole Dubaï, Delhi et Katmandou. Je pense à Emma. Et si je ne la retrouvais pas ? Et puis Bangkok. J'arrive bientôt. Les hôtesses sont aussi belles que souriantes. Du bout de leurs lèvres d'un fuchsia impeccable assorti à leur tenue, elles me proposent des verres que j'accepte volontiers. J'ai épuisé la gamme des jus de fruits en tout genre. Je n'ose penser au nombre de gobelets jetés rien qu'à bord de ce vol. À cet instant précis dans cet Airbus, je saccage ma planète alors que j'ai passé des années auprès des autochtones pour réparer cela. Je ne suis pas plus honnête que les autres, la preuve en est, le paracétamol que je gobe à deux heures de l'atterrissage. On le fait tous. Nous sommes français et pas les bienvenus sur le territoire vietnamien. Au moindre pic de température à l'aéroport ils nous maintiennent en quarantaine. Alors je triche, moi aussi, comme le présentateur du JT de TF1. J'ignore bien où tout cela va nous mener.

Mon arrivée à Da Nang n'est finalement qu'une formalité. Je quitte l'aéroport, un peu désorientée par ces paysages si lointains de mon pays blanc ou du port de Cancale. Le taxi me conduit à travers les rues englouties. La nuit est tombée. Les lampions suspendus illuminent la ville et le bruit des scooters résonne comme une ritournelle assourdissante. Derrière de jeunes chauffeurs en bandes, les filles sont assises en amazones. Je prends une rapide douche arrivée à l'hôtel pour me délasser. Je consulte mes e-mails…

De : m.legoff@laposte.net
A : e.gauvin@laposte.net
Élise,
Rully 1er cru, Rabource de 2014. Sur le parquet, les chaussettes du petit et son pantalon en boule, le tapis à damier bleu marine, les rideaux blanc et bleu turquoise, les peintures des portes bleu ciel, le papier et ses feuilles bleu roi et beige suspendues. La reproduction du Matisse, bleu évidemment. Faute de ne pas t'avoir offert d'ouvrir un matin la maison aux volets bleus dont tu rêvais tant, j'en ai mis partout alors que toi, tu n'étais plus nulle part.
Il est 23 heures passées, je suis assis dans mon fauteuil, bleu évidemment, mon ordinateur sur les genoux. J'ai envie de t'écrire mais je ne sais pas quoi te dire. Tu es si loin, déjà, encore. J'ai posé la bouteille sur la cheminée près du miroir.

Je n'ai pas fait de feu, tu n'es pas là. Je t'imagine probablement dans les nuages qui surplombent les Émirats arabes. La Russie peut-être ? Je n'en sais rien. Tu m'échappes, déjà, encore. Le petit s'est endormi rapidement.
Les minutes passent. Les notes de piano s'enchaînent mieux que mes mots. J'écoute Agnès Obel, Riverside me ramène à toi. Mes doigts sont comme engourdis sur le clavier.
Depuis ton retour, plein de fois j'aurais aimé avoir le courage de te parler de ce nous devenu presque un sujet défendu. Élise, je t'ai regardée dormir et j'ai compris combien tu me manquais, bien plus que je ne l'imaginais. Pour la première fois, je comprends seul le sens des remords qui me giflent dans le sens contraire du vent.
Suis-je condamné à passer le restant de mes jours à te regretter ? À m'en vouloir de la vie tiède que j'ai menée ? Penses-tu que seule la mort est le pays des secondes chances ?
Je vais me resservir un verre. Je ne parviendrai pas à dormir tant que je ne te saurai pas arrivée à destination. Préviens-moi lorsque ton avion aura atterri.
Marceau

Je n'ai pas sommeil. Le décalage horaire, l'inquiétude pour Emma et les mots de Marceau me maintiennent éveillée, et puis j'ai passé tant d'heures dans ces avions et les aéroports que j'en ai perdu la notion du temps. Je serpente, les pieds nus, dans les chemins qui me mènent à la plage. Il fait nuit noire et pourtant si chaud. L'air est humide. Je découvre le climat subtropical. L'océan Pacifique est tiède. Je m'enfonce dans l'eau avec l'envie de ne plus m'arrêter…

De : e.gauvin@laposte.net
A : m.legoff@laposte.net
Marceau,
Je me demandais quand arriverait le moment où tu prendrais le risque de t'aventurer à ce nous qui n'est pas un sujet interdit mais bien une entité blessée. J'ai mis des années à moins t'aimer et, Marceau, même si ce n'est probablement pas ce que tu espères lire, je t'avoue que j'y suis parvenue.
Je t'ai voulu de manière insatiable. Je t'ai aimé d'une avidité de noyée. Mon sourire n'était plus qu'un mensonge. Je souffrais mais je ne voulais pas te l'avouer.
Moi aussi je t'ai regardé dormir, et j'ai pensé que je ne regrettais rien de notre passé. Mais Marceau, j'ai fini par accepter que les choses ne sont pas immuables. Tout passe. Tout s'en va. Même les plus grandes histoires d'amour, et même nous…
Je suis arrivée à Da Nang. Essaie d'aller dormir.
Élise
PS : Dis à Anoki que je pense à lui.

J'envoie ce courrier et je pense que la rivière ne se déverse que vers les chutes. L'eau ne peut pas remonter le courant. Avec la plus grande volonté, plus rien ne sera comme avant.

22

Je me réveille dans l'atmosphère brumeuse de Hoi An. L'air est encore si moite que j'ai la sensation qu'il en est palpable. J'ouvre les yeux sur la clarté matinale de l'Asie. Dans une heure, le bureau de l'administration par laquelle Emma est passée ouvrira ses portes. Je ne perds pas de temps. J'enfile une robe légère. La chaleur est déjà pesante. Mes pas s'enfoncent dans le sable mouillé de l'aube. J'ai peu dormi. Sur la grève, j'évite les minuscules crabes presque transparents. Par dizaines, ils courent à vive allure. Les vagues fouettent mes mollets et l'eau désormais froide mord ma chair.

Au loin, j'observe les pêcheurs. Les chapeaux coniques en feuilles de riz ombragent leur peau brune et leurs yeux bridés. Les traits de leur visage me rappellent ceux des Yupiks. Finalement, c'est ma peau lisse et blanche d'Occidentale qui fait de moi, une fois de plus, l'étrangère. Dans leur amarrage de fortune, ces bateaux ronds à coque de bois, ils luttent pour remonter les filets. Je suis trop loin pour voir le butin de leur capture. Je pense à Marceau. Emmènera-t-il le petit en mer aujourd'hui ? Pour le moment, alors qu'ici le soleil éblouit, Cancale est plongé dans la nuit. Anoki doit dormir.

Alors que je m'enfonce dans la ville, je croise des enfants, les pieds nus sur le bitume. Des masques recouvrent l'intégralité de la partie inférieure de leur visage. Afin de protéger le pays de ce virus qui fait rage, les écoles sont fermées depuis deux mois. J'avance en direction de la rue Duong Cùa Dai. C'est là qu'Emma s'est enregistrée à son arrivée. J'ignore comment sa mère a collecté autant d'informations. Tout est noté avec minutie dans la pochette remise par Nathalie qui ne me quitte plus.

Les bars à ciel ouvert sont remplis d'hommes, le torse nu, qui s'affrontent dans des parties de cartes ou de dominos. Quant aux femmes, je les observe, accroupies sur le carrelage des maisons. Elles plongent leurs mains dans de grandes bassines colorées. Elles lavent et frottent, des fruits et légumes ou du linge. Les sous-vêtements sont étendus de façon impudique sur des câbles branlants dans les rues. Je sillonne les routes et le scénario se répète, des hommes qui jouent, des femmes qui travaillent, des enfants qui courent sur les trottoirs sous un soleil de plomb. Ici, les rôles semblent bien définis.

J'entre dans ce bâtiment gouvernemental. C'est dans ce bureau qu'Emma a obtenu son visa. Alors même qu'elles pourraient esquisser un sourire, je ne pourrai pas le voir derrière leurs masques, mais l'inflexion de la voix des deux hôtesses d'accueil est bien plus qu'un aveu. Je ne suis pas la bienvenue. Je chasse ma première impression et, papiers de mon amie à l'appui, l'une d'elles me confirme qu'Emma est bien passée par là.

— Il semble que mon amie a rejoint l'un de ces villages, lui indiqué-je sur ma carte. J'ignore lequel. Pouvez-vous m'aider ?

Un silence gêné nous sépare, elles et moi. Les deux femmes échangent en vietnamien afin de me mettre hors de propos. Et c'est dans la langue de Shakespeare que l'une d'elles conclut brutalement notre rencontre en m'affirmant que c'est impossible. L'autre me demande avec insistance de quitter leur bureau. Puis un homme s'approche, le regard offensif. Il m'intime, lui aussi, de regagner la sortie. Malgré mon caractère d'ordinaire tenace, je comprends que mon intérêt est de me soumettre à l'injonction.

Au cours de cette première journée, j'arpente le quartier japonais, puis le quartier chinois. Je pousse la poignée d'or en forme de tête de lion de la lourde porte de bois rouge. C'est dans le temple de la déesse des marins que je prends refuge. Je cherche aussi un peu de fraîcheur dans ce temple taoïste. Les températures ne cessent de grimper et des grosses gouttes de sueur dégoulinent dans mon dos. C'est à l'ombre, sous ces spirales d'encens offertes aux divinités, que je reprends les notes de Nathalie. Demain, je ferai route vers la Cité interdite. Emma a séjourné à Hué.

Pour 40 000 dongs et en moins de vingt minutes, c'est assise à l'arrière d'un scooter-taxi que je regagne mes quartiers temporaires. Je traverse les rizières, les champs dans lesquels courent les gamins qui font s'envoler leurs cerfs-volants, sans plus d'éléments sur mes recherches. Nous sommes le 8 mars, journée mondiale de la femme. Une journée annuelle est encore nécessaire pour nous rappeler que nous devons lutter et faire valoir notre valeur et nos droits. *Que t'a fait subir cet homme pour te faire fuir ta vie, Emma ?*

23

De : m.legoff@laposte.net
A : e.gauvin@laposte.net
Clément et Clémence sont venus hier soir. Anoki et eux se sont rencontrés. Nous sommes allés dîner tous les quatre sur le port. C'était étrange. L'ombre se mêlait à la lumière.
Anoki t'en parlera lui-même. Tout s'est bien passé, sois rassurée. Ils reviendront, et après une longue discussion avec ma fille, Clémence suggère ta présence parmi nous. Tu sais, ils ont grandi et eux aussi semblent prêts désormais.
Prends soin de toi.
Marceau

Je lis deux fois son courrier. Les images de mon fils en immersion dans la famille de Marceau entravent ma gorge. L'histoire se poursuit sans moi aux côtés de mon petit pour le protéger. Je dois laisser de l'espace à son père. Ce moment devait appartenir à Marceau. Il recolle un à un les morceaux.

Je quitte l'hôtel le plus tôt possible afin de profiter des quelques heures de fraîcheur. Avec le décalage horaire, je piétine déjà depuis l'aurore, mon sac sur le dos. La réceptionniste de la chambre que j'avais préalablement questionnée sur l'itinéraire de mon périple m'interpelle, l'air grave.

—Miss Gauvain, vous ne pouvez pas vous rendre à Hué. Les autorités ont bloqué l'accès de leur ville aux Français. Si vous y pénétrez, vous risquez d'être mise en quarantaine, m'informe-t-elle dans un anglais parfait.

J'avais réussi un temps à oublier l'épidémie qui se répand à travers le monde. Les victimes de ce virus ne cessent de croître en France. C'est un coup dur. Nous sommes le 9 mars et les frontières vietnamiennes viennent de fermer leurs portes à tous les Européens. Je fais partie des derniers Français à avoir pénétré dans le pays. Plus la situation va s'aggraver en Europe, plus mon périple va être chahuté.

—Je dois la retrouver… murmuré-je de ma voix qui s'échoue dans des espoirs qui s'éloignent.

En Asie, on appelle le chemin du guerrier la voix de la sagesse pour accepter les frustrations. J'ai encore du travail. Ma route est longue.

La rage au coin des yeux, je regagne ma chambre. Je pense aux Yupiks et à ma vie dans l'immensité blanche. J'ai la sensation que tout m'échappe depuis que le petit et moi avons quitté la tribu. Peut-être aurais-je mieux fait de ne jamais revenir à Cancale. L'Alaska était mon refuge. Je renifle un peu mon émotion quand je vois la femme de chambre s'éloigner, les yeux écarquillés par la menace que je suis susceptible de représenter.

—Je ne suis pas malade. Pas d'inquiétude, la rassuré-je. Je suis juste un peu triste, mais pas malade !

Il y a certaines rencontres improbables qui marquent nos existences. Minh, c'est son prénom, fera sans l'ombre d'un doute partie de ces femmes modèles que j'ai eu la chance de croiser. Il me suffit de quelques mots relatifs à ma frustration pour comprendre ma méprise. Je me plains pour une insignifiante contrariété dans un pays soumis aux conséquences d'une guerre pas si lointaine. Les ridules qui marquent la peau de Minh sont les témoins des affres qu'elle a dû subir en ces temps. Pourtant, elle continue de me regarder avec une compassion infinie. Derrière son masque de tissu, je sais qu'elle dissimule un large sourire. Il fait remonter ses pommettes saillantes et bride davantage ses grands yeux noirs. Je lui renvoie ce sourire, naturellement. Je la regarde. Elle paraît gênée, mais pas seulement. Soudain, son teint devient diaphane.

— Vous allez bien ? lui demandé-je alors que je la vois s'accouder à la rambarde de l'escalier.

Silence.

Ma question la surprend. Une gêne s'immisce entre nous. Dans l'intimité des quatre murs de ma chambre d'hôtel, cette femme de chambre illustre les oppressions qui contraignent les Vietnamiens.

— Tout va bien, c'est une belle journée. Profitez du Vietnam, c'est un très un beau pays, m'affirme Minh, totalement conditionnée.

Pourtant, elle ne cesse de me considérer. Je perçois presque une attente qu'il m'est difficile d'identifier. Cette femme m'apparaît dans toute sa fragilité.

— Vous semblez épuisée…

—Non, je ne suis jamais fatiguée. Tout va bien. Si vous allez bien, tout est OK.

J'extrais du réfrigérateur d'appoint une bouteille d'eau fraîche et la lui tends. Elle ose à peine l'accepter, alors je rabats la porte de la chambre et m'efforce de me montrer rassurante.

—Prenez quelques minutes. Ils ne viendront pas vous chercher si vite.

—Ma mère est âgée. Je m'occupe d'elle et des enfants aussi. Certaines journées sont plus longues que d'autres.

—Combien d'enfants avez-vous ?

Elle me montre ses cinq doigts bien tendus.

—Et vous ?

—J'ai un fils de dix ans. Vous vous occupez seule de votre mère ?

—Oui. Au Vietnam, mettre les parents dans l'hôpital pour gens vieux, c'est criminel. Le travail des enfants est de prendre soin de leurs parents. Nous sommes reconnaissants de ce qu'ils ont fait pour nous. Ce n'est pas comme cela, chez vous ?

Ses mots me percutent de plein fouet. Inévitablement, je pense à ma mère, ou plutôt à celle qu'elle était, à ce que je lui ai fait subir et à tout ce que je ne lui ai pas apporté. Rien n'aurait dû effacer ces années d'enfance au cours desquelles elle m'a bercée. Alors que Minh me demande si mes parents sont encore de ce monde, je lui réponds avec une lâcheté absolue :

—Non, malheureusement.

Une collègue de Minh l'interpelle. Je lis sa crainte d'être surprise à mes côtés.

—Les autorités de Hué seront peut-être moins nerveuses dans les jours à venir. Allez prendre l'air en attendant. Ça ne peut pas vous faire de mal, murmure-t-elle tandis qu'elle quitte la chambre, mes draps lourds négligemment repliés sur son avant-bras.

Minh me conseille de rejoindre les forêts de My Son et de quitter l'agitation de la ville. Je lui souris et salue sa bienveillance. Avant qu'elle ne disparaisse, je lui demande juste si je dois craindre des animaux dangereux dans les collines verdoyantes, ce à quoi Minh me répond en souriant :

—Il y a seulement quelques cobras de trois mètres de long, mais ne vous inquiétez pas. Ils sont aveugles et dorment la journée. Il ne tient qu'à vous d'être attentive. Ne les réveillez pas et tout ira bien.

On se regarde. On se sourit. Il lui reste une vingtaine de chambres. Cette femme est aussi courageuse qu'elle est âgée. Je quitte le Resort, bien trop luxueux pour tous ces Occidentaux bedonnants et suffisants, dédaigneux des locaux qui se tuent à la tâche pour eux. Leur attitude signifie leur contentement d'être eux-mêmes. Ils croisent le personnel dans les allées sans même daigner les regarder. Parfois, l'humain me dégoûte.

J'enfile une bonne paire de chaussures et pars me régénérer là où je puise mon énergie, loin de tout. Dans ce bus qui me conduit dans la forêt tropicale, je m'installe et, sous mes yeux, les paysages défilent. Plus je m'éloigne du centre de Hoi An, plus les murs sont faits de taule, plus les enfants semblent nombreux à vagabonder. Il y a des chiens errants et des marchands de légumes sur le bord de la route, ce sont essentiellement des femmes, une fois de plus, assises à même le bitume.

Nous arrivons au cœur de ce qui me paraît être le bout du monde vietnamien, loin de toute vie. Il y a l'immensité de la forêt et rien d'autre. Ce qui me fait assurément penser qu'il ne doit rien m'arriver. Qui pourrait me secourir en cas de besoin ? Je n'ai pas l'intention de réveiller le cobra ! Le bus de retour est prévu dans quatre heures. Ma réserve d'eau pleine, je pars m'immerger dans cette végétation à perte de vue afin de glaner un second souffle. J'essaie de m'efforcer de ne plus penser à Anoki, Emma et Marceau. Lui aussi me manque un peu. C'est essoufflée après une marche aventureuse que je grimpe dans la forêt. Et je me sens mieux, enfin ! Mes déceptions sont toujours présentes mais elles s'atténuent à chacun de mes pas. Alors je crapahute, encore et encore. De gros papillons virevoltent autour de moi et le mélodieux chant des oiseaux me rassérène. C'est apaisée que, plus tard, je regagne Hoi An, sans avoir réveillé aucun cobra susceptible de me dévorer.

Ce deuxième jour en Asie, je vis la nuit. Seules les grenouilles coassent. Hoi An semble n'être plus qu'à moi. Les vagues agitées sous la puissance du vent déchaînent l'océan. Mais je n'ai pas peur. Je vis. La nuit m'appartient. Ma solitude et la paix du soir sont mon oxygène. J'écoute le bruit régulier des vagues. Les températures baissent, enfin. Je respire à pleins poumons, jusqu'à ce que la sonnerie de mon téléphone m'arrache à l'instant.

De : m.legoff@laposte.net
A : e.gauvin@laposte.net
Ne pense pas que je n'entends pas tes mots. Je les considère mais ne parviens à m'y résoudre. Je refuse l'idée que tout soit terminé.

Les continents qui nous séparent offrent à Marceau le courage de se dévoiler. Se serait-il autorisé à parler si je n'avais pas quitté le pays ? Seule sur la grève, je regarde le lancinant va-et-vient de l'eau. Une colère me submerge, incontrôlable. Je redoutais ces échanges. Étaient-ils inéluctables ?

De : e.gauvin@laposte.net
A : m.legoff@laposte.net
C'est à mon tour de craindre les regrets, Marceau. Tu m'offres de vivre cette vie que j'ai tant espérée. En revenant en France, c'est tout ce que j'appréhendais. J'ai dû me sauver au bout du monde, disparaître pour me donner une petite chance d'exister et tu balayes tout. J'ai le sentiment que tu ne penses qu'à toi et je t'en veux. Pourquoi fais-tu cela ?

J'ai envie d'ajouter : « Marceau épargne-moi. » Je le pense mais ne l'écris pas.

24

À l'aube, la brume est encore épaisse. Je distingue à peine l'île de la côte de Cu Lao Cham. La plage est vide. Les avions bloquent les voyageurs internationaux et les touristes chinois, habituellement les plus nombreux dans les *resorts* vietnamiens. Ils sont isolés depuis de nombreuses semaines maintenant.

La réceptionniste de l'hôtel m'informe que les autorités ont les nerfs à vif et qu'il vaut mieux que je reste ici encore aujourd'hui.

— Sagement, ajoute-t-elle.

La psychose relative au virus ne cesse de croître. Je n'ai plus qu'à remonter ma valise dans ma chambre. Inutile d'en changer, toutes les réservations ont été annulées. Les plages sont quasiment désertes. On dénombre maintenant plus de personnel que de voyageurs dans les hôtels. L'ambiance est très singulière. On avance masqués. La peur est partout.

J'acquiesce, mais quoi qu'il m'en coûte, je décide qu'aujourd'hui sera mon dernier jour à Hoi An. C'est précisément ce que j'explique à Minh que je retrouve dans l'ombre de ce couloir, comme hier.

Je vois bien que le souvenir de notre échange de la veille ne suffit pas à la rassurer. Minh hésite à se confier. Cette femme semble ne jamais s'être autorisée à parler.

Aussi, je la tranquillise et ses révélations confirment mon ressenti. Le Vietnam est un pays communiste opprimé. Les bouches y sont scellées. Au bout d'un long moment, Minh fini par m'expliquer :

— Nous ne devons rien dire. On nous interdit de parler, souffle-t-elle la tête baissée. Critiquer le régime est condamné et nous sommes très surveillés. Les murs ont des oreilles.

— Je vous promets de ne rien dire, Minh. Le pays vous force à vous taire, les hommes soumettent leurs épouses et le sort des petites filles est si incertain.

Je la regarde avec compassion. Je me sens si impuissante.

— Vous pouvez bien vous taire, Élise, mais quoi que vous fassiez les autorités vous pistent aussi.

— Que voulez-vous dire ?

— Depuis votre passage aux frontières de l'aéroport, tous vos déplacements sont tracés. Tous vos trajets sont enregistrés sur une base de données et seront conservés pendant treize ans. Le régime surveille tout ce qui est diffusé sur les réseaux sociaux. S'il a des doutes sur un touriste, il a les moyens de surveiller le contenu de sa correspondance, même privée. Il a trop peur qu'un étranger critique le régime hors de nos frontières.

— Alors vous n'êtes jamais libres ?

— Disons que nous sommes libres sous le contrôle de l'État, ironise-t-elle, un sourire triste au coin des lèvres.

— …

— Vous savez, Élise, j'ai vécu il y a cinquante ans mon enfance sous les bombes. J'ai connu la guerre. Toute petite, je me suis préparée à endurer la vie. Mais un jour, la mort me cueillera et je me réincarnerai. J'essaie d'être une bonne personne et d'avoir un bon karma. J'aurai peut-être plus de chance dans ma prochaine vie. Peut-être sera-t-elle libre… en Occident, qui sait ?

Je prends alors conscience au travers des mots de cette femme de chambre vietnamienne de la valeur de ma liberté.

— Vous croyez en la réincarnation, Minh ?

— Bien sûr, pas vous ?

— À vrai dire, je n'en sais trop rien.

— Ici, nous appliquons en majorité la triple religion. Les religions établies de longue date au Vietnam incluent la religion populaire vietnamienne, qui a été historiquement structurée par les doctrines du confucianisme et du taoïsme de Chine, ainsi que par une forte tradition bouddhiste. Alors la réincarnation est une évidence pour moi.

— Minh, vous dites que le régime garde une traçabilité de tous les étrangers qui viennent au Vietnam ?

— Oui, tous.

— Alors, ils savent où est Emma ?

Elle me regarde et, sans douter, elle ajoute avec toute la mesure qui la caractérise :

— Je vais voir ce que je peux faire…

Je pars à vélo prendre l'air. J'ai besoin de respirer. Je longe les rizières. Les étendues vertes se trouvent en bordure de route et les paysages sont bien moins idylliques que ceux des cartes postales. Des sacs plastiques déchiquetés servent d'épouvantails pour éloigner les volatiles, les chapardeurs. Des femmes, le dos courbé, travaillent sous un soleil assassin avec leur chapeau conique comme unique bouclier et des manches longues. Comment peuvent-elles les supporter ? Il fait près de 35 °C. Je repense aux révélations de Minh, à la condition féminine soumise à un travail de forcené.

Alors que je regagne ma chambre le soir, je trouve une note sous mon oreiller :

Monastère To Dinh Tù Hieu.

Minh a pris des risques considérables. Minh a bravé les interdits. Minh a fait le nécessaire pour retrouver Emma…

Le lendemain je ne la recroise pas. Je pars tôt. Je grimpe dans le bus avant que les militaires ne se réveillent et envahissent les rues. Je ne dois pas traîner. Je laisse sous cet oreiller toute ma monnaie vietnamienne, à peine 400 000 dongs, rien pour moi, l'équivalent d'un mois de ressources pour cette femme de chambre. La plupart des Occidentaux ne lui arrivent même pas à la cheville. *Je ne vous oublierai jamais. Merci Minh...*

Les micros des enceintes qui résonnent dans la ville entière diffusent des messages d'alerte relatifs aux risques liés au virus. Des injonctions sur la conduite à tenir sont répétées de façon lancinante afin que le conditionnement opère, qu'on le veuille ou non. Minh a raison, le pays vit sous contrôle. Les propos énoncent également le risque d'approcher les Occidentaux. L'épidémie ne cesse de gagner du terrain en Europe.

Et en Europe, des mots s'écrivent sur un clavier. J'aurais tant préféré les éviter.

De : m.legoff@laposte.net
A : e.gauvin@laposte.net
Je dois te parler et tout t'avouer, au risque de t'ébranler. Je le fais parce que je ne veux plus d'une vie au rabais. Parce que je me suis trompé. Parce que je t'aime et que je n'ai plus peur de te l'écrire. Parce que je veux enfin te rendre heureuse.

J'essuie mes joues moites de sueur, de chagrin, de colère. Même si je comprends son initiative, j'en veux à Marceau de se cacher derrière un écran. Huit ans ! Ne méritons-nous pas mieux ?

De : e.gauvin@laposte.net
A : m.legoff@laposte.net
Possiblement pour racheter ta culpabilité ? Tant d'années après, sais-tu seulement qui je suis devenue ? Qui penses-tu aimer ? Je ne suis plus celle que tu as connue, Marceau.
Ma colère supplante ma peur, je ne dois pas te dire cela. Tu n'étais pas seul responsable. Nous étions deux dans cet amour défendu.
Marceau, à quoi bon réécrire une histoire qui appartient au passé ?
J'ai oublié des blocs entiers de ma vie d'avant mon départ, comme des stocks de mémoire inutiles, supprimés pour faire de la place au présent. Nous avons essayé, emportons le meilleur.
Marceau, à quoi bon réécrire une histoire qui appartient au passé ?
Élise

Je lui écris et lui demande, finalement, comme une faveur.

25

C'est aux abords d'une rue totalement ordinaire qu'une arche mentionne l'accès au monastère. Sur ma droite, un homme ventru semble échoué de la manière la plus disgracieuse qui soit dans un hamac sur sa terrasse. Il me regarde, sans expression particulière. La chaleur est écrasante. Des poules courent sur la route. Des enfants font du vélo. Des chiens décharnés errent en liberté. C'est face à cet ordinaire que se trouve un monde insoupçonné. En ces lieux réside le plus grand moine bouddhiste vietnamien, Thich Nhat Hanh. Une sœur vient à moi. Elle porte une tenue marron, ses cheveux sont rasés et son sourire est apaisé.

—Puis-je vous aider ? me questionne-t-elle dans un anglais parfait.

Une autre, puis deux autres et trois moniales au crâne rasé s'approchent. J'en aperçois d'autres encore au loin dans la cour. Elles sont soixante-dix sœurs à vivre dans ce lieu. Elles marchent d'un pas lent mais affirmé. Ici, le temps est suspendu.

Ces femmes se souviennent d'Emma.

—Votre amie est restée un peu dans la ville avec ses deux fils, m'explique l'une d'elles. (Mon cœur s'emballe.) Elle a rapidement rejoint le village de Lai Chau. Nous sommes certaines qu'elle sera heureuse de vous retrouver. Emma ne vous a pas oubliée, m'assure-t-elle avec sollicitude.

J'entends des bruits sur ma droite. Mon regard se pose sur cette scène improbable d'un frère bouddhiste en tenue monacal qui donne des cours d'arts martiaux à de jeunes Vietnamiens en tenue de combat dans cette forêt de pins. Je reste un peu.

Lorsque la nuit tombe, je regagne la rue. Deux moniales me sourient, joignent les mains paumes contre paumes et s'inclinent délicatement. Elles semblent si jeunes. Je fais de même et je ressens une vague d'espoir indéfectible. *Emma, j'arrive...*

Je rentre. Dans la tiédeur subtropicale qui me colle telle une seconde peau, j'allume l'écran.

De : m.legoff@laposte.net
A : e.gauvin@laposte.net
Je le pense parfois. Que le meilleur est derrière nous et que le souvenir de ce que nous avons été peut constituer à lui seul les années à venir. Parfois, cette illusion me permet de regarder l'horizon, les nuages, les poissons, la vie. Et puis, à d'autres instants, je sombre dans un gouffre et au cours de ma chute, je m'avoue la vérité. Une vie ratée. Une vie qui passe. Je cherche des solutions, des branches auxquelles me raccrocher. Mais sans toi, quel intérêt ? Alors nous avons lutté toutes ces années pour rien ?
Marceau

De : e.gauvin@laposte.net
A : m.legoff@laposte.net
Nous n'étions pas rien et le combat en valait la peine, mais arrive un jour où il doit cesser.

De : m.legoff@laposte.net
A : e.gauvin@laposte.net
Soit on souffre de notre manque provoqué par le désir, soit on renonce aux désirs et l'on meurt d'ennui. Élise, tu ne cessais de le revendiquer : tout sauf l'ennui ! Parfois, je ne reconnais plus la petite fille aux bottes de caoutchouc que tu étais.

De : e.gauvin@laposte.net
A : m.legoff@laposte.net
Je te l'ai dit, Marceau. J'ai changé…
Il est possible que celle que tu penses encore aimer ne soit plus qu'une représentation du passé auquel tu t'accroches. Tu cherches à panser les regrets d'une période révolue. Le moment est peut-être venu pour toi d'accepter.
Un long voyage m'attend demain.

De : m.legoff@laposte.net
A : e.gauvin@laposte.net
Tiens-moi informé de ta progression. Je te sens si loin de moi…

Mon corps est étendu, à peine recouvert d'un drap. Sous mes paupières closes, une dernière interrogation me happe avant que le sommeil ne m'emporte : la quiétude existe-t-elle ou serons-nous à jamais soumis aux errances sentimentales, aux routes qui se croisent, aux destins manqués, à ces illusions auxquelles on s'accroche comme à des bouées de survie ? Ne plus aimer, est-ce couler ? s'éteindre ? abandonner ?

Ma dernière image sera celle de ces femmes du monastère. Sont-elles réellement apaisées ? Comment ont-elles fait pour renoncer ? Aux détours de l'amour et aux tourments qui y sont liés. Existe-t-il quelque part des hommes qu'elles ont un jour aimés ?

26

Je pars pour un long périple vers la province de Lai Chau qui se trouve à quatre cent soixante kilomètres de Hanoï. Huit heures de trajet me sont nécessaires pour rejoindre le bureau local de l'association dans laquelle œuvre Emma. Je passe ma dernière nuit à Phong To District. Par respect pour la communauté, on me demande de porter des vêtements qui couvrent mes épaules et mes genoux. À l'entrée des maisons faites de taule, je retire mes chaussures comme je le ferais à l'entrée d'une pagode.

L'accès à la plupart des villages est difficile et ils se trouvent sur des sentiers raides, traîtres et glissants, à flanc de coteau. Il est trop tard pour s'y rendre ce soir, mais qu'importe, je sais maintenant que ce n'est plus qu'une question d'heures avant d'atteindre ma destination finale.

Je suis harassée. Je m'endors rapidement.

27

On roule depuis plus de trois heures dans des chemins sinueux et abrupts. J'essuie mon front d'un revers de manche. Je transpire de chaud et de peur. Mon cœur bat la chamade. Je vais retrouver ma plus grande amie, ma complice, celle à qui je regrette de ne pas avoir tout confié, celle que je n'ai pas su protéger. La vielle carcasse du véhicule délite ma conviction à trouver de l'air. La fenêtre est condamnée. J'ai la sensation d'étouffer. Dix ans après, je vais honorer le plus grand rendez-vous d'amitié de mon existence. La vieille Land Rover à la carrosserie aussi bosselée que rouillée conduit mon anxiété jusqu'à des maisons de taule précaires. Des enfants me montrent du doigt quand je sors du véhicule. Mes pas sont fragiles mais mon envie les guide. J'avance, déterminée à retrouver Emma. Et puis, je l'aperçois. Elle n'est plus un mirage, Emma est là.

Dénuées de nos apparats, sans fard et sans bijoux, nous avons les cheveux plus courts, nos peaux sont plus hâlées, nos ridules trahissent le temps écoulé. Mais nos sourires sont plus francs, nos gestes, moins hésitants. La vie ne nous a pas épargnées mais on en a tiré un enseignement : celui qui revendique l'essentiel, l'amour inconditionnel.

Et cet amour devient réel, au détour de vieux jerricans d'essence, derrière ces poules qui nous séparent, ces gosses qui me scrutent, Emma est bien là… C'est dans un silence absolu qu'on se jette dans les bras l'une de l'autre. On reste là, à se serrer de toutes nos forces, à s'en faire mal, à en perdre l'équilibre tandis que nos larmes dégoulinent sur nos joues. Le visage d'Emma se fend d'un large sourire. Elle prend le mien entre ses deux mains et son regard plonge dans mes pensées. *J'aurais tant voulu que tout soit différent.* Notre tendresse parle pour nous. Nous, on n'a pas de mots pour s'avouer combien on s'est manqué. On échange des émotions sans phrases. On s'enlace et alors que je serre fort Emma dans mes bras, j'ouvre les yeux sur une terre aride. Au loin, des enfants courent et crient.

Notre peau frissonne malgré la chaleur de plomb. Emma et moi sommes prêtes à soigner un chagrin d'amitié.

—Mais où étais-tu, mon Élise ? Je t'ai cherchée. J'ai eu si peur pour toi…

Elle est la première à rompre le silence. Elle est courageuse, mon amie. Alors j'essaie de m'en inspirer. On reprend notre souffle. On retrouve nos esprits. On prend le temps de sécher nos joues, et un peu plus tard, je dis tout à Emma ; mes années dans l'ombre d'un homme marié. Je lui raconte la manière dont je suis sortie de la vie de Marceau comme on sort faire un tour. Et puis ce grand voyage avec mon fils, au pays où la neige éblouit. Mon histoire dure un moment puis vient le tour d'Emma. Je la suis dans les sillons de sa nouvelle vie, là où le soleil éblouit…

Les minutes défilent, improbables retrouvailles, bercées par l'ordinaire. Emma me présente sa vie ici. On se retrouve comme si le destin n'avait jamais séparé nos routes. Comme si nous n'avions plus de doutes.

—Je te présente Ly Thi. Elle va bientôt avoir cinq ans. Tu dis *Xin chào* à Élise ? lui demande Emma en joignant le geste à la parole. La petite, par mimétisme, me fait coucou d'une main timide. Emma la rassure avec une tendresse maternelle inconditionnelle. Dans un vietnamien qu'elle semble parler couramment, mon amie lui demande si elle veut me faire un dessin.

—C'est son activité favorite, cette petite peut colorier pendant des heures, me précise-t-elle. Les écoles ont fermé il y a deux mois dans tout le pays, mais d'ordinaire, elle y va chaque jour, m'explique Emma. Ly Thi marche quarante ou cinquante minutes pour aller à la maternelle chaque matin. Elle aime tellement la récréation avec ses copines qu'elle est motivée, crois-moi. Et puis, pour elle, c'est normal. Cette enfant ne connaît que ça. Le temps scolaire permet à ses parents de travailler un peu. Sa mère, Quang Thi Thành, est fermière.

Incapable de ne pas l'admirer, je l'écoute dans un silence absolu. Celle que je n'ai jamais oubliée semble si sereine.

—Et voici, Ho Chi. C'est la petite espionne qui se cache juste là ! (Elle me la montre du bout du doigt et, derrière le gros tronc d'arbre, je découvre la frimousse d'une fillette malicieuse.) Ho Chi est arrivée de la province de Quang tri, une des plus pauvres du Vietnam, dans le centre du pays. La famille de Ho Chi appartient à l'ethnie kinh qui vit dans les plaines côtières. Son père et elle sont arrivés après la saison des moussons. Quang Tri s'est fait connaître pendant la guerre du Vietnam en tant que zone démilitarisée. Cette guerre a encore aujourd'hui un impact sur le quotidien de la population locale. Tous essaient de la fuir. Cette gosse est un vrai pitre, probablement une parade à sa réalité.

—*Je vois ça,* parvins-je seulement à lui répondre.

Je regarde la petite qui a bien compris qu'on parle d'elle. Emma me raconte sa vie ici, ou plutôt celle des villageois. Elle et moi avons des millions de choses à nous révéler. Je l'écoute, elle parle lentement, elle est calme. Bien plus que moi.

—J'ai appris à découvrir leurs croyances et à les respecter. Plus de vingt groupes ethniques vivent à Lai Chau. Un grand nombre de ces groupes vénèrent les montagnes et croient que vivre ici les rapproche du paradis.

—C'est pour cela que tu y es venue ?

—…

—Pourquoi as-tu choisi de tout quitter ?

Elle sourit et pousse un petit caillou qui glisse sous son coup de pied.

—D'une certaine façon pour les mêmes raisons que toi, finalement. J'ai fui un homme.

—C'était différent, Emma !

—Qu'est-ce que tu en sais ? me rétorque-t-elle d'une façon soudainement arrogante.

—Tu as raison, lui réponds-je pour me rattraper.

Mais c'est insuffisant. Je le comprends lorsque ses mots s'abattent sur moi.

— Tu n'étais plus là pour voir ce que je vivais. Le bon comme le mauvais.

— Je suis désolée, j'aurais dû au moins te dire que j'allais bien.

— Oui, tu aurais dû !

Je ne réponds rien. On ne refera pas le passé, mais dans cette force que je lui découvre, Emma a ce geste qui aplanit toutes les tristesses. Elle pose sa tête sur mon épaule comme avant. Je colle la mienne contre la sienne et on regarde droit devant, en direction du petit clown rose, soucieuse d'accaparer toute notre attention.

— Je suis venue là où le soleil brille, Élise.

— Je suis partie là où la neige éblouit, Emma.

28

Des enfants s'attroupent autour de nous.

— Tu es une curiosité. Ils ne sont pas habitués aux visites, et encore moins d'Occidentaux, m'explique-t-elle.

Ils sont plus d'une dizaine, le sourire aux lèvres, tandis que le visage d'Emma est teinté d'un vague à l'âme manifeste.

— Tu veux me raconter ce qu'il s'est passé en Pologne ? demandé-je à mon amie du bout des lèvres.

— Alors tu es au courant pour Stephan ?

— La partie émergée de l'iceberg j'imagine, malheureusement.

Un « Maman ? » à l'accent on ne peut plus français vient interrompre l'échange délicat et je vois bien qu'Emma est soulagée.

— Je suis là ! répond-elle à cette voix qui jusque-là est pour moi sans visage.

Elle se lève et me tend sa main pour que j'en fasse autant.

— Vous avez fini vos devoirs, les petits gars ? demande Emma en passant sa main dans les cheveux ébouriffés d'un garçonnet qui lui ressemble comme deux gouttes d'eau.

Le petit hoche la tête.

—Où est ton frère ?

Emma n'a pas le temps de finir sa phrase qu'un petit blondinet aux yeux ronds lui saute dans les bras. Le petit niche sa tête dans le creux de son cou et essaie de me regarder par-dessus son épaule.

—Les garçons, je vous présente Élise, ma meilleure amie. Elle habitait aussi en France. Vous vous souvenez des grosses vagues de Cancale ?

Le plus grand s'agrippe à sa jambe.

—Lui, c'est mon aîné, Malo, et la crapule accrochée comme un ouistiti c'est Alan, me dit Emma tandis qu'elle chatouille ses fils du bout des doigts.

—Des prénoms bien bretons, lui réponds-je, complice.

—Toi et moi, on aura beau traverser le monde, Élise, on a grandi des bottes de caoutchouc aux pieds.

Je n'ajoute rien. Les mots seraient de trop. Je m'imprègne de cette image, Emma et ses deux fils, leurs visages apaisés, et tous ces gamins aux yeux bridés qui courent, les pieds nus, les yeux rieurs.

—Je peux rester un peu ?

—Oui, je crois qu'on a des choses à se raconter. Allez viens…

Emma habite une petite maison de briques à dix minutes du cœur du village. Sa demeure est l'une des seules à bénéficier de sanitaires et d'eau. Il y a une chambre pour les garçons et elle dort dans le salon. La maison est isolée, il y a du carrelage au sol et du bois pour se chauffer l'hiver.

Ses fils suivent un enseignement à distance avec l'école française. Emma est leur maman-maîtresse, comme me l'explique Malo. Et le soir, quand les enfants du village quittent habituellement l'école, les garçons les retrouvent pour jouer. La maison d'Emma est toujours pleine de bambins. Dès que la saison d'hiver est passée, elle ouvre les portes en grand, alors ce sont des va-et-vient incessants.

— C'est ce qui me rend heureuse, me confie-t-elle.

29

Privés d'électricité, la plupart des Vietnamiens de ces terres retirées vivent au rythme du soleil. Il est à peine 19 heures quand le village semble tirer sa révérence. Les marmots regagnent leur foyer fait de taules ondulées. Dans les bureaux de l'association, je consulte mes e-mails. J'y trouve les nouvelles d'Anoki, de sa journée qui me réjouit, et les mots de Marceau. Ceux qui réclament les miens, incertains. En préambule, je lui explique la vie insoupçonnée qui se joue ici, là où la terre se détache du sol, là où la poussière vous colle à la gorge, où la chaleur vous asphyxie, là où des enfants à peine vêtus rient tantôt par insouciance, tantôt pour oublier la faim. Je lui raconte aussi Emma et moi, dix ans après. Enfin, je conclus mon courrier par cette interrogation, aussi banale que lourde de sens…

A : m.legoff@laposte.net
De : e.gauvin@laposte.net
Marceau, comment vas-tu ?

De : m.legoff@laposte.net
A : e.gauvin@laposte.net
Honnêtement, je n'en sais trop rien. Voilà des jours que tu es partie. Je m'interdis de te dire combien tu me manques pour ne pas le voir moi-même.

Je suis heureux de vous savoir réunies, Emma et toi. Je suis heureux de constater que certaines amours ne meurent jamais. J'aurais tant souhaité qu'il en soit de même pour toi et moi.

De : e.gauvin@laposte.net
A : m.legoff@laposte.net
Ne m'en veux pas…

De : m.legoff@laposte.net
A : e.gauvin@laposte.net
Je t'aime bien trop pour cela…

30

Un nouveau soleil se lève. Près d'elle…

— Et leur père ? me risqué-je à lui demander.

— J'ai promis de ne pas ternir sa réputation s'il me laissait partir avec les petits. Tout ce qui lui importe, c'est son image. Ces gosses, Stephan s'en moque. En avoir, c'était joli dans le décor. Pour la presse polonaise, il est la victime qui s'est fait avoir par une usurpatrice française qui a abusé de sa gentillesse. Sa cote de popularité est montée en flèche.

Elle essuie une larme fuyant sa joue bronzée.

— Je m'en veux tellement de ne pas avoir été présente pour te tirer de là plus tôt.

Silence gêné.

— Emma, que s'est-il passé ?

— Ce qu'il se produit chaque fois avec ce genre d'hommes…

Elle nous sert un verre d'eau, jette un coup d'œil furtif à ses fils qui jouent et me raconte dans un murmure afin que les petits n'entendent pas :

— C'est en 2012 que Stephan et moi avons fait construire notre splendide maison en Pologne. Je me souviens si bien de ce terrain nu, porteur de nos nombreux espoirs. « Une baignoire ? – Non, une douche ! m'avait rétorqué Stephan. – Et si je te promets de t'y rejoindre chaque fois que tu y vas ? » Lorsqu'il avait soupiré d'un air faussement exaspéré, j'ai compris que j'avais gagné. En contrepartie, je cédais sur la couleur de la cuisine. À l'époque, on m'avait enseigné que l'amour était un subtil compromis. Stephan et moi avons peint les murs un à un, puis l'un près de l'autre et les années passant, nous avons regardé les arbres que nous avions plantés pousser. Dans cette maison, nous avons ri autant que nous avons crié de nos maladresses et de nos candeurs respectives. Au début, c'est ce que je croyais. Stephan était un joli brouillon sentimental. Entre le salon de coiffure et tout ce temps à te chercher, les amours, je les avais un peu laissées tomber.

Notre couple a été un modèle stéréotypé auquel peu de nous échappent, celui des jolis souvenirs et des espoirs déçus. Un couple qui se mue en binôme et qui porte le désir de devenir parent, alors on oublie tout, jusqu'au vide imperceptible qui s'est installé, jusqu'à ce que le miracle se produise. Malo est né, rien d'autre n'avait d'importance que le bonheur de ces quarante-huit centimètres. Stephan, me l'a très rapidement reproché. M'étais-je jetée dans ma mission de mère par conviction ou pour panser un sentiment amoureux déjà bien consumé ? Mes souvenirs sur ce point sont vagues et puis tout cela n'avait déjà plus trop d'importance. Le deuxième miracle se cachait au creux de mon ventre, niché dans l'obscurité de mon utérus que les Vietnamiens surnomment Le palais de l'enfant. Au début, Malo m'en a voulu de mettre au monde un autre garçon. Je crois qu'il espérait me garder rien que pour lui. Son petit frère mettait fin à une exclusivité qu'il aurait voulue éternelle.

Tu sais, nous apprenons à vivre tant bien que mal avec cette peur originelle de ne pas pouvoir survivre si personne ne prend soin de nous. Malo hurlait dès que je prenais Alan contre moi. Sa jalousie n'a cessé de croître jusqu'à ce qu'il comble ses frustrations dans les bras de son père pour le plus grand plaisir de Stephan. Sauf que ce plaisir n'était pas celui d'un père aimant mais d'un mari manipulateur. « Cette fois, le cordon est coupé ! » m'a-t-il dit, mon fils accroché au bout de sa main. À partir de ce jour précis, j'ai compris le danger qu'il représentait pour mon enfant. Il voulait en faire l'objet de sa vengeance contre moi. Du jour où je suis devenue mère, j'ai été moins docile et tout m'est apparu plus clair. Moins je me soumettais, plus fort il criait, moins j'acceptais, plus il me menaçait.

Par réflexe, je pose la main sur celle d'Emma qui tremble.

—Il hurlait devant mes fils que j'étais la pire des mères et les garçons ne bronchaient pas. Mais jusqu'à quand ? Ils auraient grandi. Ils se seraient rebellés contre leur père qui devenait de plus en plus agressif, une fois les quatre murs de la maison fermés. En société, cet homme parfait brillait. J'ai mis du temps à reprendre confiance en moi. Oh ! Elle n'était pas excessive. J'ai juste cru que je serais assez forte, non pas pour l'affronter chaque jour, mais au moins une fois, une seule. Alors je devais partir très loin. À Cancale, il serait venu me chercher, tôt ou tard, pas par amour mais par possessivité. Ces hommes-là ne supportent pas les échecs. Dans la presse, il a dit que j'en avais suivi un autre, j'ai répondu aux journalistes qu'il ne méritait pas cela, que Stephan était quelqu'un de bien. Ça a fait les gros titres. Je suis partie avec de la peine pour sa prochaine victime. J'encourageais ces femmes à l'encenser mais mon seul souhait était de protéger mes fils.

—Ne t'en veux pas, tu les as protégés et malheureusement, ces hommes sont des prédateurs et arrivent bien souvent à leurs fins.

—Et, il ne fait pas bon être une femme polonaise aujourd'hui ! Le parti ultra-conservateur au pouvoir est si régressif que le pays transpire la haine des femmes progressistes qui revendiquent leur liberté sous les fenêtres. Ici, elles sont encore moins protégées. Regardeles, ces deux-là, avec leurs jolies frimousses. Combien de temps allons-nous réussir à les protéger contre les violences humaines ?

—Avant d'arriver jusqu'à toi, j'ai passé du temps en ville. J'ai découvert tout un pan de la culture de ce pays et j'ai pu comprendre à quel point elle y est plus difficile pour les femmes.

—Ce sont elles qui transportent les grosses pierres dans des paniers d'osier pour les disposer sur les routes endommagées. Elles aussi qui travaillent dans les restaurants, sur les marchés, accroupies dans les rizières. Et puis elles se marient si jeunes, bien souvent des mariages forcés, avant qu'il ne soit trop tard et qu'elles soient répudiées. Et nombre de maris ont la main légère. Pour autant, les Vietnamiennes ne se plaignent pas. Elles continuent de travailler, encore. Elles continuent de sourire.

—Elles ont peur ? lui demandé-je en pensant à Minh, inévitablement.

—Oui, me confirme Emma, gagnée par l'émotion. Élise, c'est ici, dans ces montagnes du nord du pays, que huit mille filles ont disparu. Enlevées et vendues comme épouses en Chine. (La rage dans la voix, elle précise que ce n'étaient que des adolescentes.) Je resterai là, tu sais. Ma vie est au Vietnam, auprès d'elles. Être une jeune fille à Lai Chau est un vrai défi, alors chaque jour, je me battrai pour faire entendre à ces gamines qu'elles ont de la valeur. Je continue d'espérer que quelques-unes me croient, même si le chemin de la liberté sera encore bien long…

De : e.gauvin@laposte.net
A : m.legoff@laposte.net
Merci de respecter la femme que je suis, Marceau.

31

Je marche dans les sillons d'Emma sur cette terre d'Asie. Mon amie est chez elle, plus à sa place que nulle part ailleurs. Le Cancale que nous avons partagé me paraît si lointain. Elle porte Alan sur ses épaules menues et je la trouve forte, pleine de convictions. Emma ne plie pas dans ce pays ou tout reste à faire. Au village, elle me guide dans les projets menés ici. Elle croit en elle. Les séquelles du manipulateur qui aura marqué sa vie et son cœur s'étiolent. Malo court devant moi. Il a grandi ici et ne se souvient plus de l'Europe qui l'a vu naître.

—Il n'a jamais réclamé son père ? demandé-je à Emma.

—Non, jamais, se contente-t-elle de me répondre, un peu triste pour son petit.

Un père qui manque à l'appel, Emma a connu. L'histoire se répète. On arrive au bourg et, comme depuis mon arrivée, les gamins affluent. Je suis une étrangeté aux yeux ronds. Emma pousse la toile d'une tente derrière laquelle, je découvre des femmes enceintes et des nourrissons qui crient. J'avais oublié à quel point de si petits corps peuvent avoir autant de voix. Anoki a déjà dix ans, cela passe si vite.

—Mes collègues transmettent ici des sessions de communication sur les soins maternels et infantiles, les maladies courantes. On distribue les comprimés d'acide folique et des packs nutritifs qu'on arrive à obtenir, m'informe-t-elle.

Sa volonté semble infaillible. Je lis dans son regard sa détermination à sauver ce village, la même que celle qui m'a animée devant les difficultés pour sauver ma tribu en Alaska. Je comprends qu'Emma et moi, nous étions faites pour nous rencontrer. Elle est mon âme sœur. Comment ai-je pu m'éloigner d'elle ? Une authentique amitié ne vaut-elle pas plus que toutes ces courses à l'amour ?

Emma m'explique la manière dont elle a appris à parler vietnamien, sa découverte des coutumes, des habitudes devenues les siennes. Pleine d'admiration, je la contemple, son fils recroquevillé contre sa peau, dans sa douceur de maman. Elle m'apprend ses maladresses à son arrivée au Vietnam :

—Toucher la tête d'une autre personne, surtout plus âgée, ne le fais jamais, me dit-elle. Et à la fin du repas, ne laisse jamais des baguettes à la verticale dans un bol de riz car cela s'apparente à un rite funéraire et est très mal perçu. Et dis-toi bien qu'en Asie, il n'est pas bon de laisser transparaître des signes de colère car cela revient à perdre la face et entraîne une perte de respect.

—*Et* toi, *tu as été en colère après moi,* Emma ? lui murmuré-je.

Elle me répond simplement :

—Contre toi et contre la terre entière, oui ! J'ai parfois pensé que la vie était un jeu trop difficile pour moi. Il est même arrivé que je pense à abandonner la partie. C'était avant d'avoir les garçons. Je n'avais pas de famille.

Tu avais disparu et Stephan piétinait les minces espoirs qu'il me restait de me respecter.

—Emma, il y avait ta mère.

—Je sais.

Silence.

Emma me confie alors qu'elle ne l'a pas oubliée, qu'elle lui écrit encore un peu. Qu'elle lui téléphone trois fois par an, comme me l'a confié Nathalie. Elle ajoute que ce n'était pas une mauvaise mère mais que toutes les deux, elles n'ont jamais été si proches que cela.

—Maman est restée là-bas et ma survie ne pouvait se jouer qu'à l'autre bout du monde, me souffle-t-elle, émue. J'y retournerai peut-être un jour, qui sait ? Pour le moment, je ne suis pas encore prête.

Le moment vient pour moi de raconter à Emma combien les années passent bien plus vite que nos chances de réparer le passé. Je lui explique la pluie du jardin de ma mère qui ne tombe pas, ce pain qu'elle n'achètera plus.

—Ne serait-ce que pour les garçons, n'attends pas qu'il soit trop tard. Emma, ne commets pas les mêmes erreurs que moi…

Elle hoche la tête en signe d'approbation.

—C'est ta mère qui m'a demandé de te retrouver, lui avoué-je. Elle t'aime et tu lui manques.

Elle regarde au loin et me demande pourquoi sa mère ne le lui a jamais dit.

—Peut-être parce que « Je t'aime » est parfois la chose la plus difficile à dire…

—Et toi, Élise, m'as-tu tout révélé cette fois ? me demande-t-elle habilement pour changer de sujet.

Je souris de sa malice et lui réponds :

—Je crois, oui.

Elle sourit à son tour.

—Quoique… J'ai un dernier secret !

Je raconte alors à mon amie ma dernière bêtise de gamine, puisqu'on en reste toujours un peu une. Ma nouvelle passion, celle d'espionner l'homme. Cet inconnu intrigant qui vit dans mon ancien appartement, boit dans ma tasse chaque matin, les yeux rivés sur son écran de téléphone. Je lui raconte les notes de piano qu'il joue soir après soir, les fenêtres béantes malgré les tempêtes. Je lui décris ce visage sombre et cette barbe trop longue.

—Alors Pierre ne s'en est jamais sorti ! Le pauvre… me répond Emma tandis que je m'empresse aussitôt de la questionner.

—Mais tu le connais ?

C'est dans ce village au nord du Vietnam, sur cette terre soumise aux implacables projecteurs d'un soleil incandescent, bien loin du deux-pièces-terrasse de Cancale, qu'Emma me raconte la tragique histoire de l'homme…

—L'histoire de ce jeune couple a fait le tour des marchés bretons. Les gens parlent trop. Nombreux sont ceux qui gagneraient à fermer leurs oreilles aux bavardages pour mieux se servir de leurs yeux. Tu aurais vu l'effondrement de cet homme quand il a perdu sa femme. Ils avaient tout pour être heureux. Enfin, en apparence puisque le corps de Lucie Guivarch a été retrouvé dans la brume du matin par les garde-côtes. C'était atroce, elle s'est jetée de la pointe du Grouin… Tu vois, Lucie a renoncé. Mais on n'a jamais su pourquoi… Il a emménagé dans ton existence pour oublier l'atrocité de la sienne. Ta mère lui a vendu ton appartement pour une bouchée de pain. Pierre venait de perdre sa femme, Marie-Laurence venait de perdre sa fille. Il y a malheureusement des rencontres qui se nourrissent du chagrin…

Sous le crépuscule de Lai Chau, alors qu'il fait grand jour à Dinard, Emma me demande de jeter un coup d'œil à ses fils. Elle va téléphoner à Nathalie.

— Tu as raison, on a encore plein de choses à se dire…

De : m.legoff@laposte.net
A : e.gauvin@laposte.net
Seules les amours authentiques sont empreints de respect. Et quels que soient les chemins de traverse dans lesquels nous nous sommes parfois perdus, souvent retrouvés, toi et moi, nous savons combien l'autre est précieux. Même si ce fut parfois le cas, nous n'avons pas voulu nous blesser, nous bousculer. C'est pour cela que je lis tes mots. Bien sûr, j'aurais aimé qu'ils soient tout autres mais en mon for intérieur, je ne peux qu'admettre ta mesure et me rallier à ta raison. Mes sentiments pour toi sont toujours là mais se nourrissent-ils de regrets ? d'amertume ? de besoins qui n'appartiennent qu'à moi ou réellement d'envie ? Te rendre heureuse, c'est peut-être te laisser jouir de cette liberté que tu as mis des années à trouver, au risque de te voir une nouvelle fois t'échapper. Et t'aimer encore, t'aimer de loin…

32

Emma et moi profitons de quatre jours ensemble. On se promet de ne plus jamais se laisser sans nouvelles. On se promet de s'envoyer des photos de nos fils, les siens au soleil et le mien dans la neige, de se montrer comme ils grandissent. On s'embrasse et on se serre très fort dans les bras l'une de l'autre. On se dit « Je t'aime » le plus naturellement du monde, parce qu'entre nous, c'est facile. Seulement quatre jours, car au matin du cinquième, les coordinateurs de l'association me réclament de toute urgence dans leur bureau de Phong To District. L'ambassade de France au Vietnam rappelle tous ses ressortissants.

—Vous devez rentrer en urgence dans votre pays. La situation est grave, Élise…

33

Il est trop tard lorsque j'arrive à Da Nang pour espérer un vol. Rentrer du nord du pays par ces chemins escarpés est un long périple. Le pont du dragon illumine déjà l'obscurité naissante. Je dégote un hôtel dans le quartier de Duy Tan pour une poignée de dongs. Je prends une douche froide pour supporter la chaleur étouffante de cette chambre puis je tombe dans un sommeil profond. C'est moins de six heures plus tard que, ma valise à la main, je repars aussi discrètement que je suis arrivée. Je ne dois pas perdre une minute pour monter à bord d'un avion et rentrer en France, pendant qu'il en est encore temps.

Je m'engage dans les ruelles étroites. Une fillette me surprend. Dans son pyjama de coton rose, elle joue avec un chiot fougueux qui vient sauter sur mes mollets. Ça fait rire la petite. Elle joue là, seule au milieu des fils électriques dénudés qui grésillent à même le sol. Ils pendent redoutablement des poteaux bien encombrés de câbles entortillés. La petite me sourit et ses yeux bridés s'étirent encore plus. Elle est belle. Elle a grandi dans cet univers et est plus étonnée par la présence d'une Européenne dans son quartier que par cette électricité menaçante. Je regarde où je mets les pieds.

Des caisses de bois cassées et des débris jonchent les trottoirs, entre deux étendoirs à linge. Pourtant, depuis mon arrivée en Asie, je suis étonnée par les motocyclettes et les scooters garés avec soin dans les salons, à côté des écrans de télévision. À l'angle de la rue Tô Hien Thành, ma rencontre est moins aimable. Trois hommes jettent sur moi un regard lascif. Il y a, niché au fond de leurs yeux, le statut de la femme qui se doit d'être acquise, tel un divertissement humain. Je trace mon chemin. Je pense à la petite dans son pyjama rose, seule avec son chien, seulement à quelques mètres d'eux.

À l'aéroport de Danang, je découvre qu'il est désormais déclaré comme étant un nouveau foyer épidémique du virus. Je n'ai d'autre option que de monter à bord d'un avion qui fait escale à Dalat. Sur le tableau d'affichage de cet aéroport international, *Canceled* est affiché en rouge pour quasiment 70 % des vols. Je commence à prendre conscience que la situation est critique. Da Nang a interdit tout vol international. Ma seule chance de rentrer est de regagner Saïgon.

En à peine quarante minutes, j'atterris sur cette terre d'Asie où les montagnes dominent. Le paysage est si différent de ceux que j'ai aperçus depuis mon arrivée au Vietnam. À la descente de l'avion, là encore, l'atmosphère est pesante. Le visage des policiers qui nous attendent est grave. On se regarde, c'est l'incompréhension. L'un d'entre eux crie fort tandis que ses collègues nous encerclent, tel un troupeau de brebis galeuses. Que craignent-ils ? Que nous nous enfuyions ? Pour quelle raison ? C'est finalement dans un recoin de l'aéroport de Dalat que les ressortissants de l'espace Schengen sont confinés, dans une salle sans issue. Je fais partie de ceux-là. J'ignore ce qui m'attend.

Un homme en uniforme noir, bras croisés, fait barrage devant la porte et nous fixe, l'air menaçant. Pour la première fois, je suis soumise à l'incompréhension et la peur s'immisce en moi. Un second agent se présente, muni d'une pile de papiers. J'observe cette scène sans précédent, les voyageurs se ruent sur lui et arrachent les feuilles de ses mains. L'autre se remet à crier. Il est agressif. Les gens deviennent dingues. Lorsque la foule se dissipe, je m'avance à mon tour et récupère le formulaire à remplir. J'y inscris, comme demandé, mon identité, mon itinéraire dans ce pays, ma destination, et je coche les grilles relatives à mon état de santé. L'agitation laisse place à une très longue attente dans ce huis clos. La chaleur est insoutenable. Nous n'avons rien à boire, rien à manger. Des enfants crient.

Deux catégories de passagers se distinguent. Il y a ceux qui se laissent saisir par l'abattement et puis les autres, chez qui la colère gronde. Je ne bouge pas. Je cherche à me montrer discrète. Mon passeport de couleur bordeaux trahit mes origines et ne joue pas en ma faveur. Je le cache. Mon teint pâle et mes yeux d'Européenne suffisent à provoquer mon rejet. Pour la première fois de ma vie, je découvre la discrimination raciale.

Le temps s'écoule dans une lenteur inouïe. Je me lave les mains sans cesse. Je ne suis pas à l'abri et je ne dois prendre aucun risque. Au moindre symptôme, on ne me fera pas de cadeau. Sourire pour rassurer nous est impossible, nos bouches sont masquées. Alors les gens se jaugent comme si un diagnostic était lisible sur notre front, dernière partie encore visible de notre visage.

Finalement, de nouveaux cris d'alerte nous sortent de la moiteur de cette salle de confinement. N'est-ce pas là qu'est le plus grand risque de propagation ? Les hommes en uniforme forment une nouvelle barrière humaine. Nous sommes reconduits vers une porte d'embarquement et c'est sans plus attendre qu'on nous expulse vers Saïgon. C'est tout ce que j'espérais. L'angoisse monte en moi. Je n'ai plus qu'une obsession : regagner la France, le plus rapidement possible.

À bord de l'appareil, je ressens un soulagement. Arriver à l'aéroport d'Ho Chi Minh Ville est un moyen pour moi de m'approcher un peu plus de l'ambassade de France. C'est alors que les réacteurs de l'avion s'activent et que de nouveaux hurlements surgissent. Derrière moi, une femme se met à pleurer. Nos nerfs commencent à lâcher. Je dois rester forte. Je pense à Anoki, en sécurité avec Marceau, et je m'accroche, encore. Les passagers debout devant moi sont nerveux. Les cris s'intensifient pour être finalement stoppés par des policiers qui pénètrent dans l'avion. Leurs uniformes noirs resteront gravés dans ma mémoire.

Après quelques minutes, le calme revient. En apparence. Il s'agissait d'une bagarre entre deux femmes. Des traces de griffures ensanglantent leurs bras. Les deux querelleuses enragées sont délogées. Une anecdote digne des pires scénarios de science-fiction. La peur rend les gens dingues.

Tapie dans le fond de mon siège, je ne fais pas de bruit. À mes côtés, perdue au milieu d'Européens, une Asiatique badigeonne ses gants de désinfectant. Un steward lui fait signe de venir. La femme détale comme un lapin. Je n'avais rien vu venir : ni la peur que je provoquais en elle, ni son espoir de fuir ce compartiment de l'avion pour récupérer le siège des bagarreuses qui ne feront pas partie du vol numéro VN1955. Ma place était la 35A. Nous sommes le 14 mars. Je n'oublierai pas ce que j'ai vécu dans cet aéroport. Adieu Dalat !

34

Des montagnes à perte de vue. Mon hublot m'offre de découvrir une ville aux mille lumières qui, vue du ciel, paraît sans limite. La sonnerie de mon téléphone retentit dès l'atterrissage. L'ambassade ne cesse de bombarder ses ressortissants de messages, nous demandant de rentrer en urgence en France. Mais il est 20 h 30 et plus aucun avion ne décolle ce soir vers l'Europe. Les vols internationaux continuent d'être annulés les uns après les autres. La pression ne cesse de monter. Je croise d'autres Français qui, comme moi, cherchent à fuir le Vietnam. Les mots qu'ils m'adressent avant de s'engouffrer dans Saïgon sont : « Bonne chance ! »

Ils quittent vite l'aéroport et j'en fais tout autant. Notre défi est de trouver un endroit où passer la nuit. Les hôtels semblent avoir reçu la recommandation de ne plus nous accepter. Le pays ne veut plus de nous et nous ne voulons pas rester. L'équation semble simple. Pourtant, nous sommes coincés ici. Je me fais discrète lorsque j'aperçois un laboratoire provisoire installé près des portes de sortie. J'ai la sensation que chaque étape à franchir devient une épreuve. Ces hommes vêtus de blouses blanches m'impressionnent. Finalement, ma sortie n'est qu'une formalité. Je ne traîne pas. À Saïgon, ce n'est que le quatrième taxi qui accepte de me déposer dans le Phuong 3. C'est dans ce quartier le plus proche de l'aéroport que j'espère trouver un lieu où récupérer un peu. Ce n'est pas le plus sécurisé de la ville mais je ne veux surtout pas m'éloigner de l'aéroport.

Perdue à la tombée de la nuit dans ce quartier d'Ho Chi Minh Ville, je découvre que c'est un vrai dépotoir. Je pousse un cri d'effroi quand une blatte frôle mon pied. Je regarde au sol et instinctivement, de ma main libre, j'écrase ma bouche. Je ne dois pas attirer l'attention, le trottoir est couvert de cafards. Avec cette chaleur qui avoisine encore les 30 °C et les poubelles éparpillées, les insectes grouillent dans tous les sens. L'odeur est nauséabonde.

Ma priorité est de trouver un commerce ouvert qui accepte de me vendre des vivres. Chacun ferme successivement sous mes yeux. La ville a instauré un couvre-feu. Le monde paraît s'éteindre. Même si je finis par trouver un hôtel, ce que j'espère encore, l'eau n'y sera pas potable. Je dois réussir à boire. Je me sens de plus en plus faible. Le plus difficile à supporter est ce mal de tête tenace dû à la déshydratation. L'eau devient pour moi une obsession. Je scrute chaque enseigne lumineuse tout en gardant un œil sur ces types louches qui arpentent les trottoirs. D'autres y dorment sur des transats dépliés, entre deux dépôts d'ordures. Je pense à Marceau. Je ne lui dis rien de ce que je vis ici. Je refuse qu'il s'inquiète pour moi. Il doit prendre soin d'Anoki.

Mon sac est lourd et la lanière me cisaille l'épaule. Je suis exténuée. Je slalome entre les deux-roues tandis que je traverse pour gagner l'autre rive. Le temple Chùa Phàp Hoa, dominant la ville, est mon point de repère. À quelques venelles, l'enseigne d'un VinMart me saute aux yeux. Encore ouvert. Mon angoisse s'apaise en partie. Une émotion discrète coule au coin de mes yeux. Je pénètre dans le magasin. Les deux caissières enfilent précipitamment leurs masques et des gants de Latex. Elles ont peur de moi et je ne peux que les comprendre. Les chaînes d'information du pays ne cessent de diffuser des messages d'alerte sur les nouveaux foyers épidémiques en Europe. Je fais le plein de bouteilles d'eau. J'ignore quand j'aurai une prochaine occasion d'en trouver, ainsi que de quoi grignoter. Je tends mes billets à la jeune femme qui les saisit du bout des doigts, un rictus de répugnance aux coins des lèvres. Alors que je n'ai pas encore quitté la boutique, elle couvre ses mains de savon et les frotte vigoureusement. Je me retourne et pars. Je comprends et j'accepte.

Par chance, le réceptionniste d'un hôtel délabré de la Trân Quôc Thâo accepte de me donner une chambre pour la nuit, moyennement probablement trois fois son prix initial. Je m'en moque. Je ne tiens plus debout. Me reposer est devenu une nécessité capitale. J'exagère volontairement mon accent anglais et le patron ne me demande pas mon passeport. Il m'a probablement confondue avec une citoyenne américaine, ou bien il se moque totalement de ce que le gouvernement lui impose. Cet homme au dos courbé a besoin d'argent. Il ferme les yeux et moi, je ferme ma bouche.

J'entre dans cette chambre. La chaleur est encore insoutenable. J'ouvre la fenêtre en grand mais l'air reste irrespirable. Les odeurs des poubelles sont tenaces. C'est sous une douche froide que je relâche enfin la pression. Je laisse couler l'eau, encore et encore, jusqu'à ce que mes larmes, elles aussi, s'écoulent dans le siphon.

J'ai à peine le temps d'entendre la première tonalité qu'il décroche et s'empresse de me demander…

—Où es-tu ?

—À Saïgon.

—Les journaux passent en boucle la liste des pays dans lesquels les Français sont bloqués. Comment vas-tu ?

Même si je devine l'angoisse de Marceau, sa voix reste placide. J'entends ce calme qui chaque fois m'apaise.

—Bien, juste un peu fatiguée. J'allais me coucher. Il est presque 23 heures ici. Je prendrai un avion demain ou mardi. Il y a encore des vols en partance pour la France. Crois-moi, le gouvernement a hâte de se débarrasser de nous. Comment va Anoki ?

Je détourne la conversation. Que Marceau en apprenne davantage sur les conditions dans lesquelles j'évolue est inutile. Il n'insiste pas et me répond que le petit va bien. Qu'ensemble, ils font du vélo. Qu'aujourd'hui, il a couru dans les parcs à huîtres, comme nous quand nous étions petits. Il me fait décrocher mon premier et dernier sourire du jour. Il attend mon retour.

—Ne te fais aucun souci, notre petit va très bien, me promet-il.

—Et toi ?

— J'irai mieux quand tu seras rentrée, Élise.

À l'écoute de mon prénom, Anoki saisit le téléphone sans nous laisser le temps de conclure. Finalement, c'est peut-être mieux ainsi. Marceau et moi, nous avançons, pas à pas.

— Maman ! s'écrie-t-il.

— Salut mon fils. Alors, raconte-moi. C'est comment, les vacances avec papa ?

Je n'aurais jamais imaginé lui poser un jour cette question. Quelques minutes lui suffisent pour tout me dire. De la couleur des coquilles d'huîtres aux grosses vagues et aux crêpes que Marceau lui a faites.

— Un peu brûlées mais elles étaient bonnes quand même, m'affirme-t-il.

— Tu me manques, maman.

— Je rentre vite. Promis…

Je raccroche, le cœur lourd. Je m'écroule sur le lit. Je ne veux plus penser, plus ressentir. Je m'endors.

Les deux jours suivants se passent dans le même climat, mêlant moiteur et odeurs nauséabondes. Les marchés couverts sont si sinueux qu'un homme peut à peine s'y glisser. C'est le seul endroit dans lequel on accepte encore de me vendre de la nourriture. Sur les étals, les mouches pondent sur des morceaux de bidoche qui transpirent au soleil. Je mange des fruits, rien que des fruits. Les rats serpentent aussi dans les allées. Les Vietnamiens recouvrent leur bouche et leur nez de leurs mains lorsqu'ils me voient. Là encore, je ne traîne pas.

C'est dans l'aéroport de Saïgon que je passe ma dernière nuit sur le sol vietnamien. Je dors assise. Je crois. Je ne dors pas. Je ne sais plus. Mes nerfs auront tenu jusque-là, jusqu'à ce que, dans l'avion qui m'escorte jusqu'à Taïpeh, je craque…

Ce n'est pas ma destination mais cette escale est mon unique chance de quitter Saïgon. Très haut dans le ciel, je regarde une dernière fois au loin. Oui, très loin, c'est là que je laisse Emma.

35

Après avoir été menacée d'un thermomètre braqué sur ma tempe par des agents taïwanais, à cran eux aussi, je suis relâchée. Je pars m'installer à la terrasse du Starbuck qui surplombe les zones commerciales de l'aéroport. J'inspire fort, et plus que jamais, j'apprécie le réconfort que m'offre mon thé au matcha. Il me reste un peu de temps avant mon prochain départ. L'alerte des e-mails m'indique le dernier reçu de Marceau :

De : m.legoff@laposte.net
A : e.gauvin@laposte.net
Élise,
Ton avion a atterri il y a 56 minutes, avec 16 minutes d'avance et tu as débarqué porte 6. Ton prochain vol est prévu à l'heure, embarquement porte C10. Après ton décollage, tu partiras en direction du nord. Tu passeras furtivement au-dessus de la Corée du Sud puis direction la Russie, que tu traverseras de part en part toujours plein nord. Survol de l'immense taïga, puis de la mer de Kara, de l'île de Severny, de la mer Barents et de la Norvège, puis de la Suède du nord au sud, des Pays-Bas, de la Belgique, et enfin de Paris.
Je suis en live ton petit avion sur la map virtuelle…

Un élan de tendresse me traverse. Même à des milliers de kilomètres, grâce à lui, je ne suis plus seule. Marceau est là, il accompagne chacun de mes pas.

Je descends à l'aéroport de Taïpeh, en direction de la zone d'embarquement. La dernière avant de regagner enfin la France. C'est mon sixième vol et j'aurai voyagé plus de trente heures dans les airs en douze jours. C'est ma dernière ligne droite. Je pense à mon petit. *Maman revient, mon trésor...* Comme je l'anticipais, nous sommes une cinquantaine tout au plus à patienter dans cette gigantesque salle vacante. Personne, hormis les Français, ne veut se rendre dans notre pays. L'avion sera quasiment vide. C'était une évidence. Il est 23 heures, heure de Taïwan, soit une heure de plus qu'à Saïgon et sept heures de plus qu'à Cancale. J'envoie un e-mail à Marceau :

De : e.gauvin@laposte.net
A : m.legoff@laposte.net
Tu ne le vois pas mais je souris. Merci d'être toi.
Je décolle dans dix minutes. C'est la fin du périple, je pense. Ne dis rien à Anoki. Je ne suis pas à l'abri d'une mise en quarantaine à Paris. Je vais bien, ne t'inquiète pas pour moi.
Prends soin de vous.
Élise

Avant, j'aurais signé « Ta plumette ». Cela arrivera-t-il de nouveau ? Finalement, peut-être.

Je n'ai jamais embarqué si vite. L'avion gagne la piste de décollage sans que j'en prenne réellement conscience.

Mes gestes deviennent stéréotypés. Présenter mon passeport. Me désinfecter les mains et enregistrer des bagages en soute. Présenter mon passeport. Me désinfecter les mains et passer le contrôle du bagage cabine. Retirer mes chaussures. Présenter mon passeport. Me désinfecter les mains et franchir le contrôle d'identité. « *Remove your mask!* » m'invective-t-on, sans la moindre formule de politesse. Le personnel aussi a les traits tirés. Présenter mon passeport. Me désinfecter les mains et passer le portique de sécurité. Vider les caisses de mes effets personnels. Empiler les caisses vides et me désinfecter les mains. Avancer et parcourir les longues allées des aéroports. Patienter et patienter encore. Puis monter à bord, et présenter mon passeport pour la dernière fois. Désinfecter mes mains, sèches et rouges.

Le commandant de bord nous souhaite un bon voyage et nous donne rendez-vous dans quatorze heures, soit 11 319 kilomètres plus tard pour notre atterrissage à Charles-de-Gaulles. Je m'allonge sur quatre sièges et m'endors rapidement. Je quitte l'Asie. Je laisse derrière moi Emma et ses deux fils. Même si tout n'est pas simple, elle semble avoir trouvé sa place dans la province de Lai Chau. Je pars sereine. Je pense aussi à Minh, à son courage et à ses limites, qu'elle dépasse jour après jour, pour survivre à un pays dans lequel naître femme est un défi. Au revoir, le Vietnam…

Nous ignorons ce qui nous attend à terre, des mesures semblent avoir été prises de la part des dirigeants français pendant notre vol. Avec les différents fuseaux horaires que j'ai traversés, mon voyage de retour a commencé voici plus de quarante-deux heures. Ma capacité à réagir aux événements est comme anesthésiée et c'est probablement mieux ainsi.

Lorsque j'entre dans Charles-de-Gaulle, je mesure à quel point Marceau m'a préservée lorsque j'étais à l'autre bout du monde. Les agents sont à cran. La tension monte lorsqu'au contrôle d'identité, un policier m'informe que j'ai jusqu'à midi pour me rendre sur mon lieu de confinement. Qu'après cette heure, les sorties ne seront plus autorisées.

— Dépêchez-vous de rentrer chez vous ! m'ordonne-t-il sans me saluer.

Je passe mon chemin, un chemin libre de tout contrôle sanitaire. Ici, je ne remplis pas de formulaire de santé. Aucune traçabilité n'a été mise en place, personne ne s'inquiète de ma température. Je récupère ma valise sur le tapis roulant, désespérément sèche de tout désinfectant. Contrairement à tous les autres vols où elle avait été généreusement pulvérisée. La France est une passoire à microbes.

Depuis douze jours, je n'ai pas vu de nez, de bouches, de mâchoires, alors que dans ce pays, nouveau foyer épidémique d'Europe, je constate avec effroi qu'on avance le visage à découvert. Je sors par le terminal où je vois des personnes s'embrasser chaleureusement, se serrer dans les bras. Comme si de rien n'était. Je ne comprends pas ! Nous sommes en danger ou pas ? Je dois être un peu trop fatiguée. Oui, ce doit être moi. Les dirigeants de mon pays ne feraient pas n'importe quoi !

36

Quelques nuages laiteux flottent, allègres, sur Cancale. Nous sommes le 17 mars. Les rues se désertifient. Pourtant, eux sont bien là. Marceau me regarde. Je vois qu'il est ému. Moi, je suis un peu perdue. J'aurais pensé pleurer de joie, crier du bonheur à ces retrouvailles, mais je n'en fais rien.

— Je ne suis ni bien ni mal, je suis fatiguée, le rassuré-je sans plus attendre.

Afin de ne pas rapporter de cadeau empoisonné, je reste quelques jours loin des étreintes tant espérées. Anoki réprime vite un brin de frustration en me voyant refermer mes bras dans lesquels il espérait se jeter. Il comprend, il est grand. Alors il se retourne vers Marceau. Finalement, cet enfant avait besoin d'un père bien plus que je ne l'imaginais. Je le savais mais je refusais probablement de me l'avouer. Notre fils reste dans ses bras. Mon absence leur a permis de se rapprocher. Cette image était si improbable il y a encore quelques mois. Bien que je ne sois pas partie longtemps, je trouve qu'il a grandi. Anoki me raconte sans retenue ses parties de pêche avec son père, ses jeux de ballon avec ses cousins.

— Avec Romy qui insiste pour jouer avec nous, c'est pas facile de gagner, tu sais !

Et puis, les câlins de mémé et ses bisous mouillés. Simone s'en est bien occupée. Il me parle comme si j'étais partie la veille, comme si je n'avais pas traversé le monde. Mon petit attendra que j'entre dans cette chambre qui sera mon espace vital durant ces prochains jours pour m'avouer :

— Tu m'as manqué, maman.

Je répète à mon enfant que je l'aime. Je souris à Marceau qui referme la porte. Et puis, je ne me réveille que le lendemain…

37

Je me lève bien avant le soleil. Le décalage horaire est inévitable. Il n'y a aucun bruit dans la maison et je ne prends pas le risque d'être la première à en faire. J'ai du temps. Je suis seule et au cours des jours passés, une question n'a cessé de me tarauder : que s'est-il passé ?

L'écran lumineux irradie la chambre. Munie des informations relatives à celui qui m'a succédé dans le deux-pièces-terrasse, que m'a fournies Emma, je fais courir mes doigts sur le clavier. Mes recherches me conduisent sur le site de la collectivité territoriale. Il est trop tôt pour téléphoner. Aussi, je retourne fouiller dans le passé de Lucie Guivarch. Comment une femme qui affiche un tel sourire peut-elle avoir l'ambition de mettre fin à ses jours ? Pourtant, il me suffit d'être honnête envers moi-même pour me souvenir. À l'instar de la jeune rousse aux boucles et de bien d'autres femmes, j'affichais un sourire de façade à qui voulait le voir durant ces années passées dans l'ombre de Marceau. Personne ne soupçonnait ma vie cachée, mes heures sombres. Mais alors, quel était le secret de Lucie ?

Les petits pieds d'Anoki foulent le parquet.

— T'es réveillée, maman ? me demande-t-il en entrebâillant la porte.

Je lui réponds que oui et lui demande s'il a bien dormi. On profite des câlins du matin encore un peu. Marceau vient me saluer à son tour et me tend mon plateau déjeuner. J'y trouve des tartines à la crème de marrons, un Jardin bleu et une note griffonnée :

C'était bon de te retrouver, j'aurais aimé te serrer contre moi. Tu m'as manqué.

À cela, je réponds merci à Marceau pour le pain grillé. Je suis un peu gênée.

À 9 heures exactement, c'est avec un aplomb qui me déconcerte moi-même qu'au téléphone, je mens. Je parle doucement. Je ne veux pas que Marceau me surprenne. J'explique succinctement mon besoin de contacter M. Pierre Guivarch.

— C'est au sujet d'un projet commun, assuré-je à mon interlocutrice.

Elle semble chercher un peu avant de me demander :

— Le géomaticien de l'urbanisme ?

Je lui confirme que c'est bien lui et découvre par la même occasion la profession de l'homme.

— Voici son adresse électronique.

Je prends note et la remercie. Deux petites minutes et un gros mensonge auront suffi.

J'ai donc les moyens d'entrer en contact avec cet homme qui m'intrigue chaque jour davantage. Mais que pourrai-je bien lui dire ? Que je suis une revenante ? Le fantôme de son appartement qui revient au monde des vivants ? Somme toute, qu'est-ce que cela pourrait bien lui faire ?

Ce n'est pas l'ancienne propriétaire de sa table basse ou de son sèche-linge qu'il attend, mais sa Lucie, celle qui ne reviendra jamais. J'en ai des frissons. Emma décrivait le couple de Pierre et Lucie comme étant de ceux qui ne connaîtraient pas le déclin. On racontait sur le marché de Cancale que cet homme était condamné à devenir un loup solitaire après la mort de sa femme. Dans un pur élitisme sentimental, ils étaient deux et n'avaient besoin de personne. On ne leur connaissait pas d'amis en Bretagne, leur vie se jouait bien plus en Amérique du Sud. Le couple projetait de s'y établir.

J'imagine alors l'homme reclus dans le deux-pièces-terrasse, esseulé, encore plus que d'ordinaire. Pour la première fois, je m'inquiète pour lui. Il est isolé avec pour seule compagnie son chagrin et le souvenir de l'unique personne qui traversait la vie à ses côtés, morte dans des conditions tragiques. Je me souviens de ce vide sur son visage lorsque je l'espionnais. C'est alors qu'à cet instant précis, je me sens investie d'une mission. Je sais trop bien ce qu'on ressent à être abandonné dans cet appartement. Alors, j'écris ces quelques mots…

De : e.gauvin@laposte.net
A : p.guivarch@urbanisme-cancale.fr
Objet : Des nouvelles de ma tasse
Pierre,
Ce courrier va certainement vous sembler improbable. Je suis l'ancienne propriétaire de l'appartement dans lequel vous vivez. Il n'est pas bon d'être matérialiste, c'est vrai, mais j'affectionnais particulièrement ma vie chez moi, enfin chez vous, maintenant. Aussi, auriez-vous la gentillesse de me donner quelques

nouvelles de mon ancien deux-pièces-terrasse, de mon lit, de ma cuisine, de ma tasse (la rouge à poids était ma préférée), de ma bibliothèque ? Avez-vous feuilleté quelques livres ?
Vous plaisez-vous chez moi ? chez vous ?
Élise Gauvain

J'envoie ces quelques mots comme on jette une bouteille à la mer. Il y a bien plus de chances que cet homme me prenne pour une déséquilibrée qu'il ne donne suite à ma missive. Je finis par boire mon thé, sans sucre et sans conviction.

J'entends les rires nourris de Marceau et Anoki derrière la cloison. Leur complicité semble s'affirmer de jour en jour. En soi, je suis contente pour eux, mais qu'adviendra-t-il de leur relation filiale naissante quand l'heure sera venue de repartir en Alaska ?

38

— Simon, c'est moi.

C'est étrange comme les actes les plus ordinaires paraissent surprenants lorsqu'on pensait ne plus jamais les faire. Téléphoner à mon frère.

— Content de te savoir rentrée, sœurette ! Comment allez-vous, tous les trois ?

— Bien, je crois. Marceau est super avec le petit, et avec moi aussi.

— Tu sais, il semble avoir de la place pour toi dans sa vie, maintenant…

— Je me suis fatiguée de trop aimer cet homme, Simon, lui coupé-je la parole avant de couper court au sujet et de lui demander : Comment vont Chloé et les enfants ?

— Marius parle peu mais je vois bien qu'il est soucieux. Quant aux petits, ils se chamaillent un peu, mais ça reste gérable. Je me demande bien ce que Gaspard et Romy comprennent de tout ça.

— Et toi, tu tiens le coup ?

— …

— Simon ?

— Chaque fois que Chloé quitte la maison, j'ai l'impression que c'est un soldat qu'on envoie au front, sans arme. Nous n'en sommes qu'au début de cet isolement mais ce qu'elle vit est si éprouvant. Hier, elle m'a fait part de son désarroi face à un patient infecté qui lui a confié sa peur : ce monsieur pleurait avant de fermer les yeux. Pas parce qu'il avait peur de mourir mais parce qu'il serait seul face à l'ultime épreuve. J'ai fait de mon mieux mais ça n'a pas suffi. Ça a été les derniers mots de Chloé avant qu'elle ne tombe de fatigue devant son assiette encore pleine. Elle m'a confié qu'elle était au bord de la rupture.

—C'est terrifiant !

—Ma femme s'accroche mais j'ignore combien de temps elle tiendra.

—Et maman ?

J'ai honte de lui poser ainsi la question. Je viens aux nouvelles. Je suis une touriste dans ma propre vie. Je suis si reconnaissante envers mon frère. Il gère, affronte et réconforte chacun d'entre nous sans plainte. Simon aussi est un soldat silencieux.

—Carole est là, comme toujours.

—Mais elle ne va pas rester. J'imagine que cette professionnelle a elle aussi une famille qui l'attend.

—Non, tu sais, cette femme a eu un passé conjugal compliqué. S'occuper de maman, c'est un peu la mission de sa vie maintenant.

—Mais c'est à moi de prendre soin de notre mère, dorénavant !

Les reviviscences des propos de Minh me submergent. Les mots de celle qui, au Vietnam, me rappelait notre rôle de protecteurs vis-à-vis de ceux qui nous ont élevés. Le moment est peut-être venu pour moi de me racheter.

—Je vais rester près d'elle ! affirmé-je.

—Non, Élise.

La voix de Simon délite ma conviction et, face à ses arguments, je ne peux qu'admettre qu'il a raison. Et quand bien même mon frère aurait tort, il serait mal venu de ma part d'imposer quoi que ce soit. Je reviens comme un chien dans un jeu de quilles, alors je fais profil bas.

—D'une part, tu es en quarantaine. Il ne faut prendre aucun risque. Elle ne se remettrait pas de la contamination, et d'autre part…

—D'autre part quoi, Simon ? osé-je à peine lui demander.

—Seule, elle aura peur de toi…

—…

Ses mots sont assassins. J'étouffe un sanglot.

—Notre difficulté, ce n'est pas la journée. Carole est présente, mais ses collègues de nuit sont débordés. J'ai vu avec les services psychiatriques. Le nombre de personnes marginalisées dehors sans famille ne va faire qu'augmenter. Ils renvoient des patients qui devraient être hospitalisés en service fermé avec une simple ordonnance et la recommandation de rester chez eux, si tant est que, dans leur délire, ces pauvres gens sachent encore où se trouve leur domicile. Et les structures Alzheimer sont déjà à bout de souffle.

—Mais Simon, je…

—Élise, avec un peu de temps vous auriez pu vous apprivoiser, maman et toi. (J'entends sa confusion, son mensonge sincère.) Mais là, nous allons faire autrement.

—Comment ? lui demandé-je, totalement anéantie par ma propre faiblesse.

La voix de Marceau résonne dans le couloir. L'envie de me dissoudre dans ses bras me percute. Je lutte. La colère évince peu à peu la peine. Je m'en veux d'avoir besoin de cet homme, je n'oublie pas le passé. Notre complicité et ses abandons, ma vie seule. Je ne dois pas replonger pour masquer mes erreurs, quémander le secours d'un homme qui m'a plongée dans l'ombre. Je m'efforce de ne pas oublier le passé, de ne pas tout mélanger. Je me refuse d'en appeler à la tendresse de mon fils pour combler ma tristesse, ce n'est pas son rôle. Et Emma qui est si loin. Serai-je toujours condamnée à ces plongeons dans les eaux glacées de ma solitude sentimentale ?

L'alerte de ma messagerie électronique m'éloigne de mon chagrin. J'ouvre et remarque que deux messages sont arrivés dans ma boîte. Le premier vient d'Alaska. Un collègue me demande de prendre connaissance des dernières notes d'information en vue de la conférence Inuit Circumpolaire qui, malgré le contexte, continue de se préparer. Le second e-mail vient de Pierre Guivarch.

De : p.guivarch@urbanisme-cancale.fr
A : e.gauvin@laposte.net
Objet : Vous êtes un malade !
J'ignore qui vous êtes, mais je vous conseille de cesser de m'importuner. Vous avez peut-être le temps de faire des plaisanteries de mauvais goût, coincé chez vous, mais je n'ai aucunement envie de jouer. La précédente propriétaire, et vous devez le savoir, étant donné que vous semblez connaître son identité, est décédée, il y a longtemps. Ça vous amuse de jouer avec les morts ?
Donc je ne vous le dirai pas deux fois : fichez-moi la paix !

J'en ai le souffle coupé. Alors qu'on le suggère depuis mon retour, personne n'avait encore mis de mots sur mon statut de défunte. Ça me glace le sang. Horrifiée, je rabats l'écran de l'ordinateur.

— Tu es toute pâle, que se passe-t-il ? me questionne Marceau dans l'entrebâillement de la porte. Élise, réponds. Tu m'inquiètes !

Je fixe le plafond pour ravaler mes larmes et c'est comme une gosse que je dévoile ma bêtise. De l'espionnage du deux-pièces-terrasse à la clé cachée sous le banc, les informations données par Emma au Vietnam, mes recherches sur la Toile, mon courrier et sa réponse. Alors que je pensais que Marceau me consolerait, il balaye mes mots pour me répondre avec une urgence non feinte :

— Réponds à cet homme. Lui et moi, il y a dix ans, nous avons perdu celles que nous aimions. Aujourd'hui, j'ai de nouveau espoir en l'avenir parce que je te sais bien vivante, Élise ! Lui n'aura jamais cette chance. Il est seul, enfermé, ne le laisse pas…

39

De : e.gauvin@laposte.net
A : p.guivarch@urbanisme-cancale.fr
Objet : Tache au plafond
La tempête a fait rage une nuit de décembre. Je me souviens m'être réveillée en sursaut. Le vent soufflait si fort que onze tuiles se sont envolées. Des fines gouttes d'eau perlaient du grenier. J'ai appelé l'entrepreneur pour les réparer. Le couvreur est venu les jours suivant la tempête. Elle avait frappé jusqu'à Saint-Malo, les pompiers étaient débordés. Le monsieur a réparé la fuite et replacé les tuiles, les grêlons avaient percé la toile. Pourtant, j'ai choisi de ne pas repeindre la trace d'humidité au plafond. L'auréole qu'elle formait a longtemps été pour moi le témoin de cette nuit-là.

Levez les yeux, Pierre. Je suis certaine qu'elle est encore visible. Si vous regardez dans la salle de bains, juste derrière le lavabo, il y a une de bande de peinture isolée, un gris terne. L'ancienne propriétaire n'avait pas bon goût ! Remarquez, il est possible que vous pensiez de même à mon sujet. Alors, j'ai tout repeint en vert amande, mais il me manquait un peu de peinture et je n'ai pas eu le courage de retourner au magasin. Le mur est resté ainsi. À l'époque, cela m'arrivait souvent d'entreprendre des choses et de ne pas les terminer.

Dans le vaisselier, il y a un vieux presse-purée. Ma grand-mère me l'avait offert à Noël. C'était le plus beau cadeau

qu'elle pouvait me faire. Il était l'objet qui me ramenait à mes souvenirs d'enfance passés à ses côtés. Et puis, les carreaux de faïence au-dessus de la plaque de cuisson sont fêlés. Je suis souvent maladroite, une malencontreuse histoire de casserole trop chaude.
Enfin, sur la poutre du salon, il y a des initiales gravées dans le bois, près du radiateur. ME. C'est un peu infantile, je vous accorde le droit d'en juger.
J'ai vécu sans tempérance des instants précieux dans cet appartement, et puis d'autres un peu moins faciles. Comme cette tempête de décembre…
Élise

Deux jours passent. Anoki garde le sourire et joue dans la cour. L'hiver relâche son emprise. Il cherche les insectes et jardine avec son père. Je les observe par la fenêtre. Le bonheur semble là. Tous les deux en sont au quatrième opus de J. K. Rowling et le petit se prend de passion pour Harry Potter.

Je consulte de temps à autre ma boîte e-mail, vide.

40

Simon m'informe que l'aide-soignante a décidé de rester près de notre mère. Elle lui a simplement demandé de la remplacer le temps qu'elle aille chercher une valise et ses poissons rouges. Carole en a deux, Borri et Bolli. Elle restera le temps qu'il faudra.

— C'est promis, a-t-elle dit à mon frère.

— Simon, pourquoi cette femme n'a pas de vie à elle ?

— Elle en avait une, avant…

— Que s'est-il passé ?

— Carole a épousé Maxime le jour de ses vingt-quatre ans. Cet homme tenait à lui offrir leur union. « Un cadeau ne se refuse pas ! » lui avait-il dit afin de la convaincre. Convaincue, Carole l'était déjà. Elle raconte les premiers mois idylliques. Un homme prévenant qui lui préparait son déjeuner et la rejoignait lors de ses pauses. Carole et lui habitaient dans un pavillon cosy à Saint-Malo. Elle dit qu'il n'a jamais eu un mot plus haut que l'autre à son égard. Il parlait calmement. « Il serrait fort les dents, je le voyais », m'a-t-elle raconté. Et puis, Maxime a perdu son meilleur ami dans un accident professionnel. Les deux gars se connaissaient depuis l'école. Un soir, alors que Carole est rentrée un peu tard après son travail, elle a trouvé son mari assis dans le noir. C'est à tâtons qu'elle le cherchait. C'est à la renverse qu'elle est tombée sur le parquet. Carole dit qu'il lui a fallu quelques minutes pour comprendre. Malgré la douleur sur la tempe et l'étourdissement, elle est parvenue à rallumer la lumière.

Maxime était debout, au milieu du salon. Il lui souriait très tendrement. « Comprends-moi, ma puce. J'étais très inquiet pour toi. Mais je n'aurais pas dû. Je ne recommencerai pas... » Totalement abasourdie, Carole a laissé son mari l'enlacer, la bercer, la soigner... Parce que c'est lui qui a essuyé le filet de sang qui s'évadait de son arcade sourcilière. Ils ont dîné l'un près de l'autre. « Tu n'as pas faim ? » lui a-t-il demandé, surpris.

Ce jour-là, M6 diffusait leur série préférée. La soirée est passée. En se couchant, Carole s'est persuadée que la tristesse due au deuil de son ami l'avait rendu si vulnérable que son époux avait perdu pied. « Maxime n'est pas un homme comme ça ! » Elle s'est répété ce refrain jusqu'à s'en convaincre. La nuit tout entière lui a suffi, puisqu'elle n'est pas parvenue à s'endormir.

Le lendemain, Carole a mis plus de maquillage pour cacher le mauvais souvenir de la veille. Mais la semaine suivante, elle a dû mettre des lunettes de soleil en plein hiver, et plus tard des manches longues en été... Maxime a été le premier homme à lui dire « Je t'aime » alors elle espérait pouvoir l'aider. « Pardonne-moi, je n'étais pas moi-même. Je ne suis pas un homme comme ça. Tu le sais, ma princesse... »

Elle raconte des colères sourdes pour tout et rien, un oubli de pain, un appel en absence, une chemise oubliée dans le bac à linge, plus de café. Et puis les coups tombaient dans un silence absolu, toujours ce silence. Il ne l'insultait pas, mais frappait, les poings serrés comme un boxeur prêt à tuer. Carole m'a confié un jour qu'elle n'aurait plus jamais peur de la mort. « Je l'ai tant côtoyée, le matin au réveil. Je me surprenais à ouvrir les yeux un jour de plus. » Elle raconte chaque printemps où elle regardait les pétales des cerisiers en fleurs s'envoler, les années qui passaient.

—Comment s'en est-elle sortie ?

—La nuit non plus, elle n'avait pas son mot à dire, si tu vois ce que je veux dire… Carole est tombée enceinte. Un coup dans le ventre. Le bébé est mort. Par miracle, la gynécologue a vu les hématomes de Carole. L'enfant n'a pas eu le temps d'être cajolé qu'il avait déjà été trop bousculé. Ayant croisé bien trop de femmes victimes, la doc a compris. Aussi, un processus a été engagé pour la protéger. Un médecin lui a expliqué ce que personne n'avait jamais dit à Carole, qui avait longtemps pensé que Maxime l'avait aimée : « Il n'y a pas d'amour là où il y a de la violence. »

—Carole n'avait jamais rien dit avant ?

—Elle dit qu'elle criait fort, très fort lors des pluies de coups, dans l'espoir qu'un voisin intervienne. Pourtant, ils ont pensé préférable de fermer leurs fenêtres afin que la tempête ne gagne pas leur foyer. Ce n'est pas par plaisir que la jeune aide-soignante nous a confié son passé. Un jour, Maxime a rôdé devant la maison de maman. Dans les yeux de Carole, j'ai vu la peur. Il ressemblait à un homme tellement ordinaire. On aurait pu lui donner le bon Dieu sans confession.

—Comme à tous…

Avant de raccrocher, mon frère et moi discutons encore un peu de maman. Il me raconte que Gaspard a cassé les figurines Disney de sa sœur.

—Romy était inconsolable, me révèle Simon. À part ça, nous allons tous bien et quand Chloé rentre de ses journées à l'hôpital j'essaie de la soulager. Je m'inquiète pour elle, tu sais…

Mon frère prend soin de sa femme. Il lui fait couler des bains et lui cuisine ses desserts favoris. Le soir dans leur lit, Simon lui fait la lecture lorsque ses yeux sont trop fatigués pour courir sur le papier. Chloé a envie de connaître la fin du roman. Simon est quelqu'un de bienveillant.

Pourquoi les hommes mauvais sont-ils si nombreux que les femmes doutent de l'existence des hommes bien ?

Il est déjà tard lorsque nous raccrochons. Alors que je m'apprête à me coucher, l'alerte de ma boîte retentit. J'ouvre à la hâte en découvrant le nom de l'émetteur du courrier…

De : p.guivarch@urbanisme-cancale.fr
A : e.gauvin@laposte.net
Objet : RE : Tache au plafond
Pourquoi avez-vous choisi de ne pas repeindre la tache et de vous souvenir de cette nuit-là ?
Pierre

Les branches des arbres ploient sous le vent lorsque Marceau me retrouve pour la dernière fois dans l'embrasure de cette porte de chambre. Demain, je respirerai enfin l'odeur de mon petit.

—Réponds-lui. Peut-être que si tu commences à t'épancher, il prendra suffisamment confiance pour se livrer à son tour, me dit, Marceau quand je lui fais part du retour de Pierre Guivarch.

—Mais c'est notre histoire, Marceau, lui murmuré-je, hésitante.

—Et alors ? Elle n'est pas parfaite mais elle belle, notre histoire, comme tu dis ! Et si nos douleurs du passé peuvent aider quelqu'un, alors ça vaut la peine de tout raconter.

Marceau me laisse avec cette mission, me sourit et me souhaite de passer une douce nuit…

41

Il bondit dans mon lit avec la détente d'un petit kangourou. Si je pouvais, je le glisserais dans ma poche, celui-là, pour qu'il soit toujours collé à moi. Anoki et moi nous retrouvons dans un peau-à-peau après deux semaines et des milliers de kilomètres passés loin l'un de l'autre. Sa voix est si claire que je retiens mon souffle pour bien l'entendre lorsqu'il me raconte ses découvertes, les marais salants de l'oncle Arthus de son père, son ascension du phare, le gros chalutier, la balade au Mont-Saint-Michel avec les cousins et le train électrique de chez mémé.

— Tu aurais vu le crabe, maman, il était gigantesque ! s'exclame-t-il en écartant les mains afin de me montrer l'envergure de la grosse bête.

Marceau s'excuse de s'immiscer dans nos retrouvailles.

— Je ne vous dérange pas, tenez ! J'ai pensé que vous seriez contents de le prendre au lit... nous dit-il en déposant deux plateaux déjeuner sur nos genoux repliés.

Le vrai bonheur, ça donne sacrément faim ! Le petit qui croque à pleines dents sa tartine est entre nous, entre nos retrouvailles d'adultes un peu égarés. Marceau, délicat, se contente de déposer un baiser du bout des lèvres sur mes cheveux. Je fais semblant de ne pas avoir entendu qu'il me respirait, comme avant…

— J'emmène ton odeur, plumette me disait-il lorsqu'il rentrait chez lui.

Depuis mon retour à Cancale, je repense souvent à ces promesses que nous nous étions faites, à nos désirs qu'on s'écrivait…

Bonsoir Amour...
J'ai un peu le blues ce soir...
Les journées se suivent, en soi, elles ne sont pas spécialement longues mais elles sont vides, vides de toi.
Tu me manques. J'en ai mal au bide.
Ton Marceau

Je lui promettais alors…

Un jour, nous serons ensemble tout le temps et je ne te manquerai que lorsque j'irai chercher le pain.
Ton Élise

Mon marin concluait…

Pour le pain, je préférais qu'on y aille ensemble...
Ton Marceau

C'était il y a si longtemps !

Il nous regarde, la main sur la poignée de la porte, prêt à laisser son fils retrouver le giron maternel. Il va dire quelque chose, se tait finalement. Je le remercie et

Marceau quitte la chambre. Se souvient-il de tout lui aussi ?

J'admire mon fils. Il a les joues pleines et du chocolat au coin des lèvres. Je caresse sa peau délicate propre à l'enfance. J'entends comme une mélodie sa voix qui n'a pas encore mué, son innocence infantile, et je m'interroge : que dois-je faire pour qu'Anoki devienne quelqu'un de bien ? Vais-je réussir à lui expliquer qu'une femme l'aimera à la seule condition qu'il sache la respecter ? Que la fatigue ne justifie pas les cris, comme tant d'hommes le pensent. Vais-je réussir à lui apprendre qu'on peut tous manquer de patience mais que s'énerver n'apporte pas la loi ? Qu'on n'impose rien avec des gros bras ? Que se produit-il dans l'éducation que l'on apporte à nos fils pour qu'ils deviennent un jour des Simon ou des Maxime ? Cet enfant, c'est encore une pâte à modeler qui ne demande qu'à être façonnée pour devenir un homme bien. Tout ne m'appartient pas dans son éducation mais je vais y apporter une grande contribution, alors si, avec nos fils, on peut essayer de redorer l'image de la prochaine génération, ça vaut la peine d'essayer.

Tout à coup Anoki s'étonne devant les grues cendrées que l'on aperçoit par la fenêtre. C'est le retour de migration. Les beaux jours reviennent, les oiseaux aussi et moi, je reviens à ses dix ans. Ce matin, on va faire, comme le chante Aldebert, le plein de tendresse en pyjama puisque c'est ça, le véritable bonheur.

Les heures me paraissent suspendues, puis lorsque mon fils se redresse et me dit qu'il a du travail avec son père, je comprends que même les meilleurs instants sont impossibles à endiguer. Je le vois filer.

—Papa, on y va ? s'écrie-t-il, à la recherche de son nouveau complice, de son nouveau… Papa ? Tu es où ?

Je les retrouve tous les deux dans le jardin, quelques minutes plus tard. La rosée encore fraîche du matin diffuse dans l'air une senteur printanière. Les mains plongées dans la terre, Anoki dispose les graines de tomate, alors que Marceau incurve les tiges de bambou en arc de cercle. Il construit la seconde serre. Père et fils ne sont pas peu fiers des travaux amorcés en mon absence. Une terre se nourrit, des racines prennent vie, des radis jaillissent. Le petit est censé abandonner tout cela quand on décollera pour l'Alaska ? Je chasse cette crainte. Pour le moment, nous sommes encore à Cancale et Marceau est un père génial. Je reste encore un peu. Je profite d'eux. Enfin, d'eux deux…

Lorsque Marceau me frôle, parfois il caresse mon bras, mais juste du bout de ses doigts. Il y a un peu de terre dessus mais je ne le repousse pas. Il a raison, ça vaut la peine de lui raconter, à Pierre Guivarch, qu'un jour la vie reprend…

De : e.gauvin@laposte.net
A : p.guivarch@urbanisme-cancale.fr
Objet : La maladresse d'amour…
Pierre,
J'ai connu, permettez-moi de le qualifier ainsi, un amour maladroit. Je vous explique pourquoi. Marceau et moi avons fait preuve d'une maladresse d'amour qui n'a jamais cessé. Ce matin encore, il était si hésitant…
Je pense que lui et moi n'avons jamais douté que notre place était au côté de l'autre, unique cachette de notre bonheur. Mais

j'ai favorisé une carrière qui nous a séparés, si j'avais su… Lui, une fois délaissé, a privilégié la compagnie sentimentale à l'errance.
Lors de nos retrouvailles, bien des années après, son annulaire était occupé. J'avais manqué l'homme de ma vie. Je crois que je m'en suis tant voulu que j'ai accepté de loger dans un coin ombragé. J'ai loué la petite pièce du fond de son existence, fermée à double tour du reste du monde. Il donnait un tour de clé quelques heures par semaine pour libérer notre relation et moi, j'ouvrais les bras. Enfin, plutôt la porte du deux-pièces-terrasse dans lequel vous habitez désormais.
Alors pour répondre à votre question, si je n'ai pas repeint la tache au plafond, c'est pour me souvenir jour après jour, jusqu'à ce que j'aie le courage de le quitter, qu'on mérite tous un jour d'ouvrir les rideaux et de laisser entrer la lumière. Ce que j'ai fini par faire.
Notre couple a été une œuvre éphémère, sans traces et sans archives, jusqu'à ce que naisse notre fils. Un enfant que j'ai caché en Alaska. Lui et moi sommes rentrés en France il y a seulement quelques semaines. Nous cherchons encore nos marques. Après des années, séparés, nous sommes désormais réunis tous les trois dans un huis clos inopiné. La vie ne finira jamais de me surprendre.
La tache au plafond est-elle toujours visible ?
Élise

Je clique sur Envoyer. Tandis que je m'apprête à éteindre l'ordinateur pour aller dresser le couvert du déjeuner, la sonnerie m'en dissuade. Sa réponse est instantanée. L'homme me répond sans salutation, sans signature, et sans détour…

De : p.guivarch@urbanisme-cancale.fr
A : e.gauvin@laposte.net
Objet : RE : La maladresse d'amour…
Élise, la tache est toujours apparente.
Aimez-vous encore ce Marceau ?

C'est les yeux écarquillés sur l'écran que je relis ces deux phrases écrites par Pierre Guivarch. « Élise, la tache est toujours apparente. Aimez-vous encore ce Marceau ? » Mes mains tremblent et mon cœur s'emballe. L'objectif de ces échanges épistolaires était d'extraire Pierre de sa solitude, pas de plonger dans l'abîme de mes propres tergiversations. Il me faudra trois jours avant de répondre à l'homme du deux-pièces-terrasse de Cancale…

De : e.gauvin@laposte.net
A : p.guivarch@urbanisme-cancale.fr
Objet : RE : RE : La maladresse d'amour…
Oui, je crois. Mais plus comme avant…

42

Dans l'entrebâillement de la porte de la nouvelle chambre d'Anoki, je vois Marceau qui s'ébouriffe les cheveux et souffle désespérément. Le petit rigole en considérant son père.

— C'est papa, il essaie de comprendre mes problèmes de maths. Et c'est pas gagné ! m'explique Anoki en riant.

— Vas-y, moque-toi, mon fils ! lui répond son père en le chatouillant, complice.

Ils partent tous les deux dans un fou rire. Marceau a fait des erreurs dans le passé, mais c'est un bon papa et Anoki s'attache à lui, davantage à chaque instant. Je les laisse entre hommes et en profite pour téléphoner à Emma.

Depuis mon retour du Vietnam, je donne régulièrement des nouvelles à mon amie et Emma en donne plus souvent à sa mère. J'imagine tristement Nathalie, seule chez elle également, alors que le monde entier est désormais retranché. Du coup, c'est une petite consolation de la savoir plus proche de sa fille.

On dit que rien ne peut séparer ceux qui s'aiment. Emma et moi en sommes la preuve. Nos années l'une sans l'autre semblent s'être évaporées, telle une effraction de la réalité. On se raconte la nuit agitée de son petit, les premiers radis de mon grand, la dernière dent perdue de Malo, et Allan qui commence à parler de voyages.

—On viendra peut-être vous voir un jour en Alaska. Les garçons pourraient découvrir le grand froid…

Je lui réponds qu'Anoki leur prêtera ses pantalons en peau d'ours. On se projette comme si on les avait vus naître tous les trois, comme si on avait toujours été là, elle et moi.

—Marceau est venu te retrouver de nouveau, cette nuit ? me demande Emma, désormais au fait de son existence.

C'était il y a deux jours, je n'ai pas osé bouger. Marceau et moi ne parlons pas de nous, c'est un sujet tabou. Tout le monde ignore quand les interdits seront levés et la date à laquelle nous retrouverons notre liberté. Alors, immobilisés ensemble dans sa maison, on ne prend pas le risque de promesses qu'on ne tiendrait pas ou de renonciations susceptibles de marquer des points de non-retour. Les précautions sont requises. On s'approche, mais pas trop. On se sourit, mais sans trop de tendresse. On fuit le délit de sentimentalisme et on se confie, mais juste au sujet du petit.

Je sais que Marceau a envie de me retrouver, mais moi, je ne suis pas certaine de le vouloir. C'est la raison pour laquelle j'ai eu besoin de temps pour répondre au courrier de Pierre Guivarch. Quand Marceau s'est allongé contre moi, il pensait que je dormais, et je l'ai laissé croire. Je sentais son souffle chaud sur ma peau, son souffle court. Du bout des doigts, il a caressé mon épaule, puis mon dos de haut en bas, très lentement.

Même si mon cœur menaçait d'imploser, j'ai tout fait pour qu'il ne perçoive pas mon trouble. Marceau a pudiquement frôlé ma cambrure et a su s'arrêter juste là où, il y a des années, il aimait tant se perdre.

Il a bredouillé quelques mots ; des palets bretons à nos rires mêlés, du film qu'on avait plein de fois regardé et des rêves qu'on avait. Je n'ai pas tout saisi, mais je sais qu'il a dit qu'il s'en voulait de ne pas avoir su mieux m'aimer. Après, il n'articulait pas bien mais j'ai compris lorsqu'il a fini par dire avant de se relever et de quitter la chambre : « Ne t'en va pas, ma plumette… »

Lorsque sa peau a quitté la mienne, j'ai eu si froid.

J'ai aimé sentir sa bouche embrasser ma nuque. J'aurais voulu qu'il ne s'arrête pas là. Mais il s'est levé, mes larmes ont coulé. J'ai ressenti ce déchirement au fond de mes tripes, son corps qui s'arrache au mien.

—Non, il n'est pas revenu. Emma, je l'ai attendu…

Pourquoi ne le lui dis-tu pas ?

—Mon corps réclame l'homme, mais moi, ai-je encore le désir qu'il soit incarné par Marceau ? Notre parcours a été si chahuté. Tu sais, je l'observe et je lui souris avec une authentique affection, seulement, je m'avoue qu'on ne peut pas tout réparer.

—Élise, ne fiche pas en l'air ce que l'avenir vous réserve.

En fin d'après-midi, Anoki et moi cuisinons une grosse miche de pain et un plat pour le dîner. Marceau est allé faire le plein de provisions. Seule sortie autorisée. Mon fils et moi étions loin d'anticiper qu'il rentrerait accompagné d'un nouveau convive, qui plus est à quatre pattes et aux poils sales. Je me demande depuis combien de jours il a été abandonné, celui-là.

—Je l'ai trouvé au croisement de la rue des Ateliers, m'explique Marceau, les yeux rivés sur le chien apeuré. Tu ne m'en veux pas ?

J'hésite à lui dire que je ne lui en voudrais jamais d'être profondément humain, prêt à sauver le cabot du coin, juste parce que c'est un type bien, mon marin.

—Tu dis ça pour le petit ?

Marceau lève les deux épaules pour acquiescer. Bien sûr qu'Anoki risque de s'y attacher mais j'aurais fait comme lui. Le pauvre chien est complètement amaigri, et pas très beau, il faut se l'avouer.

Quand mon fils demande comment nous allons l'appeler, Billie, la fille de Mathieu Chedid, chante *Sometimes, it's Snows in April* en direct de la cuisine de son père. Le live tourne sur l'ordinateur depuis une trentaine de minutes. M a deux frigos jaunes, une guitare rose, et surtout un pyjama rouge à pois qui me rappelle mon ancienne tasse. Les images de son brunch sont aussi improbables que l'arrivée de ce chien dans nos vies.

On se sourit avec Marceau, en souvenir de Gavalda, qu'on avait lu et relu, même si lui n'est jamais parvenu à terminer la lecture du roman *Je l'aimais.* « Ma tendresse (j'adorerais ce surnom), c'est trop douloureux. Je ne vois pas l'intérêt de me faire davantage de mal », avait-il soupiré un jour de pluie. Gavalda, elle croyait au droit de s'aimer et l'avait écrit noir sur blanc. Et puis, elle était l'autrice de *Billie*, ce roman que Marceau m'avait raconté dans le deux-pièces-terrasse lorsque je me nichais au creux de ses bras. Sur la couverture, on pouvait voir un âne. Billie. Le nouvel invité se prénommerait donc ainsi.

L'animal se recroqueville dans un coin de la pièce et tremble. Nous mettons trois jours à gagner sa confiance. Il a dû en baver aussi, celui-là. Trois jours au cours desquels je ne reçois pas de nouvelles de Pierre Guivarch.

43

De : e.gauvin@laposte.net
A : p.guivarch@urbanisme-cancale.fr
Objet : Inquiète
Pierre,
Il paraît farfelu de s'inquiéter d'un inconnu mais vous êtes celui qui habite dans mon ancienne vie alors quelques casseroles, des murs de Placo et une table basse nous lient, vous et moi.
Pourquoi ne répondez-vous pas ? Ai-je dit quelque chose de déplacé ? Attendiez-vous une autre réponse de ma part ?
Donnez-nous de vos nouvelles.
Élise

Je me cache dans le couloir. Je n'ose pas pousser la porte de la cuisine. Billie s'approche, la truffe aux aguets. Marceau est en ligne et, dans le haut-parleur, une voix qui m'est inconnue résonne. Au fil de l'échange, je comprends que c'est celle de Benjamin, son frère. Marceau m'a parlé de lui pendant des années mais je n'ai jamais pu le rencontrer, dans l'ombre de notre relation cachée.

Chez lui aussi, l'abattement est poignant. Claire sa compagne est en fin de grossesse. Il confie à Marceau qu'il se prépare à ce qu'elle accouche sans lui. C'est un déchirement pour le père en devenir qui ne coupera pas le cordon ombilical, et une angoisse grandissante pour cette future mère d'être seule en ce moment qu'elle avait tant espéré, unique. Les maternités se voient obligées de prendre des mesures pour protéger leur personnel et leurs parturientes. Les pères ne seront plus autorisés à être présents. J'entends Marceau prendre une profonde inspiration, lui aussi a manqué la naissance de son petit, et c'est moi qui l'en ai privé. J'en prends la mesure en écoutant la peine dans la voix de son cadet. Les hommes de cette famille sont connus pour être taiseux mais le contexte si particulier les encourage à lâcher les mots. Nous cherchons tous une libération, un exutoire.

— Et le boulot ?

Je connais Marceau et je sais à l'intonation de sa voix qu'il s'inquiète pour son petit frère lorsqu'il lui répond :

— Ce n'est pas brillant de ce côté-là non plus. Dans certaines villes, les collègues tombent comme des mouches, contaminés à une vitesse folle. Des unités sont à l'arrêt.

Benjamin est policier. C'est d'ailleurs le jour de sa certification au tribunal que Marceau et moi nous sommes retrouvés. C'était suite à mon deuxième départ. Je comprends combien j'ai fait de mal à cet homme que j'ai tant aimé.

— Ça va, toi ?

— Pour le moment, oui. Après, est-ce que ce foutu virus nous bouffera avant qu'on devienne dingues ? Ça reste à prouver. L'horreur n'a plus de limite. Faute de place en réanimation, des soignants confient avoir renoncé à intuber des patients. C'est comme en médecine de guerre, il va falloir faire des choix. Ce sera en fonction de l'âge ou de l'état de santé. J'ai peur, Marceau.

—Moi aussi, petit frère.

Derrière ma cloison, je suis horrifiée par ce que j'entends. Benjamin se racle la gorge et retrouve un semblant de constance pour demander à son aîné :

—Comment ça se passe, chez toi ?

—Élise est rentrée d'Asie dans des conditions apocalyptiques, mais elle semble aller bien.

—C'est étrange de t'entendre prononcer son prénom.

—…

—Et ton…

—Mon fils ?

—Oui.

—Anoki et moi continuons de nous apprivoiser. Disons que le fait d'être à la maison nous permet d'avoir une formation accélérée juste lui et moi.

—Tu sais, j'ai envie de le rencontrer, ce gamin.

Instinctivement, ma main vient étouffer ma bouche pour qu'aucun son ne s'en échappe. Des larmes coulent, silencieuses. Je comprends que mon fils a une famille autre que les autochtones, autre que la mienne, et les mots de Benjamin me touchent. J'ai toujours craint qu'Anoki porte le poids du rejet d'être un enfant illégitime.

—Dès que tout ce chaos sera fini, mon frère. Je te le promets. Accroche-toi, Ben, et appelle aussi souvent que tu le veux.

—Toi aussi, Marceau.

J'entre dans la cuisine. Plongé dans un abîme de perplexité, Marceau touille le sucre dans son café désormais froid. Il se retourne pour regarder les mouettes qui volent vers le large, mais aussi pour dissimuler ses yeux rouges. Est-ce parce qu'il me tourne le dos que j'ai le courage d'aller au bout de mon élan ? Je l'ignore. Je me colle contre lui et l'enlace. Marceau inspire bruyamment et pose sa main libre sur mes doigts croisés. Je n'ai plus envie de le lâcher. Je le serre fort. Oui, je crois que je n'ai jamais cessé d'avoir des sentiments à l'égard de cet homme. Marceau se retourne vers moi. Je lève les yeux vers lui. Il embrasse le coin de mon sourire, tout doucement. Dans l'angle de la pièce Billie nous scrute de ses yeux tout ronds.

Un peu plus tard dans la journée, nous lavons le chien. Il sent vraiment trop mauvais. Une fois sec, il est un peu moins laid. Anoki l'adore. Moi aussi, je commence à m'attacher à ce cabot.

44

De : p.guivarch@urbanisme-cancale.fr
A : e.gauvin@laposte.net
Objet : RE : Table basse
Bonjour Élise,
Votre table basse et moi allons bien. Je me plonge dans le boulot, ça m'occupe. Vous lui avez dit, à votre Marceau ?
Pierre

C'est sans plus attendre que je réponds à l'homme…

De : e.gauvin@laposte.net
A : p.guivarch@urbanisme-cancale.fr
Objet : RE : RE : Table basse
Lui dire quoi ?

Il me répond instantanément, lui aussi. C'est assez grisant de nous savoir connectés simultanément… Si les meubles du deux-pièces-terrasse n'ont pas été déplacés, comme j'ai pu l'apercevoir, je peux précisément visualiser l'homme dans son sweat gris, derrière mon ancien bureau.

De : p.guivarch@urbanisme-cancale.fr
A : e.gauvin@laposte.net

Objet : RE : RE : RE : Table basse
Ben, que vous l'aimez. Qu'attendez-vous ?

De : e.gauvin@laposte.net
A : p.guivarch@urbanisme-cancale.fr
Objet : RE : RE : RE : RE : Table basse
Je ne sais pas. Ce n'est pas si simple.

De : p.guivarch@urbanisme-cancale.fr
A : e.gauvin@laposte.net
Objet : RE : RE : RE : RE : RE : Table basse
Il n'y a rien de plus simple que de dire « Je t'aime » à quelqu'un qu'on aime et qui nous aime. Ce qui est difficile, c'est de ne plus pouvoir le dire…

De : e.gauvin@laposte.net
A : p.guivarch@urbanisme-cancale.fr
Objet : Lucie…
Pierre, voulez-vous me parler d'elle ?

Comme je m'y attendais, la conversation s'étouffe là. Pierre Guivarch ne répond plus pendant deux jours. Deux jours au cours desquels la maison de Marceau se transforme en micro-serre. Répartis sous les fenêtres afin de rester bien au chaud, dans des fonds de bouteille, les semis de tomates et de concombres grandissent au soleil. Les courgettes, le petit les scrute avec une attention toute particulière. Elles poussent à vue d'œil au fil des heures.

Billie, quant à lui, a désormais un panier dans l'entrée. Il est en osier tressé avec au centre un gros coussin vert à carreaux. Le livreur a déposé le carton géant dans la cour. Quand il est passé, pour la première fois on a entendu ce chien aboyer.

Il y a deux mois à peine, Marceau vivait seul ici, sans femme, sans enfant, sans chien et sans plants de tomates. La maison et sa vie ont bien changé depuis.

45

De : e.gauvin@laposte.net
A : p.guivarch@urbanisme-cancale.fr
Objet : Confuse
Pierre,
En aucun cas je ne voulais vous heurter. Si vous préférez ne pas évoquer… votre passé, je comprendrai.
Comment allez-vous ?
Élise

Je me tourne vers Marceau qui couvre le petit d'un plaid. Anoki s'est endormi.

— J'ignore s'il me parlera d'elle, dis-je, songeuse.

— Lorsque j'ai cru que toi aussi, tu étais… (Marceau laisse filer un silence clair.) J'ai eu si peur, Élise.

Je me jette dans le vert de ses yeux, à la recherche d'une lueur à laquelle me raccrocher. Mais face à moi, la carapace du marin robuste se fissure. Il tend un bras peu affirmé vers ma tendresse fragile. À cet instant précis, je crois que Marceau et moi savons que nous allons finir par nous retrouver. Est-ce l'envie ou le besoin de pulsion de vie qui nous précipite l'un vers l'autre ? Je ne saurais le dire. Je glisse mes doigts dans les siens. Pour aujourd'hui, nous n'irons pas plus loin. Aucun pas entre nous n'est anodin. On s'est aimés, blessés, éloignés, mentis aussi.

C'est compliqué de dépasser l'histoire. Nous avons tout simplement peur de nous faire du mal, et puis, il y a le petit. Lui, il ressemble à Marceau un peu plus à chaque bougie soufflée. Je le contemple, il est beau, mon fils. Il est le reflet du seul homme que j'aie réellement aimé.

Parfois, je les observe tous les deux et je me demande si tout est bien réel. On a tendance à dire que la vie est courte. C'est probablement ce que j'affirmerai à l'aune de mon dernier souffle mais là, j'ai l'impression d'avoir déjà eu mille vies. Je regarde Anoki l'appeler *papa*, et les images défilent sous mes yeux : notre enfance ensemble, notre premier corps-à-corps dans ce train qui nous a conduits vers la maturité sentimentale, mes études d'avocate à Paris sans lui, et puis nos retrouvailles à Cancale, et le mensonge, nos sentiments teintés de rires et de pleurs, cet homme qui s'envolait à 18 heures passées vers une autre femme, sa femme. Mon ventre arrondi et ma nouvelle vie là où la neige éblouit. L'image de Marceau derrière mes carreaux embués bien des années après, sa rencontre avec notre enfant. Et puis, encore un peu de temps avant que je ne revienne ici et maintenant. Qu'on me dise qu'on n'a qu'une vie !

Un jour, je me souviens lui avoir demandé s'il se souviendrait de moi encore longtemps. On était des gamins, enfin, sur le papier parce qu'à l'époque, il m'avait déjà répondu que, pour oublier quelqu'un, il faut qu'il ne soit plus là…

— Toi, tu vis en moi. Tu es là tout le temps, quoi que je fasse ou pense. Mes pensées mêmes sont différentes de celles qu'elles auraient été si tu n'avais pas été là… Pour t'oublier, il faudrait que mon esprit sombre dans la folie. Or, la seule folie que je m'autorise est celle d'être fou de toi.

Où que la vie ait pu m'emmener, lui aussi a toujours été là, en moi. Finalement, on ne meurt jamais. On vit, imprégné des mémoires, des attitudes, dans les rayonnements et dans les expressions de ceux qui restent, celles qu'on leur a transmises. Anoki en est la preuve vivante. Il a mon rire, mes mots, mon sourire triste, parfois. Depuis que je l'ai retrouvé, je dévore littéralement cet enfant de baisers. Je m'enivre de l'odeur de sa peau, mes doigts glissent dans ses cheveux fins, et je l'écoute simplement respirer. Ce qu'il a pu me manquer.

Au cœur de Cancale, je suis devenue cette femme que j'ai tant espérée, la mère de l'enfant de Marceau, celle qui lui sourit au petit déjeuner, celle que cet homme regarde avec estime au bout du couloir, même après 18 heures passées. Je suis celle qui partage sa vie, pourtant, tout est encore plus fragile que jamais.

La sonnerie que j'ai oublié de couper m'arrache à mon sommeil. Minuit est passé et la mer noire dehors est déchaînée.

De : p.guivarch@urbanisme-cancale.fr
A : e.gauvin@laposte.net
Objet : Vous n'y êtes pour rien
Bonsoir Élise,
Lucie n'appartiendra jamais au passé.
Pierre

46

Nous sommes le 22 mars et c'est dans des circonstances bien particulières que la nièce de Marceau fête ses huit ans. C'est avec pudeur et par mesure de précaution qu'il m'informe de l'appel qu'il s'apprête à passer à Faustine afin de lui souhaiter son anniversaire. Elle n'aura probablement pas de cadeau. Personne n'a anticipé le chaos dans lequel nous allions être plongés. Mais aujourd'hui, elle va rencontrer son cousin du bout du monde par écran interposé.

—On ignore combien de temps nous allons rester éloignés les uns des autres et je ne veux pas cacher Anoki, me dit-il. C'est fini tout ça. C'est derrière nous, Élise.

J'ai espéré entendre ces mots si longtemps lorsque j'étais la maîtresse de cet homme. Pourtant, je lui réponds à mon tour :

—Laisse-moi un peu de temps.

Une rencontre avec son frère par écran interposé m'impressionne un peu, le jour de l'anniversaire de la fille de Benjamin, qui plus est.

—Ne m'en veux pas, s'il te plaît.

Il hoche le menton en guise d'acceptation et referme la porte. Le petit, lui, se fait une joie de découvrir sa cousine, Faustine.

Entre curiosité et besoin d'échanger avec d'autres enfants, c'est enthousiaste qu'il talonne son père en direction du salon. Anoki réclame ses copains, les courses de traîneau, la motoneige, le grand Nord. Passer de l'immensité neigeuse aux quatre murs de ce pavillon de Cancale n'est pas simple pour un enfant de dix ans. Il est sage mais j'entends dans ses soupirs le besoin poignant de courir, de crier, de retrouver cette innocence que nous sommes en train d'écrouer.

Il suffit de trois tonalités pour que la voix d'une fillette articule un « Allô » qui s'étire, suivi d'un :

— Bonjour, tonton...

— Bon anniversaire, ma nièce. Comment vas-tu ?

— Ça va. Y a plus d'école alors je reste avec maman toute la journée. Papa va encore travailler. Et mon petit frère ne va pas tarder. (Le visage incliné, la petite marque une pause et approche son minois de l'écran.) C'est qui derrière toi ?

Il y a un phénomène étrange chez les enfants qui se découvrent. Ils sont assaillis par une attirance dénuée de filtre mais passé l'âge de raison, quelques secondes leur sont malgré tout nécessaire pour se jauger. Qu'apprécient-ils dans ces regards curieux ?

Anoki n'est pas timide. Il a été élevé en tribu, dans un cercle fermé où, finalement, il n'y a pas d'inconnu, donc pas de potentiel danger. Faustine, quant à elle, a grandi à l'occidentale. Dans des cours d'école bondées, dans des rues où les gens se croisent sans se saluer. Elle a été bercée par cette ritournelle : « Prends garde. L'inconnu représente la menace ! » La manière de s'appréhender de ces deux enfants est donc différente.

— Tonton, c'est qui ? lui demande la fillette, les sourcils en accent circonflexe.

— Je n'ai pas réussi à trouver les bons mots, Marceau. Pour moi, ce n'est pas simple alors je n'ai pas su lui expliquer, intervient Benjamin dans le haut-parleur du PC.

Marceau rassure son frère. Bien sûr que ce n'est pas évident d'expliquer à une enfant que les contes qu'on lui lit depuis ses premiers pas sont bien souvent erronés. Je glisse la tête dans l'entrebâillement de la porte et constate que tous les regards sont braqués sur Marceau. Le silence se propage, jusqu'à ce que l'innocence de Faustine revendique la vérité.

— M'expliquer quoi ?

— T'expliquer que tu as un cousin. Je te présente Anoki.

Mon fils sourit à pleines dents. Il a dix ans et lui a grandi en étant conscient de ses origines. Il s'efforce de déchiffrer sur le visage de Faustine une incompréhension qui le surprend. La petite ne lui rend pas la pareille, alors Marceau poursuit son histoire, notre histoire…

— Ton cousin a dix ans. Il a grandi en Alaska avec sa maman, Élise. C'est aussi mon fils.

— Et sa maman, elle est où ?

Instinctivement, je me recule et me dérobe derrière la cloison.

— Tu la rencontreras bientôt…

Dans sa voix, il y a la saveur d'une promesse.

— Et c'est ta nouvelle chérie, la maman d'Anoki ?

Les battements de mon cœur s'accélèrent et fracassent ma poitrine. Je me colle au chambranle de la porte de bois. Anoki, les yeux ronds comme des billes, sourit, un peu gêné.

— Vous ne seriez pas un peu trop curieuse, mademoiselle ? intervient sa mère pour couper court à l'échange.

On marche tous sur des œufs pour expliquer à demi-mot l'amour illégitime à des enfants encore angéliques.

— Salut, Claire. Je vais lui répondre. Tu sais, j'ai passé des années à ne rien dire. Arrive un moment où la vérité doit être révélée, la rassure Marceau, que je trouve sacrément courageux. Élise, c'était mon amoureuse quand j'avais ton âge, Faustine. Ensuite, on a pris des chemins différents, on s'est retrouvés et encore une fois, la vie nous a séparés. Mais la maman d'Anoki, tu sais, je l'ai toujours aimée. Maintenant, savoir si aujourd'hui, c'est encore mon amoureuse, tu sais ça ne dépend pas que de moi…

— Elle t'aime, elle ?

Il inspire fort, puis répond simplement avec une sincérité qui semble d'une pureté incandescente…

— Je ne sais pas…

Mon émotion roule sur mes joues et glisse sur mon sourire tendre. L'eau s'immisce dans mes ridules. Ben oui, je n'ai plus vingt ans. C'est si singulier d'entendre Marceau révéler ses sentiments, lui, le marin taiseux qui n'a pas su me dire « Je t'aime ». Et puis, notre fils n'ajoute rien. Toutefois, il est attentif aux propos tenus par son père. Qu'est-ce qui court à cet instant dans sa tête de bambin ? Quel enfant n'a pas espéré voir ses parents unis ?

Claire caresse les cheveux de sa petite. Entendre cette vérité, c'est grandir et s'extraire d'un monde immaculé où les amours originelles n'ont pas de fin. Tonton avait deux chéries, Soline et Élise, elle finira par l'intégrer, c'est aussi ça, la vie des grands. Un sacré bazar.

Benjamin regarde Marceau avec compassion et comprend seulement maintenant ce que son grand frère a traversé, en silence, durant toutes ces années cachées.

— Tu veux voir mes jouets ?

La voix rayonnante de la petite nous arrache à nos sentiments douloureux.

— Oui ! répond Anoki spontanément.

Un proverbe dit : « Quand les sages n'ont plus de mot, observez les enfants. » On les regarde, eux et leur confiance en la vie. Faustine demande à son père si elle peut prendre l'ordinateur portable pour l'apporter dans sa chambre. Benjamin accepte et la capture du PC met fin aux échanges discrets entre adultes pour laisser les enfants se découvrir. Eux aussi ont des années d'éclats de rire et de confidences entre cousins à rattraper.

Du bout de mes doigts encore tremblants, je referme la porte, tout doucement afin que Marceau ne sache pas que j'ai tout entendu. Mon cœur bat encore fort, très fort…

Ce dimanche 22 mars, Faustine aura fêté un étrange anniversaire. La fillette aura rencontré un cousin du bout du monde par écran interposé et elle aura entendu que la vie n'est pas toute tracée.

L'échange dure un peu entre les enfants. Avant de raccrocher, les deux frères finissent par reprendre une conversation bien moins réjouissante à propos de leur père, Patrick. Cet homme qui avait déjà un léger penchant pour les bons vins semble se noyer dans les fonds de bouteille depuis les restrictions qui le condamnent au huis clos. À la limite, leur père, les frangins s'en soucient peu. C'est pour Simone qu'ils s'inquiètent. Pour elle, l'enfer, c'est lui. L'enfermement et la cohabitation avec un homme infâme, c'est la double peine !

47

— Mais tout va bien, mon gamin. Qu'est-ce que tu vas bien t'imaginer ? lui ment Simone de sa voix solaire.

Marceau, comme à son habitude ne fait pas de détour. Il lui dit que Ben l'a prévenu, que son frère a entendu son père brailler dans le haut-parleur, lors de son dernier appel.

—Alors vous, les frangins, vous ne vous chamaillez plus quand il s'agit de vous liguer pour me taquiner.

—C'est juste qu'on n'est pas tranquilles pour toi, maman.

Elle finit par parler, Simone. Elle finit par admettre qu'il n'est pas bien tard quand les joues de son mari deviennent rouges. Elle finit par avouer que Patrick, bien avant la fin de journée, il parle un peu fort et que ses mots sont un peu brouillés, comme sa vue. Mais elle dit aussi qu'elle n'a pas peur, Simone, que les vieux comme Patrick, ça passe leur vie et essayer de prouver que ce sont des bonshommes mais que ceux qui parlent le plus fort, c'est loin d'être ceux qui sont les plus vaillants.

—D'ailleurs… dit sa mère, Attends, dit-elle, je m'éloigne pour être sûre que Patrick n'entende pas. Y a un truc que je voulais te raconter… confesse-t-elle. Je ne sais pas si ça vaut la peine d'informer la petite Élise de tout ça, mon gamin, mais j'ai surpris ton père en train de parler dans sa barbe. Je n'ai pas tout compris, tu sais. Il parlait de Marie-Laurence et d'un certain Michel. Il a dit qu'il pensait en être débarrassé mais que les cadavres finissent toujours par être déterrés. Oh, ne te formalise pas, mon gamin. Il avait encore trop picolé…

Depuis le coup de Soline et de l'homme qu'on s'était cachés, Marceau et moi nous sommes promis la vérité, alors il m'a tout raconté.

— Marceau, lorsque j'ai croisé Patrick le jour où Anoki a rencontré ta mère, ton père a dit : « Elle est revenue, celle-là… » en me toisant avant de déguerpir. Sur le coup, ma seule envie a été de le fuir, mais maintenant que nous en reparlons, c'est vrai qu'il ne semblait pas surpris de me voir réapparaître. J'en arrive à penser qu'il savait…

— Qu'il savait quoi, Élise ? me coupe-t-il.

— Que j'étais toujours en vie…

Quand je repense à Patrick, je me dis que c'est un miracle que Marceau ne lui ressemble pas. Après, les miracles ne fonctionnent pas à tous les coups, parfois, les chiens font bien des chiens !

48

Billie, lui, est génial ! Grâce à ce cabot, Anoki réclame moins sa meute, particulièrement Bilbo. Avec ses yeux hébétés et son poil encore un peu miteux, il attire la sympathie. Ses catons dont je ne suis pas parvenue à venir à bout, le petit s'en moque pas mal lorsqu'il l'attrape à pleins bras.

Je les regarde, ou plutôt je les admire tous les trois, Anoki, Marceau et Billie, assis les uns contre les autres sur le canapé. Eh oui, Billie a gagné !

La lumière du salon est tamisée en pleine journée afin qu'ils puissent mieux emprunter les chemins de traverse qui mènent à Poudlard. Marceau a commandé la tenue d'apprenti sorcier en secret. Anoki commence à être un peu grand pour les déguisements mais je n'ai rien dit à son père. Marceau semblait si content. Je sais qu'il cherche à rattraper les occasions manquées. Harry Potter entame sa cinquième année d'études à l'école des sorciers et ici, père et fils ne décrochent plus de cette saga devenue leur seconde passion commune après la pêche. Privés de cette liberté, ils ont heureusement encore cette fenêtre vers l'enchantement.

Et moi, pendant ce temps, je prépare du thé et j'ouvre mon ordinateur…

De : e.gauvin@laposte.net
A : p.guivarch@urbanisme-cancale.fr
Objet : Au présent…
Cher Pierre,
Vous avez raison, alors parlez-moi d'elle au présent. Racontez-moi qui est Lucie, ce qu'elle aime, ce qu'elle déteste, ses rêves, sa couleur préférée, son auteur favori. Je veux aussi connaître la chanson qui lui donne le sourire les jours de pluie et, soyons honnêtes, ce n'est pas ce qui manque à Cancale. D'ailleurs, regardez par la fenêtre. Apercevez-vous le gros nuage ? Moi, je le vois. La maison dans laquelle je me trouve alors que je vous écris ces mots se situe à quelques rues de mon… enfin, de votre appartement.
J'aimerais connaître Lucie. Seriez-vous d'accord pour me la décrire ?
Pierre, êtes-vous connecté ?
Élise

De : p.guivarch@urbanisme-cancale.fr
A : e.gauvin@laposte.net
Objet : RE : Au présent…
Bonjour, Élise,
Je suis là.
Avez-vous un peu de temps ?

De : e.gauvin@laposte.net
A : p.guivarch@urbanisme-cancale.fr
Objet : RE : RE : Au présent…
Bonjour,
Oui.

Marceau et Anoki sont devant un film avec ce chien improbable qui vit désormais ici, lui aussi.
J'ai tout mon temps, Pierre.

De : p.guivarch@urbanisme-cancale.fr
A : e.gauvin@laposte.net
Objet : RE : RE : RE : Au présent…
OK, parce que Lucie Guivarch, c'est toute une histoire…

De : e.gauvin@laposte.net
A : p.guivarch@urbanisme-cancale.fr
Objet : RE : RE : RE : RE Au présent…
Pierre,
J'aimerais vraiment que vous me la contiez…
Parlez-moi de votre femme…

De : p.guivarch@urbanisme-cancale.fr
A : e.gauvin@laposte.net
Objet : El Pulga…
Lucie naît à Saint-Briac-sur-Mer, le 11 décembre 1984. Sa mère Guilaine et son père Charles ont cinq garçons avant d'être entendus par ce Dieu que ma belle-mère ne cesse de prier pour porter une fille. Son deuxième prénom est Gustine. « Depuis, l'année 1900, seules trois Françaises ont été baptisées ainsi, c'était en 1917. Mon prénom occupe la 8 171e position dans le top des prénoms les plus populaires du pays », aime-t-elle raconter. Ça signifie : « Celle qui porte la bonne étoile », ajoute-t-elle aux oreilles attentives.
C'est sa mère qui met son veto et impose que sa fille se prénomme Lucie. « Comme Lucie Aubrac », dit Guilaine.

C'est dommage que Charles n'ait pas insisté, parce qu'elle en aurait eu besoin, d'une bonne étoile, ma Lucie.

Je suspends ma lecture. J'imagine que si Pierre Guivarch avait écrit ses mots sur des feuilles volantes, j'y aurais décelé de l'encre floue, une fois ses larmes tombées, puis séchées. Le numérique nous vole une parcelle de vérité, celle du papier taché couvert d'encre après une table à peine débarrassée, une feuille froissée qu'on aurait déplacée, rédigée dans plusieurs endroits du deux-pièces-terrasse. Des feuilles usées, abandonnées puis reprises, griffonnées en plusieurs fois parce que c'est potentiellement trop difficile de se livrer. La toile est aseptisée de toute émotion volée à l'auteur. Elle ne le trahit pas. L'écran blanc escamote les ratures, les traits plus ou moins fins ou épais selon qu'on souhaite insister ou que l'on hésite à continuer.

Un instant, je regrette d'avoir infligé à ce jeune veuf une telle épreuve. Mais s'il a finalement bien vite accepté, c'est peut-être que faire revire sa femme l'instant d'un courrier peut lui faire du bien. Vaut-il mieux pour Pierre vivre dans l'illusion que ne pas vivre du tout ?

Je poursuis…

Enfant, Lucie est choyée. Bonne élève, elle est championne de Bretagne de GRS, pour la plus grande fierté de son père. Elle obtient son bachelor marketing mais elle s'en moque un peu, Lucie. Son rêve à elle, c'est de découvrir l'Amérique du Sud. Son plus grand frère, qu'elle connaît finalement peu, a épousé une Vénézuélienne. Faut croire qu'Arthur, il l'attendait aussi,

la petite dernière, parce qu'il n'y a qu'à Lucie qu'il envoie des cartes postales de la côte caribéenne.
Alors, naturellement, c'est là qu'on s'envole pour notre voyage de noces. Elle est si belle le jour de notre mariage. Un 11 juin, ce qu'il peut pleuvoir ! Son chignon est tout défait, satanée Bretagne. Mariage pluvieux, mariage heureux, qu'ils disent. Foutaise ! Les invités ne font que râler. Mais, moi je n'ai d'yeux que pour ma femme. Elle reste la plus étincelante des mariées quand même, ma Lucie, avec son grand sourire et son maquillage un peu coulé. La météo et les vielles tantines aussi méconnues que mécontentes, elle s'en fiche pas mal.
Arthur nous montre tout, de la cordillère des Andes à la Mérida, du parc de la Sierra Nevada jusqu'à Caracas. Lucie ne veut plus rentrer. Comme son grand frère, elle décide de s'établir là-bas. Alors, elle devient ça, notre vie. On rêve sur des images figées sur du papier glacé en attendant... J'ai un peu moins l'âme aventurière que ma jeune épouse. On arpente l'Amérique latine de long en large, sans oublier en travers.
Nos amis Colombiens la surnomment El Pulga, qui signifie « La puce », parce que Lucie ne dépasse pas le mètre cinquante-cinq et sautille souvent dans tous les sens, emportée par cette euphorie de la vie qui parfois la dépasse.
Lucie est solaire. Lucie joue. Lucie crie. Lucie, elle dit ce qu'elle pense. Lucie vit…
Lucie va au courrier deux fois par jour, même si le facteur ne passe qu'une fois. J'ai beau le lui répéter, c'est son petit plaisir en rentrant du travail. « Je bosse dans une grosse boîte de sport. Je suis chef de produits mais c'est provisoire. Dès que Pierre est d'accord, on part pour le Pérou », explique ma femme. Lucie dit tantôt le Pérou, tantôt l'Équateur ou le

Brésil, c'est selon la météo et l'envie du jour. Donc elle relève les pubs une fois le midi et une fois le soir. Elle espère des cartes d'Arthur pour la faire patienter jusqu'à notre déménagement. Il y a nos deux noms inscrits sur l'étiquette de la boîte aux lettres.

Je comprends donc pourquoi, lorsque je suis entrée dans le bâtiment alors que j'espionnais l'homme, le nom de Lucie Guivarch apparaissait toujours. Pierre prend soin de ne pas effacer les marqueurs d'anciens petits bonheurs.

Le soir, j'aime lire, mais elle, ça la gonfle, la lecture. Elle dit qu'elle n'aura pas assez de temps pour admirer toutes les couleurs de la vie. Aussi, elle a décrété gamine qu'elle ne perdrait pas de temps à « scotcher », comme elle dit, sur du papier noirci. Lucie n'a jamais ouvert un guide de voyage, et encore moins regardé une émission de Frédéric Lopez ou de Nicolas Hulot. Lucie, elle veut voir en vrai, avec ses propres yeux.
Alors, pour répondre à vos questions, ma femme écoute Alex Hepburn en boucle et sa couleur favorite est le orange. Et ça, comme Gustine, c'est rare. Avez-vous déjà demandé à quelqu'un : « Quelle est votre couleur préférée ? » Personne ne répond « Orange ». Personne, sauf ma Lucie. Parce qu'elle est singulière, ma femme, et que malgré son mètre cinquante-cinq, personne ne lui arrive au genou ! Ça aussi, c'est une de ses expressions.
Hier soir, elle a donc écouté tard le dernier album d'Alex Hepburn. Elle s'est endormie dans le canapé. J'ai embrassé son front du bout des lèvres et je l'ai portée. J'ai des petits bras,

mais Lucie est lourde comme un moineau déplumé, alors c'est facile. Depuis, elle dort encore et bientôt, elle me retrouvera pour le petit déjeuner…
PS : Élise, laissez-moi y croire un peu. S'il vous plaît…

J'ai exaucé le souhait de Pierre. J'ai alimenté sa folie souffreteuse. J'ai juste répondu :

De : e.gauvin@laposte.net
A : p.guivarch@urbanisme-cancale.fr
Objet : RE : El Pulga
N'oubliez pas de sortir la confiture du frigo pour les tartines, c'est moins bon quand c'est trop froid.
Bonne matinée à vous deux…

J'ai fermé l'ordinateur. Je me suis éclipsée pour laisser l'homme seul, avec celle qui lui manque à chaque instant et dont il parle au présent.

Dans le salon, le générique de fin du film défile sur l'écran noir. Aujourd'hui, mon fils me parle de Sirius Black et de Cornelius Fudge, le ministre de la Magie, et puis de l'armée de Dumbledore, l'association d'élèves clandestine, dont le but est de se préparer aux dangers.

—C'est Hermione qui l'a créée, m'explique-t-il, encore envoûté par *L'Ordre du Phénix*.

J'essaie de ne pas me perdre dans sa logorrhée. Peu après, son père qui vient terminer le restant de théière me dit bien plus de tempérance :

—Il a l'air d'aller bien, le petit.

Un sourire fend mon visage lorsque je lui réponds qu'effectivement, Anoki semble heureux avec nous deux.

Derrière les carreaux, les mouettes volent à tire d'aile. Les volatiles se débattent contre l'assaut du vent tandis que nous, bien à l'abri, nous concluons cette journée comme elle a commencé, en famille…

49

Ma nuit est agitée. Mon sommeil est entrecoupé de pensées sombres relatives à Pierre Guivarch. Le jour est passé, une nouvelle lune a lui et sa Lucie ne s'est pas levée pour goûter à ses tartines de confiture. C'est alors que le ciel est encore d'encre que je lui écris mon inquiétude à son égard. Je remarque aussi qu'elle semblait merveilleuse, sa femme. J'emploie le passé, au risque de blesser Pierre, puisque malheureusement, on ne peut pas continuellement échapper à la réalité. Ce serait sombrer dans l'aliénation. J'écris à l'homme que je suis incapable de savoir ce qu'il ressent et que je n'ose même pas imaginer sa souffrance. Je lui dis par contre qu'il a le droit de me la raconter et de poser des mots, peut-être pour la première fois.

Je ne lui ai jamais demandé pourquoi Lucie a mis fin à ses jours. À quoi bon ? Enfin, c'est ce que je pensais, mais là, tout est différent. Pierre dit que tout est de sa faute. Pierre dit qu'il n'a pas su la protéger. Pierre dit que s'il avait été plus courageux, Lucie serait toujours en vie…

J'ose, puis j'efface. J'essaie encore. Je pianote et j'efface. J'écris de nouveau mais n'envoie pas. Un peu après, j'ouvre mon brouillon puis l'efface. Je ferme l'ordinateur. Je ne réussis pas à répondre au courrier de Pierre.

— Tu crois que l'ancien propriétaire de Billie le recherche ? demandé-je à Marceau.

Je pose une question, il l'écoute comme si elle avait de l'importance. Il répond que non, malheureusement. Il argumente encore mais je ne l'écoute pas vraiment.

— Élise, où es-tu ? me demande-t-il en s'approchant.

— Pierre dit que sa femme est morte par sa faute, soupiré-je.

Il y a un long silence. Marceau inspire profondément et pince ses lèvres avant de me dire avec une grande précaution que je suis finalement un peu fragile pour venir en aide à cet inconnu.

— Tu viens tout juste de revenir, et…

Je ne lui laisse pas le temps de terminer sa phrase que je répète :

— Il dit que sa femme est morte par sa faute.

J'explique à Marceau que je ne trouve pas les mots ou le courage, je ne sais pas trop, de répondre à l'homme.

— Va chercher l'ordinateur. Nous allons le faire ensemble, me dit-il gravement.

Moins de trois minutes plus tard, c'est Marceau qui clique sur l'icône Envoyer.

De : e.gauvin@laposte.net
A : p.guivarch@urbanisme-cancale.fr
Objet : RE : Responsable
Pierre,
Pourquoi Lucie s'est-elle suicidée ?

Je remercie cet homme que j'ai tant attendu d'être présent, avant de plonger dans ses bras, avant de caresser sa barbe, avant d'embrasser ses lèvres et que lui dévore les miennes. Il resserre son étreinte :

— Tu m'as manqué aussi, Marceau…

50

Six jours passent sans réponse de Pierre Guivarch. Marceau contacte Benjamin. C'est sans lui faire part de mes échanges épistolaires avec l'homme du deux-pièces-terrasse qu'il demande à son frère s'il en sait plus sur le suicide de Lucie Guivarch.

Deux jours plus tard. Benjamin rappelle Marceau. Son frère a rouvert les dossiers relatifs aux enquêtes menées en novembre il y a dix ans.

Dans le dossier de Lucie Guivarch, le suicide est confirmé. Cette femme avait dans sa poche une lettre sur laquelle elle atteste vouloir mettre fin à ses jours. Par cette trace écrite, elle s'assurait que son mari, Pierre Guivarch ne soit pas suspecté. Lorsque Marceau demande à son frère les raisons qui ont conduit Lucie à penser que son mari pourrait être inquiété, Benjamin lui répond que le légiste affirme dans son rapport que le corps de Lucie a été violenté.

J'en tombe sur ma chaise. Je n'arrive pas à croire que Pierre soit un homme comme ça. Je repense aux mots d'Emma concernant son mari. « Un homme comme ça… » Et puis à Carole, victime, elle aussi, d'un *homme comme ça…* Combien sont-elles ?

—Marceau, j'ai un autre truc à te dire. Es-tu avec, Élise ?

Lorsque Marceau lui confirme que c'est le cas, Benjamin hésite à poursuivre.

—Tu peux y aller. Je ne veux rien lui cacher ! affirme Marceau sans sourciller.

—Lorsque j'ai ouvert les dossiers en date du mois de novembre de cette année-là, celui de la disparation d'Élise est ressorti. J'ai jeté un coup d'œil à son contenu. C'est papa qui était chargé de l'enquête à l'époque, rappelle Benjamin.

—Oui, il était à l'aube de sa retraite. Il n'en avait rien à faire ! lui confirme Marceau, accoudé au plan de travail de la cuisine.

Silence.

—Vous m'entendez, tous les deux ?

On lui confirme que oui, on l'écoute. Ce sera notre dernier mot, ensuite on n'arrivera plus à en prononcer un seul, Marceau et moi.

—Papa, n'en avait pas rien à faire de la disparition d'Élise. J'ai tout retourné et j'ai découvert qu'il avait tronqué le dossier volontairement. Mon frère, c'est un salaud. Je suis désolé…

Silence.

—Il a été le premier à retracer les derniers appels téléphoniques d'Élise. Quand il a vu que ton numéro apparaissait, il s'est mis à creuser. Il est remonté des années dans votre passé. Papa savait tout. Il avait découvert ta liaison. Il a retracé son vol pour Juneau mais a détruit toutes les preuves pour que personne ne la retrouve. Papa est un salaud, je suis désolé, Marceau…

51

— Maman, c'est moi…

Le lendemain, Marceau dit tout à Simone et c'est avec un calme inquiétant que cette femme, plus toute jeune, rétorque qu'elle va le faire parler. Elle dit « cette ordure » en évoquant le mari avec qui elle partage sa vie depuis cinquante et un ans. Son fils lui demande de ne prendre aucun risque. Marceau lui raconte cette accablante découverte parce qu'il refuse que sa mère ne sache pas qu'elle vit avec *un homme comme ça…*

Simone, placide, répond simplement avant de raccrocher :

—Ne t'inquiète pas, mon gamin. Un verre de plus suffira…

52

— *Piertotum locotomor !* J'ai toujours rêvé de l'utiliser ce sort.

La réplique que Minerva prononce, heureuse, tandis qu'elle anime les statues de Poudlard, est la dernière que j'entends avant de lire l'ultime réplique de Lucie Guivarch… Je laisse Anoki et son père prendre un nouveau train pour l'école des sorciers pour retrouver Pierre.

—Ça va aller… c'est encore et toujours ce qu'on se promet. Tu m'appelles si tu as besoin de moi. Je suis là… me rassure Marceau.

A : p.guivarch@urbanisme-cancale.fr
De : e.gauvin@laposte.net
Objet : La lettre de Lucie…
Mon amour,
Je te dois la vérité, alors quelques mots suffiront pour que tu saches que toi, tu as été un homme merveilleux, qui m'a comblée, et tu sais, Pierre, mon seul souhait était de rester à tes côtés. N'oublie jamais ça. C'est aussi la raison pour laquelle je veux vite m'envoler, pour ne pas te croiser et souiller ce joli couple que nous avons été avec les salissures de l'aube.
J'aurais tant voulu contourner l'inévitable mais le simple fait de respirer m'écœure. Les yeux fermés, j'ai la nausée de leurs

odeurs âcres de sueur. Les yeux ouverts, c'est encore pire. Et pierre, on ne peut pas vivre sans respirer. J'ai beau me laver, frotter, ma peau ne s'arrache pas. Leurs sueurs resteront à tout jamais sur moi comme une seconde peau et ça, je ne veux pas. Pierre, je me suis trouvée au mauvais endroit, au mauvais moment. Ils ont dit : « On va jouer un peu… » Ils ont rigolé. J'ai essayé de me sauver mais je n'ai pas couru assez vite.
J'ai si honte, Pierre, ne dis rien à personne.
Je t'abandonne seul avec ça. Ne m'en veux pas. Généralement, tout le problème de l'amour, c'est l'agonie. Nous, nous avons connu une tendresse sans décadence. Je vais lutter de toutes mes dernières petites forces pour que ce soit ça, ma dernière pensée, toi et moi !
Ta Lucie
PS : J'ai une petite faveur à te demander, mon amour. Quand je serai là-haut, joue-moi quelques notes de piano…

Je referme l'écran de l'ordinateur. Je vais faire quelques pas dans la cour. L'herbe chatouille mes pieds nus. D'ici, j'entends le clapotis des vagues. J'ai besoin d'air. Je comprends alors pourquoi chaque soir, Pierre Guivarch ouvre grand, très grand ses fenêtres pour que ses notes de piano s'envolent haut dans le ciel. Une larme coule sur ma joue, puis je cours, vite, très vite, vomir l'horreur qu'a subie Lucie. Il est parfois si facile d'écrire certains dialogues. Il suffit d'ouvrir les yeux sur la réalité. Malheureusement on n'invente rien, tout est déjà écrit. « Non, Dobby n'a pas de maître, c'est un elfe LIBRE ! Non, Dobby ne voulait pas tuer ! Blesser très gravement, mutiler… Mais pas tuer ! » (*Harry Potter*, tome 2).

C'est probablement une parcelle de vérité que ces monstres auraient avouée au cours d'un procès. Eux voulaient juste s'amuser un peu. C'est un jeu qui a mal tourné, pas de bol ! Ils n'ont pas conscience de la gravité de leur acte, une évidence. Ils sont presque victimes de leur crédulité, des braves à peine élevés. Mais grand Dieu, non ! Ils n'ont jamais voulu, ni même pensé possible la mort de Lucie Guivarch. Pourtant, ce sont bien eux qui l'ont tuée.

Pierre se demande parfois à quoi ces monstres ressemblent. Si depuis, ils se sont mariés, s'ils ont fêté, une bière à la main, la signature d'un contrat, ou encore acheté un Duster beige, celui dont personne ne veut, en se prenant pour des Américains avec leur grosse bagnole, s'ils ont obtenu des grands diplômes parce que même les plus cultivés sont susceptibles d'être des monstres, s'ils ont eu des enfants qui les appellent *papa*, alors que Pierre ne connaîtra jamais ça…

Il n'y a pas eu de procès, on ne plaide pas pour les défunts et Lucie s'est jetée de la pointe du Grouin. Ces monstres ne sont peut-être même pas au courant qu'ils sont des assassins. Mais à quoi bon ? Des années de recherches, des procès au cours desquels on suspecte les victimes de mentir, parfois plus que les agresseurs, l'humiliation des mots, l'impudeur d'un tribunal violeur. Et puis après, quoi ? Reconnus coupables, ils auraient écopé de huit années pour finalement n'en faire que deux, et encore… La France ne protège pas ses citoyens, tous les monstres le savent. Ici, tous les jours, des femmes pleurent en silence, et parfois, ça les tue ! Ou bien elles se tiennent encore debout mais la vie les a quittées.

Lorsque j'étais avocate, j'ai tant de fois entendu ces femmes qu'on envoie se raconter devant les tribunaux. Elles évoquent le souvenir du jour qui a taché leur vie. Et chaque fois, elles baissent la tête, telles des coupables. C'est effroyable. Ces monstres ont tué Lucie Guivarch et la France les a laissés faire !

Pierre écrit qu'un jour, il partira, loin, très loin d'ici…

De : e.gauvin@laposte.net
A : p.guivarch@urbanisme-cancale.fr
Objet : RE : La lettre à Lucie
Si seulement j'avais les mots, mais malheureusement, je pense qu'il n'en existe pas. Je refuse de vous mentir, Pierre. On ne se console pas de l'horreur. La vie vous contraint à le savoir mieux que quiconque.
Camus disait : « Il y a dans chaque cœur un petit coin de solitude que personne ne peut atteindre. » J'imagine comme le vôtre doit être grand. Notre rencontre est insolite mais sachez que Marceau autant que moi sommes là pour vous désormais.
Votre épouse semblait être une femme merveilleuse. J'aurais aimé la connaître.
Élise
PS : Qu'attendez-vous pour partir ?

La nuit qui succède à cet échange, je la passe dans les bras de Marceau. Il me serre contre lui et je me sens rassurée. Il caresse mes cheveux jusqu'à ce que je trouve le sommeil. Il sera agité.

53

Le lendemain, c'est les paupières encore lourdes que je découvre l'arrivée d'un nouveau courrier. La nausée me gagne alors que je n'ai pas posé un pied à terre. Marceau a raison, je n'ai peut-être pas les épaules suffisamment solides pour porter la tragédie de Pierre Guivarch. Alors, c'est lui qui ouvre ce nouvel e-mail. Je crains son contenu. Pourtant que pourrais-je bien découvrir de plus atroce que les derniers mots de Lucie qui écrit l'horreur ? Contre toute attente, c'est finalement le contraire. Les quelques phrases de Pierre nous surprennent. En pièce jointe, il y a un fichier vidéo.

De : p.guivarch@urbanisme-cancale.fr
A : e.gauvin@laposte.net
Objet : Merci.
J'ignore pourquoi mais vous écrire a un peu soulagé la peine. Regardez comme elle était belle, ma Lucie. Voici la dernière vidéo d'elle. Je la regarde inlassablement.
J'avais envie de la partager avec vous.
Merci, Élise.
PS : Partir pour aller où ? L'Amérique latine sans elle est inenvisageable.

Marceau empoigne mes deux épaules de ses mains de pêcheur et me confirme que j'ai bien fait, que je ne dois pas douter, que Pierre avait besoin de parler.

—Élise, tu as su l'écouter... me dit-il tandis qu'il sélectionne le fichier vidéo.

Une petite puce rousse jaillit de l'écran noir qui disparaît au profit d'éclats de rire heureux. Je reconnais cette femme que j'avais vue sur les photos, lors de mes investigations des premiers jours. Je couvre instinctivement ma bouche de ma main.

—J'éteins ? me demande, Marceau.

Je lui réponds que non. Je me blottis au creux de son épaule. Il resserre son étreinte.

—Et alors, t'as peur de l'eau toi ? demande Lucie, le jean trempé jusqu'à mi-mollets.

Elle rit à en perdre l'équilibre, se penche et plonge la main dans les remous du ressac pour éclabousser Pierre. Une grosse goutte recouvre l'écran, sur le film Lucie devient parfois floue.

—Attention, le téléphone !!

J'entends pour la première fois la voix de l'homme. Il rit fort, lui aussi. Pierre et Lucie jouent comme des gamins sur la plage, insouciants.

On la voit courir et le décor sur l'image se renverse tout à coup. C'est une alternance de sable flou, de mer au loin, de baskets, d'un lacet défait. Pierre n'a pas coupé la caméra avant de s'élancer après ce petit bout de femme. On ne la reverra plus à l'écran. L'image inversée révèle la pluie qui se mêle à la mer de Cancale, un ciel gris. On n'entend plus que leurs rires, qui n'en finissent plus. Lui dit :

— Arrête Lucie, non, non ! Ne fais pas ça !

Elle, elle rit encore, et de plus en plus fort. Elle lui répond :

— Pierre, Tu n'oseras pas…

Et la vidéo se coupe.

Elle était rayonnante, cette femme. Elle avait soif de vie et de découverte. Je sais désormais que seule Lucie illuminait l'écran sur lequel l'homme rivait les yeux lorsque je l'espionnais. Continuellement depuis dix ans, Pierre écoute les rires de sa femme, regarde son jean ensablé et son lacet défait, son sourire, essayant comme il le peut de la faire un peu exister.

De : e.gauvin@laposte.net
A : p.guivarch@urbanisme-cancale.fr
Objet : RE : Merci
Pierre, je peux vous demander ce que vous avez fait à Lucie qui l'a tant fait rire alors qu'elle pensait que vous n'oseriez pas ?
Il suffit de regarder votre El Pulga pour comprendre pourquoi vous l'aimiez tant.
Élise.

De : p.guivarch@urbanisme-cancale.fr
A : e.gauvin@laposte.net
Objet : RE : RE : Merci
Je l'ai portée et je l'ai jetée à l'eau. Elle a râlé autant qu'elle a souri. Dans ce rideau de pluie, elle était si belle, ses cheveux dégoulinants et ses yeux brillants à force de rire. J'ai balancé le téléphone et mon trousseau de clés sur le sable. J'ai marché dans l'eau, elle m'y attendait…

Les quelques passants nous prenaient pour des dingues et ils n'avaient pas tout à fait tort, mais c'était si bon d'être fou avec Lucie.
Ma femme me manque tout le temps.
Pierre

Reprendre le cours d'un échange plus ordinaire n'a pas été simple. Toutefois, Pierre et moi, nous y parvenons. Il arrive encore qu'il s'allège d'une confidence souffrante. Alors je l'écoute. Plus les jours passent, plus Pierre Guivarch m'explique ce qu'est devenue sa vie dans son vieux sweat gris et dans le deux-pièces-terrasse de Cancale. Il a bien essayé d'avoir quelques conquêtes, mais elles n'ont eu aucune saveur. « À quoi bon me forcer et donner suite à des relations dénuées de sentiments ? » m'avoue-t-il. Je lui confirme que c'est probablement mieux d'être honnête, effectivement. Je lui dis aussi que je crois pouvoir le comprendre. Il semble que lui et moi savons ce que c'est, d'avoir vraiment aimé, alors d'autres corps ne sont plus que des raccommodages, des détours sans destination, des escales. Parfois, il me questionne sur ma relation avec Marceau. Je ne dis rien mais je sais qu'il revit un peu par procuration. Lucie et moi avons disparu le même jour. Marceau réalise le fantasme que Pierre a toujours nourri, celui de retrouver celle qu'il a intensément aimée.

On parle un peu d'Anoki aussi. Et puis, de ma mission en Alaska, de la manière dont ce combat a redonné du sens à ma vie, des Yupiks, de la tribu, d'un départ qui répare.

De : e.gauvin@laposte.net
A : p.guivarch@urbanisme-cancale.fr
Objet : Un nouveau départ
Pierre, et si elle était là, votre solution ?

54

Simone nous demande si on l'entend bien tous les deux. Marceau lui confirme que oui, même si je pense qu'on aurait aimé, tous les trois, ne jamais avoir à se dire et à entendre cela…

—On empoisonne avec de la ciguë. Moi, j'ai fait parler cette ordure avec du cognac de contrefaçon, payé deux francs six sous. Même ça, c'est moche, comme lui. Mon Marceau, il a voulu se venger de moi. Te blesser, c'était atteindre ce que j'ai de plus précieux, toi, l'enfant d'un autre…

Mon attention se tourne brusquement vers Marceau. Il reste déterminé à recevoir la révélation de Simone. Je découvre alors que Patrick n'est pas son père biologique et que Marceau le savait.

—Là encore, il prouve à quel point il n'était pas courageux, même pas foutu de me dire droit dans les yeux ce qu'il avait sur le… sur je ne sais quoi, d'ailleurs, en fait, parce que de cœur, il n'en a pas. Il est beau, le grand enquêteur de Cancale pas fichu de se dresser face à un bout de femme comme moi. Patrick a voulu devenir un grand justicier de l'adultère.

—Petite Élise, t'es bien là ? Tu m'entends, toi aussi ?

—Je vous écoute, Simone… lui réponds-je, anxieuse.

—Il a menacé Marie-Laurence, ma chérie. Patrick lui a dit que sa fille était une traînée et ta mère, petite Élise, criait que t'étais pas une garce, qu'elle n'aurait jamais dû te dire ça. Je suis si désolée. Cet homme n'est qu'une ordure, tu m'entends ? Une ordure…

Je tremble. Je crie. Marceau m'enserre et me berce tandis que Simone fait de son mieux pour parler, encore. L'horreur et l'ordure n'ont pas eu de limites.

—Il a menacé le détective. C'était lui, le Michel qui t'avait retrouvée. C'est ta mère qui l'avait payé avec les derniers sous qui lui restaient de l'héritage de ton père. Elle a tout donné pour te dire combien elle t'aimait. Mais ce détective n'a pas toujours eu des pratiques très orthodoxes. On ne l'a plus revu dans le coin.

—Marie-Laurence a commencé à perdre la tête après le choc. Ce n'est pas ta disparition qui l'a fait tourner folle, comme ils disent tous, c'est lui, finit-elle par nous avouer tandis qu'elle se laisse engloutir par un torrent de larmes.

Marceau a demandé à sa mère de le quitter. Elle ne veut pas laisser sa maison. Dehors, ça fait un peu peur à une femme comme Simone. Et puis, Simone, elle croit en Dieu et tous les soirs, elle prie fort. Dans ses prières, elle demande une chose : que cette ordure trépasse avant elle. Elle reprend une voix douce et dit :

—C'est le dernier cadeau que je demande à la vie…

Marceau a fait une promesse à sa mère, celle de ne pas se venger.

—C'est toi qu'aurais des problèmes, mon gamin…

C'est ce qu'elle lui a dit, sur le même ton qu'une mère demande à son petit de ne pas écrire sur les murs.

—C'est promis, mon Marceau, tu feras pas ça ?

Marceau n'est pas très croyant mais ce soir, lui aussi va prier pour que son père crève vite et que sa mère ait un peu le droit d'exister.

55

Exister… Combien passent à côté de leur vie ? Combien de personnes se rendent compte un jour qu'il est trop tard ?

De : e.gauvin@laposte.net
A : p.guivarch@urbanisme-cancale.fr
Objet : Un nouveau départ.
Pierre,
Il y a des humains monstrueux, ne nous cachons pas la vérité, mais les gens bien existent encore. Je peux l'affirmer même si longtemps, mes convictions ont été bordées de fragilité. Désormais, je vous le promets.
Il est souvent difficile de séparer le bon grain de l'ivraie, je vous l'accorde. Mais s'enfermer dans la solitude afin de se protéger nous condamne à l'errance. Vous vous isolez dans ce deux-pièces-terrasse, à attendre que la vie défile, à la fuir. C'est au cœur de cette sphère passive que j'ai vécu, moi aussi, trop longtemps. Pourtant, je ne voue pas de fascination à la résistance dans l'épreuve, je crois même tout l'inverse. Je n'étais pas heureuse mais je n'osais pas me l'avouer. Souvent l'espérance d'être soulagé nous donne la force d'affronter la douleur, mais la vie est-elle faite pour devenir un combat ?
Je l'ai cru mais c'est terminé.

C'est finalement, la maladie de Marceau qui a tout bousculé. Sans cela, je ne serais vraisemblablement jamais partie. La vie est un mélange de hasards et de circonstances, dont notre rencontre fait partie.
Pierre, mon départ inopiné m'a rendu ma liberté. Et si nos trousseaux de clés s'étaient croisés pour que je vous aide à retrouver la vôtre ? Vivre de nouveau ne signifie pas oublier Lucie. Elle existera toujours en vous. Mais vous, vous pouvez exister ailleurs, loin d'ici, peut-être là où la neige éblouit…
Élise

À mon tour, j'envoie à Pierre Guivarch des pièces jointes à ce courrier. Je constitue un dossier : l'histoire des autochtones, une photographie des familles Yupiks, une autre des maisons colorées du village. Les rapports de la situation écologique et les pièces du dossier sur lequel je travaille au bureau tribal, ainsi que le rapport de la préparation de la conférence Inuit Circumpolaire.

Dès le lendemain, Pierre Guivarch me renvoie un e-mail et me demande comment j'ai su qu'il avait étudié le secteur de l'environnement. Un peu honteuse, j'avoue mes investigations lorsque j'ai découvert cet homme qui buvait dans ma tasse préférée. Dans un second e-mail que je reçois une trentaine de minutes après, Pierre écrit : « Quelles sont les dernières revendications territoriales ? » Les yeux écarquillés, je comprends qu'il a déjà étudié la totalité du dossier envoyé. L'homme a même fait quelques recherches complémentaires. Je fais part à Pierre de ma stupéfaction et le remercie de son intérêt. Cette fois, il m'écrit : « Comme vous, je suis assigné à domicile, j'ai du temps. Avez-vous connaissance du rapport scientifique des groupes de travail du Conseil de l'Arctique ? » C'est avec enthousiasme que je lui réponds : « Je vous le transfère… »

Quelques jours et des dizaines de courriers échangés après, le 25 avril, Pierre Guivarch devient officiellement mon collègue de recherche et m'aide à préparer la conférence à venir. J'en informe mes partenaires en Alaska par e-mail. Aussi, mon responsable me demande de lui transférer les informations et d'entrer son adresse électronique afin que Pierre Guivarch reçoive toutes les correspondances, lui aussi. Mon responsable me remercie d'être parvenue à sensibiliser ce professionnel à notre cause. « Une rencontre par hasard, monsieur… lui dis-je dans mon dernier e-mail. Je pense sincèrement que M. Guivarch est quelqu'un de bien… »

56

L'aide-soignante de maman nous appelle, Simon et moi, deux fois par semaine, en alternance. Carole dit que notre mère est aussi calme que le monde plongé dans le silence. Sous la verrière, une couverture sur ses jambes, Marie-Laurence regarde le printemps renaître. Les oiseaux chantent un peu plus fort cette année. Aux quatre coins du monde, la nature reprend ses droits sur les hommes enfermés.

— Carole, pouvez-vous me laisser un peu avec elle ? lui demandé-je.

Mon émotion est visible. Aussi, très respectueuse, elle ne pose pas de mots indélicats. Elle arrange le téléphone afin que la caméra soit stabilisée et quitte la pièce. Je caresse l'écran du bout des doigts, sa joue, ses cheveux blancs. Je reste là, un long moment, dans une quiétude absolue. Je regarde ma maman, je la trouve belle.

Avant de la saluer, je demande à Carole comment elle va, ce à quoi, elle me répond :

— Je lis. Je regarde le cerisier fleurir avec votre mère. J'écoute de la musique. Je cuisine. Votre frère vous a raconté mon passé ? me demande-t-elle lorsqu'elle distingue le timbre de ma voix qui a changé.

Après que je le lui confirme, elle me dit simplement, avant de raccrocher, d'une voix apaisée :

— Je vais mieux. Je suis désormais en sécurité… Je me suis arrêtée avec le reste du monde et je prends le temps de me retrouver…

57

Billie remue de la queue. Billie préfère les boulettes aux légumes. Billie n'aime pas le chien de la voisine qui passe devant *sa* cour. Billie aime marcher dans le potager, ça fait un peu râler Marceau. Billie aboie après la pluie, ça fait rire Anoki. Billie semble aller bien.

58

Dans le potager, mes deux jardiniers ont déjà cueilli la première rangée de radis. Les charançons ont grignoté les feuilles de salade et les courgettes sont en fleurs. Je m'assieds sur les deux marches du perron, je les regarde. Marceau et Anoki plantent les framboisiers aujourd'hui.

59

Les petites Loy Thi et Tchi Chi retrouvent le chemin de l'école au Vietnam après cinq mois de fermeture. Emma écrit qu'elles sont sacrément contentes. Malo a encore perdu une dent. Il joue au vampire. Elle dit que ça fait rire les petits de village. Emma écrit aussi qu'elle nous embrasse bien fort tous les quatre. On a envoyé des photos de Billie à l'autre bout du monde.

60

À l'autre bout du monde, mais cette fois de l'autre côté, les Yupiks semblent trouver de nouveaux repères sur leur nouvelle terre. Du côté du delta de Yukon-Kuskokwim, les concours de mushers sont terminés. Anoki est un peu déçu de les avoir loupés cette année, mais il dit à Chayton, son copain, que la vie ici, c'est bien aussi. Je demande à la mère de Chayton de passer dans ma maison de bois. Je lui dis qu'elle peut récupérer les denrées qu'il reste dans les placards de la cuisine. Finalement, on va rester encore un peu ici. Elle me demande si c'est juste parce que les frontières sont bloquées.

—Non, pas seulement… lui réponds-je.

Alors, elle comprend. Elle dit que je lui manque mais qu'elle est contente pour nous. À elle, j'avais parlé de Marceau.

—Ça se voit grand comme les montagnes que tu l'aimes encore, ton pêcheur ! me dit-elle, taquine.

61

Faustine est heureuse de vous présenter son petit frère.
Anatole.
Il est né à 18 h 01, mesure 53 centimètres et pèse 3,7 kg.
Benjamin et Claire

Dans la journée, Benjamin appelle Marceau et Anoki pour leur montrer la frimousse du nourrisson par écran interposé.

—Dis à ton Élise de venir, Marceau. On aimerait qu'elle le voie aussi.

C'est un jour de fête, je ne veux pas contrarier son frère et puis le moment devait bien arriver.

Je vois la bouille d'Anatole. Benjamin, Claire et Faustine me voient, moi.

—C'est toi, la maman d'Anoki ? me demande la petite.

Je lui réponds que oui, et elle me dit :

—T'as vu comme il est gros, mon petit frère…

Sa mère la reprend gentiment :

—Ne dis pas ça, Faustine.

Claire ajoute aussi à mon attention, d'une voix un peu fatiguée :

—Nous sommes ravis de te rencontrer.

Je souris timidement et puis on rit quand Faustine dit :

—Ben quoi, c'est vrai qu'il est tout gros, Anatole. Il est plein de plis.

62

Simon retrouve peu à peu sa femme. Elle fait moins d'heures à l'hôpital. Cette maman a sacrément manqué à ses trois enfants. Et puis, lorsque je la vois sur l'écran, je suis contente parce que je trouve qu'elle recommence à sourire, mais jamais très longtemps. Elle est fatiguée, notre Chloé. Le service des soins intensifs désemplit peu à peu. Alors, sur le visage de ma jolie belle-sœur blessée par les équipements de protection, sa peau qui était marquée d'hématomes rouge violacé retrouve de son rose poudré. On est tous si fiers d'elle. Elle a été courageuse, Chloé…

63

Carl Gustave Yung a dit : « Les crises, les bouleversements et la maladie ne surgissent pas par hasard. Ils nous servent d'indicateurs pour rectifier une trajectoire, explorer de nouvelles orientations, expérimenter un autre chemin de vie. »

Nos portes se rouvrent sur un nouvel été, le printemps a passé. Nos premiers pas se font avec un désir empreint de crainte. La mort a rôdé fort. Alors même si on a très envie de se jeter dans les bras de ceux qui nous ont tant manqué, on se retient. On avance timidement. On fait de tout petits pas vers notre liberté retrouvée…

64

Ce matin-là, je ne raconte pas à Marceau que je pars courir, je lui dis la vérité. Alors il me promet que ça va aller…

Sur le trottoir de la rue Ambroise-Davy, je me demande si l'homme portera son sweat gris. Dans le passage Laennec, je me demande quelles seront nos premières paroles échangées. Puis, le deux-pièces-terrasse est face à moi. Aussi, je sais que le moment est arrivé. Pierre m'attend chez moi. Le rideau est tiré, a-t-il préparé du thé ?

Je sonne, comme une invitée dans mon ancienne vie. J'attends. Personne ne répond. J'attends encore, mais rien ne se passe. Un court instant, j'imagine ce que Marceau a pu ressentir, face à cette même porte close. C'était il y a dix ans maintenant.

J'hésite un peu puis finis par entrer dans le hall. L'inquiétude me gagne. Je monte les marches, lentement. C'est si étrange d'être dans cet escalier. Combien de fois ai-je pu le monter, innocente de ce que l'avenir me réservait ? J'étais si loin d'imaginer ce qu'allait devenir ma vie, à l'époque. Mon paillasson est toujours là. Placée dans l'interstice de la porte de l'appartement, une feuille de papier pliée. J'y lis :

Je n'ai pas changé le barillet.
Entrez.

Je plonge alors ma main dans mon sac et saisis le trousseau récupéré sous le banc. Ça aussi, j'avais fini par l'avouer à l'homme. Mon cœur bat si fort lorsque je glisse la clé dans la serrure. Comme avant, lorsque j'entrais chez moi…

Dès le premier pas dans cet appartement, je suis prise d'un vertige. Je m'adosse au mur afin de ne pas perdre l'équilibre. La tache au plafond me domine. Ma vie défile sous mes yeux comme un film en accéléré… Mes collants de laine troués, mes genoux écorchés, ma main dans celle de Marceau, ma première épitoge, la première fois qu'il m'a fait l'amour à même le parquet, juste là où se trouvent mes pieds chancelants, nos palets bretons et mes grosses chaussettes contre lui, mes larmes passé 18 heures, lorsque nous nous embrassions et que je refermais cette porte de bois, ce vent froid qu'il laissait derrière lui, nos éclats de rire, nos promesses d'avenir, la première fois qu'Anoki a bosselé l'ovale de mon ventre, ma fuite…

Je fais quelques pas vers l'horloge bretonne de papa. J'ose à peine y toucher, seulement du bout des doigts. La dispute avec maman me revient aussi. Je m'assieds sur mon canapé gris souris, celui que Marceau et moi avions choisi ensemble, dans les instants où l'on créait l'illusion que nous aussi, nous avions le droit de meubler une vie à deux. Et puis, la cuisine. Je le revois à gratter ses truffes et me dire : « C'est bientôt prêt, as-tu faim ? » J'erre dans le couloir de mon ancienne vie. J'entre dans la salle de bains et nous y vois, ce qu'on aimait se retrouver ici. Nous y restions jusqu'à ce que l'eau froide nous incite à nous coucher sous ma grosse couette chaude. La chambre, sa tendresse et ses mains sur ma peau, ses caresses dans mon dos, deux Jardin bleu fumants sur la table de chevet. Je n'ai rien oublié…

Intrusive de ma propre histoire, je n'ose pas faire le moindre bruit. Plongé dans le silence de cet appartement, mon cœur palpite si vite et si fort que je n'entends que son tapage qui résonne dans mes oreilles. J'avance lentement jusqu'à la table de cuisine. C'est là que Pierre a laissé ses derniers mots à mon attention. Je prends le temps de faire bouillir de l'eau. Dans ma tasse rouge à poids, j'infuse du thé que je trouve au fond d'un tiroir en bazar. J'en bois une première gorgée et je lis les ultimes mots que l'homme m'a destinés…

Très chère Élise,
J'ai dévoilé les confidences de ma femme alors que Lucie m'avait demandé de ne pas révéler son secret. Je ne le regrette pas. J'ai compris combien j'avais besoin de m'alléger de ce poids que j'étais seul à porter. Toutefois, j'espère que vous ne m'en voudrez pas de préférer que vous restiez (pour le moment) la dépositaire de mots échangés sur un écran... Qui sait ? Peut-être nous rencontrerons-nous un jour, en Alaska... Je vous promets de prendre soin de vos tasses de thé, dans votre maison colorée.
Restez ici le temps que vous voulez. Revenez même avec Marceau si vous le souhaitez. Il me semble que vous avez un rendez-vous manqué à rattra-

per... Certes, dix ans après, mais Élise, il n'est pas trop tard. Soyez derrière la porte du deux-pièces-terrasse de Cancale pour ouvrir à cet homme venu vous dire qu'il vous aime.
Merci pour tout, Élise.
Pierre

Dans les jours qui suivent, je reviens souvent dans cet appartement. J'y retrouve mes habitudes, comme si je l'avais quitté la veille. Je remplis les tiroirs de Jardin bleu et de Dragibus. Anoki vient parfois avec moi. Nous nous installons tous les deux sur la terrasse et je réponds à ses nouvelles questions sur ma vie, ici. Ensemble, on regarde des albums photo, les derniers de papier. Il ouvre grand ses yeux ronds tandis qu'il découvre ma peau lisse et le sourire de mes vingt ans. En Alaska, je n'ai emporté aucune image de mon passé, alors pour mon fils, c'est une chasse aux trésors dans l'enfance de celle qui l'a élevé. Et puis, moi aussi, spectatrice de tous mes visages, de tous mes âges et de toutes mes vies, je rassemble les pièces de puzzle de la femme que je suis, désormais libre et en paix avec mon passé. Une semaine plus tard, tandis que Simone garde Anoki, je propose à Marceau de sonner à la porte du deux-pièces-terrasse de Cancale…

Comme avant, je scrute son arrivée derrière le rideau. Comme avant, mon cœur s'emballe et un immense sourire redessine les traits de mon visage. Comme avant, lorsque je l'aperçois sur le trottoir, je me précipite vers le miroir pour replacer quelques mèches rebelles, remettre un coup de pinceau et un brin de poudre sur mes joues empourprées. Comme avant, je colle mon oreille à la porte de bois pour mieux entendre ses pas dans la montée d'escalier. Je frémis. Comme avant, il frappe quatre petits coups et je déverrouille la serrure. Et là, tout est différent, puisque lorsque j'ouvre la porte, rien n'est plus comme avant…

Marceau n'hésite pas à me porter dans ses bras, à me dire dans un sanglot de marin, avant même de m'embrasser :

— Je t'aime comme un dingue. Pardonne-moi de ne pas avoir eu le courage de te le dire avant. Excuse-moi pour ces années manquées. Je t'aime comme un fou, depuis toujours et pour toujours. Élise, je veux t'aimer à Cancale, je veux t'aimer en Alaska, je veux être partout où tu seras.

Évidemment, je fonds en larmes. Je pleure de joie et de peur. De ses convictions et de mes incertitudes. Marceau caresse mes cheveux. Il parle fort et prend ma tête entre ses deux grosses mains. Je caresse sa barbe, ses poils noirs où l'eau salée de ses yeux mouillés se perd. Il m'embrasse et quand sa bouche quitte la mienne, c'est pour me dire qu'on va enfin l'avoir, notre maison aux volets bleus dont on a tant rêvé, et puis qu'on va se marier mais qu'il a une faveur à me demander.

— Laquelle ? m'efforcé-je d'articuler de ma voix tout émue. Pourras-tu mettre des petites ballerines sous ta robe ? Comme avant…

Je le respire. Je l'embrasse et lui réponds en le regardant bien droit dans les yeux :

— Oui, je peux…

Tous les trois, nous marchons dans les parcs, les chemins, les forêts, sur la grève et même sur le marché aux huîtres. La houle résonne de nouveau dans les rues de Cancale. Nous dessinons l'empreinte de nos six pieds nus sur le sable mouillé et Billie court après les oiseaux. La vie reprend. On repart en mer, le petit a le pied marin comme son père. Sur la proue du voilier, je souris du nouveau spectacle et j'apprécie à sa juste valeur la vie. J'aime Marceau, c'est une certitude, même si ce dont je suis désormais intimement convaincue, c'est que tout ne se répare pas. Il y aura toujours, au fond de moi, une fêlure, notre cicatrice des années passées. Pour autant, je reste. Je sais ma place dans ses bras. Je ne doute plus. Je ne suis plus là par dépendance affective mais par envie. En Alaska, je suis redevenue libre, libre de mes choix, libre d'écouter mes envies, de choisir enfin ma vie.

65

Le soleil brille fort sur la rue Pierre-de-Coubertin. Du coup, éprouvés ou pas, nous portons tous des lunettes aux verres sombres. Il y a un peu de monde dans le cimetière. J'ignore si c'est habituel, je n'y viens jamais d'ordinaire. Les endeuillés ont dû attendre de retrouver la liberté pour les derniers au revoir. Je croise la peine dans chaque allée. J'avance en direction des cyprès. Selon la mythologie, le tronc ascendant et verdoyant au sommet de cet arbre permet aux âmes des défunts d'aller vers les cieux. C'est sous cette verdure feuillue d'un nouveau printemps que je trouve la pierre tombale de celle que je suis venue rencontrer.

LUCIE GUIVARCH
1984-2009

Dessous, un petit sombrero est gravé. En italique on peut encore lire… *El Pulga.*

Sur la pierre tombale se trouve un délicat bouquet de tulipes blanches. Elles sont toutes fraîches. Dans l'un de ses courriers, l'homme m'avait confié combien Lucie les appréciait. Je comprends que Pierre les a déposées il y a peu. Peut-être même est-il dans les airs à l'heure qu'il est. Il passait quelques jours chez ses parents avant de tout quitter. Je regarde le ciel et je me dis que l'instant d'un Paris-Juneau, Pierre et Lucie seront ensemble, juste au-dessus des nuages.

Je reste quelques minutes, et même un peu plus, et avant de partir, je jette au vent tiède ces quelques mots : *Bonjour, Lucie. Votre mari part loin mais je vous promets que la tribu prendra bien soin de lui. Je le leur ai demandé comme une faveur. Pierre est un homme merveilleux. Et vous, même en Alaska, il ne vous oubliera pas. Vous êtes en lui, encore vivante dans chacun de ses souffles, dans chaque battement de son cœur...*

Tandis que mes pas s'enfoncent dans les gravillons des allées qui serpentent au détour des tombes, je prends la décision de me réinscrire au barreau de Cancale. Les Yupiks auront un peu moins besoin de moi, bientôt, Pierre sera là pour me succéder. Alors qu'ici, des petites *pulga* telle que Lucie, Carole, Emma et Simone, il y en a malheureusement encore trop à défendre. Je me battrai pour leur apprendre, à toutes ces femmes, que contrairement à ceux qu'on leur dit, elles sont bien plus fortes qu'elles ne le pensent et qu'elles ne doivent plus se laisser faire par des *hommes comme ça...*

Et puis, je voudrais aussi dire à celles qui n'y croient plus que les hommes bien existent encore. Je le leur dirai. *Je vous le promets. Moi, je le sais...* Certes, ils ne sont pas parfaits mais nous non plus. Ces hommes-là sont capables d'écouter nos murmures, de soigner nos blessures, de câliner nos cheveux, de masser nos chevilles devant un film et de nous lire les pages de nos romans quand on est fatiguées, d'infuser notre thé simplement pour parce qu'ils savent aimer, d'un amour authentique, juste parce qu'ils ont compris que la beauté d'une femme est cachée dans son sourire. Les hommes bien existent encore…

FIN

Remerciements

Merci à l'homme qui partage ma vie. À toi qui viens de me demander : « Ça va, t'as pas froid ? » alors que tu cuisines pour nous pendant que j'ajoute ces ultimes mots à mon manuscrit en t'admirant, ça, tu l'ignores. Merci à toi qui fais chanter *Mon étoile* de Vianney juste pour que je sois heureuse, même si tu n'en peux plus de l'écouter. Merci à toi, pour ce sourire que tu viens de me décrocher, pour ces éclats de rire quotidiens, pour cette tendresse sans fin, pour ce bonheur que tu n'as jamais cessé de me procurer.

À vous mes enfants. Je ne sais pas quelle sera votre vie mais si je peux me permettre un conseil de maman, n'oubliez jamais que c'est à vous de choisir ce que vous voulez en faire. Réaliser vos rêves, ça me paraît pas mal, et je vois que vous en avez les moyens. Ne laissez personne décider pour vous, vous êtes bien assez fortes pour le faire vous-mêmes.

À toi, maman, qui m'a enseigné l'une des plus grandes richesses : celle d'être une femme libre !

Une pensée émue à ceux avec qui, dans ce vol pour Taïpeh, nous avons fui le Vietnam après certes, beaucoup d'angoisse mais, je ne les oublie pas, également des moments d'émerveillement qui resteront gravés en nous.

Et enfin, un dernier merci à Delphine S, une lectrice rencontrée lors d'une séance de dédicaces. Delphine S m'a contactée *via* les réseaux suite à sa lecture de l'un de mes romans. Elle me dit qu'elle a été touchée par mes mots, ce qu'elle ignore, c'est combien moi, je l'ai été par les siens ! Voici un passage du message qu'elle m'envoie :

Bonjour Émilie,
J'ai fini à l'instant la lecture de Demain la vie t'appartient. *Je tenais à vous dire que ce livre m'a subjuguée. Cette histoire du début à la fin m'a tenue en haleine. Je l'ai commencé lundi et pourtant je travaille dur en pharmacie entre les tests et les vaccinations mais j'avais hâte de rentrer chaque midi et chaque soir de cette semaine pour lire la douce histoire de Cassie qui m'a permis de m'évader...*

Lorsque j'ai lu le message de Delphine S, j'ai ressenti une profonde vague d'humanisme. Je crois sincèrement que les mots de Delphine S décrivent à eux seuls tout le sens de notre travail d'auteur(e)s.

Demain, la vie t'appartient

ÉMILIE BILLON-DUQUENNE

Le travail de Cassie, c'est de rendre la vie des autres plus douce. À La Pharmacie des Mots, une petite librairie new-yorkaise pas comme les autres, elle sert des pâtisseries aux clients et les aide dans leurs problèmes. Mais qui prend soin d'elle ? Depuis son divorce, la jeune femme a le cœur lourd. Surtout en cette veille de fêtes de fin d'année qu'elle s'apprête à passer seule sans ses enfants partis chez leur père. Mais une belle surprise l'attend au pied du sapin où quelqu'un a glissé un billet d'avion pour Paris. Cassie prend alors une décision folle : sans réfléchir, elle boucle ses valises et part à l'aventure dans la Ville Lumière. Là, elle reçoit des lettres pleines de bienveillance qui vont la guider, telle une chasse au trésor dans les rues de Paris, à la découverte de son bonheur...

Oser. Et commencer à vivre, enfin.

Achevé d'imprimer en janvier 2023
sur les presses de la Nouvelle Imprimerie Laballery
58500 Clamecy
Numéro d'impression : 301538

Imprimé en France

La Nouvelle Imprimerie Laballery est titulaire de la marque Imprim'Vert®